弃供

尹学芸 著

山东文艺出版社

图书在版编目（CIP）数据

弃供 / 尹学芸著. -- 济南：山东文艺出版社，2025.4. -- ISBN 978-7-5329-7254-8

Ⅰ．I247.5

中国国家版本馆CIP数据核字第2024DH1548号

弃　供

QI GONG

尹学芸　著

主管单位	山东出版传媒股份有限公司
出版发行	山东文艺出版社
社　　址	山东省济南市英雄山路189号
邮　　编	250002
网　　址	www.sdwypress.com
读者服务	0531-82098776（总编室）
	0531-82098775（市场营销部）
电子邮箱	sdwy@sdpress.com.cn
印　　刷	山东临沂新华印刷物流集团有限责任公司
开　　本	880毫米×1230毫米　1/32
印　　张	10
字　　数	227千
版　　次	2025年4月第1版
印　　次	2025年4月第1次印刷
书　　号	ISBN 978-7-5329-7254-8
定　　价	59.00元

版权专有，侵权必究。如有图书质量问题，请与出版社联系调换。

目　录

弃　供／1

铁戒指／107

难言之隐／181

我爷爷与大刀梁英／255

弃供

1

韩小作高中毕业那年来过独觉寺，那年的门票是五毛钱。厚实的木板门上挂着丝丝缕缕的红油漆，有人推测那油漆至少是民国前的。门闩有小腿粗，呈"丁"字形。横掌竖起来，朝前一推，两扇大门严丝合缝。独觉寺门外是条麻石街，除了几棵老槐树，街上还有幼儿园、土产公司、商贸局、评剧团，以及大大小小的各种门店，以卖小百货的居多。他在街上溜达了一圈，在独觉寺对面的影壁墙下喝了碗茶汤。那影壁墙上刷着墨，像黑板一样。茶汤浓稠，散发出炒面的香气。里面加多了发腻的红糖，以及糊燋的黑芝麻和花生碎。滚烫的一碗喝下，灵魂都是香暖的。

独觉寺又高又厚的青砖墙横亘了半条街，墙根下都是各色小摊贩，摆着卖家种的蔬菜水果和各种民间小工艺品。那是面老墙，砖厚且大，棱面多有磨损，勾了白石灰的缝，只那石灰还似新的。墙顶盖着青灰色筒瓦，多数已经残破。除了正门那两扇大木门，东南角还有一道小门，像小家小户的宅院门一样是双扇，往里开。韩小俠特意去看了看，两扇门严密得俨然是青砖墙的一部分。他想扒开门缝往外瞧，那窄小的两扇门之间连头发丝那样的缝隙也没有。四下无人，韩小俠想卸下那门闩，门闩上落了厚厚一层灰。他朝一边抽动，那门闩却像是长在那里的，与门板浑然一体。他研究了一下，没发现能撼动的迹象。韩小俠吹了吹手上的灰尘，有些好奇，这小门莫非不能通行？这里是正殿的东南角，伽蓝殿的房山处生着两株银杏树。伞状叶子落得遍地金黄，更衬得寺庙古朴陈旧。韩小俠放弃了好奇，一回头，一个高身量的长者站在他身后，柔声说："你想从这里出去吗？"

他伸出细长的手臂去抽动门闩，似乎只是轻轻一捏，那门闩就被抽动了。他拉开一扇门，含笑看着韩小俠，候着他从那里走。韩小俠有些窘迫，也有些踌躇。他原本没想出去，还没逛够呢。可面前虚门以待，他不好意思不走。他迈出门槛时跟跄了一下，长者赶忙伸手扶他。他难为情得厉害，并没有回头看长者，只听长者说了句"慢走"，吱扭一声门关上了。

韩小俠很懊悔，心疼花出去的那五毛钱就像打了水漂。

韩小俠是砖瓦窑村人，住在山脚下。听这村名，就会生出一股艰辛来。事实是，韩小俠确实生活得很辛苦。他从小没有父母，跟姐姐长大。后来姐姐出嫁了，虽然嫁到了本村，但毕竟是做了人家的媳妇，再像没出嫁时那么照顾他也不可能。那年韩小俠高中毕业，已年满十八岁。高考差了几分，但自觉断了复读的念想。他跟村里人去北京卖土特产，新出产的花生、白薯、青玉米之类被装进麻袋里，夜里骑车赶路，天傍亮到什刹海或前青厂，那些地方都有小农贸市场，遛早的北京人爱买新鲜，通常不问价，大袋小兜地提拎走。他也卖过核桃、栗子、柿子、酸梨和苹果。自行车两边各拴一个筐，别人能把筐装满，他最多只能装半筐。他身子单薄，骑行时没有那样大的力气，也就赚不到别人那样多的钱。他有个老姑住在长安街边上，无论卖啥，他都要预留些好的给老姑送去。他跟老姑没见过面，第一次是拿了姐姐写的字条找到了老姑的家，送去了青玉米和甘甜的白薯。那些白薯个顶个的大，光溜溜一点疵瑕也没有。老姑看见他落了泪，给他包了猪肉白菜馅儿饺子。后来他又去了几次，老姑坐在沙发上嗑瓜子看电视，再不提做饭的事。他拿的水果老姑也不怎么看，山里出产的水果模样不俊，被乱七八糟一起装进蛇皮袋子里，土里土气。老姑撑开袋口看了一眼，说这东西家里没人吃，以后别拿了。老姑有两个儿子，他叫大表兄和二表兄。大表兄问他一年吃几次肉，二表兄则当他是空气，连招呼都没打过。后来，他就不去了。

一年以后，他有机会当了兵。开始是在连队当文书，他读高中时作文写得好。后来到政治处写新闻稿，并荣立了两个三等功。等他复员时，这些起了关键作用，国家分配了正式工作。当时有几个单位供他挑选，其中就有土产公司和商贸局，可他最终选择了文物保护单位，也就是独觉寺。当年那碗茶汤和给他开门的长者，让他在部队时念念不忘。他经常会忆起那只细长的手臂，以及那碗能让灵魂香暖的茶汤。这是关于埧城的顽固记忆，人在边塞，却不觉寒苦。他没有单位好坏、收入高低的概念，他就是想念那个大院落。

2

他来上班时，门票涨到了一块五毛钱。

独觉寺的门票是从五分钱开始的。二十世纪八十年代初，两扇歪斜的大门被修理规整后，就开始收门票了。那时城里的人家还养鸡，经常有母鸡咯咯哒地叫着从寺庙门口出来，东张西望地迈着方步过马路回巢。五毛、一块各是一个台阶，行情随着经济形势看涨。那时基本没有个人旅游的概念，接待的多是团体，行政企事业单位或学校团委组织的观光团。明明来了三十人，却要求出六十人的门票。票据桌上一本，抽屉里一本。观光团吃饱喝足后到寺庙里转一圈，更像是来完成任务的。有人就在大阁的花岗岩台阶上坐下来，靠着廊柱打瞌睡，连菩萨都懒得看。

第一天，他安顿好行李就来到了街上，找卖茶汤的大茶壶。那是黄铜的材质，壶嘴伸出去两尺多长，看着不同凡响。也是秋天的季节，街上刮着干燥的风，燕子携着剪刀在屋脊上穿行。几株老槐树的叶子由绿变黄，一旦黄透了，便从枝头翩然而落，有几片甚至落到了他的头顶上。他抚到手里，用手指搓揉成了一个球。他庆幸终于与埙城发生了关联。在部队那几年，他讲得最多的就是那只细瘦的手臂和那碗茶汤，在他有限的知识储备里，手臂与北少林的商家拳、茶汤与唐代李世民东征高丽都发生了关联。这些在埙城是人人尽知的。商家拳传承人就在城北一公里处的村庄里，某天他神奇地遇到了第某代传人，这完全有可能。而茶汤则是流落到民间的唐代仕女的发明,被打此路过的李世民喝出了高雅的味道。李世民答应凯旋时带她走,回来时却改了路途。他信口说了这些,故事已经丰满了几许。有人信,有人不信,但他自己信。时间越久,越深化了寄托。在遥远的边塞,他经常耽于幻想,对故乡的那座小城生出虚妄。他从不提砖瓦窑。家乡可以回忆的就是埧城这两样。至于驮大筐去北京,他提都不愿意提。他渴望的就是这条街、这座城,渴望在这座城市的某个街巷有容身之地。驮着大筐进北京最好能成为永久的记忆,他一次都不想再发生。

　　与几年前相比,有些变化显而易见。首先,这里成了步行街,两端建了牌楼,当年穿行其间的那些车辆都不见了踪影。想象中,那个茶汤摊仍在影壁墙下,长长的队伍一直排到独觉寺门口。两毛钱一碗的茶汤,喝得灵魂又香又暖。可从独觉寺出来,他只觉得空旷和寂寥,影壁墙的颜色变浅了,上面布满了小孩子的涂鸦。他跟人打听,甚至都没人听说过这里曾有人卖茶汤。这条街被重修了,很多建筑的门楣上重绘了彩绘,颜色新鲜而俗丽。街上多了录像厅和电子游戏厅,居然有专门卖头饰的,各种各样的辫花、发卡,过去从没见过。他很为这样的小店发愁。那样小的物件,得卖多少才能挣出房租!他为自己庆幸,在部队时付出得不少,下连队跑新闻,熬通宵写稿子,换来了一个铁饭碗。姐姐乍听说时激动得哭出了声,她用粗糙的手背抹眼泪,说爹娘若地下有知,不知该有多高兴!他从街的一端走到另一端。两个牌楼上分别写着"昌盛街"和"大河东去",落款是本地一位著名的书法家的名字。他心生景仰地看了半天,也没明白"大河东去"想表达什么。莫非指的就是向东流的那条周河?

其次,便是认清单位的人。主任,副主任;组长,副组长。也不知都是什么级别,与部队不一样。班长、排长、连长、营长,丁是丁卯是卯。这些人都有一种古怪的质朴。售票员、检票员、导游员、负责安保及文物鉴定的人,从事五花八门的业务,在会议室里坐得稀稀落落。有两个人抽旱烟,浓重的烟雾从口腔和鼻孔里喷出,像是在放烟幕弹。他给他卷,他又给他卷,尝尝彼此的。面孔也像烟丝一样呈黄褐色,却笑出花的模样。不一会儿的工夫,会议室里就浓烟滚滚,所有人的脸都影影绰绰。若从窗外往里看,会以为发生了火灾。当然,这是他思想开了小差。他在部队养成了讲究卫生的习惯,不大适应眼前的场景。他有时会扭脸看向窗户,那是老式的小格子窗,涂着酱色的油漆,被木条拼出大大小小的方块。插销显眼地竖立着,只消轻轻一拔,再轻轻一推,双扇窗就如翅膀般打开,院子里的景物尽收眼底。屋里的烟雾也会争先恐后地往外飞。清新的空气涌进来,携带着花粉和柿子成熟的香气。可满屋子的人都没站起来,大家都乐意笼罩在烟雾里,享受着这种暖洋洋的幸福,因为每个人都在咧嘴笑。站起开窗的事,他也不好意思做。他初来乍到,一向不是那个可以成为例外的人,怕在众人中太显眼。所以偶尔看向窗户的那一眼也装作不经意。

冗长的会议上尽是闲扯,说了该说的,净是不该说的。该说的就是介绍他。"韩小chē?"张主任犹疑地看向他说,"在甘肃服役。"他赶忙点头说:"是念'chē'。"张主任皱了下眉,抖了抖手中的那页档案纸,说"伡"是啥意思?他说是大车。张主任说:"所以呀,叫车辆的车多好,大家都认识。你这个'伡'字大家都没见过。"于是大家七嘴八舌,都说没见过这个字,取那样生僻的字做名字,毫无意义。有人举例由此闹出的洋相和笑话，都有出处和典故，都属自作自受，自取其辱。说到最后其实已经忘了先前的由头，顺着话题往下发挥，越扯越远，渐呈回不来之势。那些已经与他关系不大。可他还是难为情，心里的别扭反映到脸上，脸红得就像鸡冠子。他想自己若是选了土产公司或商贸局会不会好些，那里的人会不会层次高些？他想解释这是父亲留给他的遗产，父亲在他六岁那年去世了。父亲是赶车人，过去给自己家里赶，两匹马拉套，再加一匹辕马，是三件套的大牲口，专门去山海关外做生意。后来给生产队赶，就只剩一匹辕马，有时还套一头骡子或驴充数，这让父亲看不上。赶车就要赶大车。父亲心心念念的都是自己家的那一挂，虽然为此吃了不少苦，可仍是父亲一生的荣耀。这些念头从他头脑里划过，他没打算把它们说出来。他从不擅长在人多的场合发表长篇大论，何况对这里还很陌生。但思绪像长了翅膀一样，让他的意识逐渐脱离了情境，心底生出的窘迫，慢慢被平复和稀释。耳边虽有嗡嗡声，却听不清别人在说啥。茶汤的香气突兀地冲进鼻孔，他脱口而出："那个人，怎么没来？"

张主任已经欠起了屁股，扯完了闲篇，会议就算结束了，听了他的话，又把屁股放平了。张主任问哪个人。他想了想，才觉出这单位与茶汤无关。他说起几年前遇到的那个人，高身量，黄面皮，大眼睛，长着少许的胡须。这些特征是他临时想起来的，先前并不真切。真切的是那条瘦弱的手臂，似有千钧之力。轻轻一抽，门闩开了。而那道门闩，他怎么使劲也没能抽动。当然，他没敢提商家拳，那才是子虚乌有。说来也奇怪，那一次游独觉寺，并无多少记忆入脑，而这样一个人和场景，却是越来越清晰的存在，让他生出某种执念。这是他来这里的理由，他想说。还是算了，说出来不合适，会让人以为矫情。有人难以置信，独觉寺有这样的门吗？他含糊了一下，没敢指认那道东南角的门。他着重说那个人如何瘦弱，又如何力大无穷。大家热切地一起帮他回顾，那些已经退休的、将要退休的，符合他说的某种特征，却又不符合全部特征。张主任终于不耐烦了，把桌子上的烟盒揣进口袋，嘲讽地说，都瞎猜什么，哪一天他自己撞上就清楚了。

顶着一头夜色，他摸到了那个小门边。他是忽然想起那个门闩的，确实有点好奇。夜晚的独觉寺安静得像一个入定的老僧，只有蝙蝠在低空飞行。蝙蝠真是多得出奇，它们把黑夜的天空染得像斑驳的水墨画，发出一种古怪的唧唧声。后来他才知道，这种唧唧声是他的假想。蝙蝠嘴里发出的高于两万赫兹的声波叫超声波，人是听不到的，它们靠回声定位系统捕获食物。那棵龙柏长在正殿前，黑森森的，很高大，像顶天立地的巨人。枝杈搭到了大阁的檐角，似是在彼此借力。原本他与几个值夜班的人在打牌，突然想小解。他在浊黄的光晕里找到了厕位，而不肯像别人一样在墙脚方便。从厕所出来，他决定巡视一圈，信步走到了伽蓝殿的一侧。他在夜色中想起了一些旧事。这里离那道小门有几十米。他恍惚了一下，不清楚这样做有什么意义。他想扭头走，又心有不甘。他上了一段时间的班，无数次从这个小门旁经过，但从没看见有人打开过。

他走到了小门附近，被什么东西绊了一下。他伸手一摸，是把笤帚。他拿起笤帚靠在墙上，试探着抓到了门闩，用力一抽，门闩纹丝不动。门闩确实纹丝不动。他现在是守过边关的复转军人，不再是那个孱弱的高中生。他相信以他的臂力能抽动任何门闩，如果那门闩能抽动的话。如果不是曾经从这里出去过，他甚至怀疑这道门是假的。"明天好好研究下。"他在夜色中端详着门闩对自己说。

"这个单位的人都友善而热情。领导没有架子，同事个个都像亲兄弟。"发了第一个月的工资后，他买了蜂王浆挂在车把上去看姐姐，一进村，就成了轰动的新闻。蜂王浆是贵重补品，不是寻常人能吃得起的。他当然也清楚，自己是村里第一个买蜂王浆的人，姐姐是村里第一个吃蜂王浆的人。这让他生出一种不寻常感。姐姐大他八岁，父母去世那年也只有十四岁。那些年受的苦，只有他们姐弟自己清楚。父亲给家里储存了一缸青豆，是赶车去东北捎回来的。为了防止生虫，上面均匀地撒了一层草木灰，嘱咐他们不到万不得已，千万别动。可父亲一走，叔叔就提着口袋上门，说这缸青豆有他的一份。他年纪小，不知深浅，叔叔既然要，就没有不给的道理。他给叔叔开了门，指引叔叔走进厢房，看着叔叔把青豆扤走一多半。姐姐回家掀开缸盖一看，就哇地哭了，用拳头狠狠地擂他的背，骂他傻。姐姐哭，他也哭。姐姐哭是心疼青豆，他是哭给姐姐看。他用手捂住脸，却从指缝间偷窥，预备姐姐不哭了他也停下。他根本不清楚这缸青豆意味着什么，直到后来挨饿。姐姐去队里挣工分，扛锄头走路打趔趄。把他送到村里的小学校，他饿得在课堂上坐不住，下课就跑回家去喝凉水。他一边跑，肚子里一边咣当，他用一只胳膊环住肚子，才勉强在上课铃响之前跑进教室。他知道姐姐也饿，可做面糊糊时，姐姐总把锅底的糊糊盛给他，因为那一碗更顶饿。这些事情真是说也说不完，一岁一岁长起来，对别人来说是天经地义，可对他们姐弟来说，却是有今儿个没明儿个的不确定。他就不止一次梦见自己饿死了，用指甲抓炕席，苇屑都嵌进了指甲缝里,他就用力啃指甲,仿佛那些东西也能吃。

他把蜂王浆递给姐姐,姐姐没有接,却用两只手捂住鼻子,眼泪从眼角扑簌簌地滚落下来。姐姐嫁的是村里最穷的人,三十多岁就已经是饱经风霜的模样。"阿弥陀佛,真是菩萨保佑。"不知道姐姐怎么冒出这样的话,这样的话在独觉寺里反而没人说。大家每天庭前屋后地打扫,是因为张主任有洁癖,他见不得哪里有垃圾。"怪不得他得糖尿病。"金大姐口无遮拦,韩小侔听见了,只当是在陈述事实。张主任方头大脸,一点也不像有病的样子。金大姐的话让韩小侔有点吃惊。

3

一年以后,他对独觉寺熟悉得如同自己的家。正殿,配殿,护法亭,禅堂,藏经阁,报恩院,他闭着眼都不会走错地方。他被编到了保卫组,每天都在各个地方巡视,但很少走到小门那里,他把探求小门究竟的事忘了。组长是金大姐,一个院子里的人都这样叫。她是个扁脸、爱唠叨的女人,每天见了他都说:"小韩,赶紧找个对象吧。"

他难为情地笑,不说找还是不找。以他这样的条件,房无一间,地无一垄,哪一个城市里的姑娘看得上?可他又不想去乡下过苦日子,姐姐的生活就摆在那里。金大姐其实比谁都明白,她就是没话找话说。有一次,她帮忙介绍了一个,那人在医院当护工,一个月只休两天假。

韩小伓一听就明白了，那人不是医院的正式职工。

有一天，他跟几个同事去饭店打平伙，喝得脸像被猫抓过一样。他对酒精有些过敏，平时不敢沾，但就怕有氛围，他豁得出去。别人喝酒回来就睡觉，正殿的西院跨过去是寮房，现在改成了宿舍，呼噜声从月亮门里滚出来，像打雷一样。偏他睡不着，喝得越多越睡不着。他背着手到处溜达，见了谁都傻呵呵地笑。把脸和脖子抓得红一道白一道，像唱戏上了水彩。话也比平时多，坐下就说个没完，有人挥手打发他道："我眯一会儿，你找别人聊去。"

他也不恼，从大殿穿门而过，迈过高高的门槛。这里与龙柏并行，在九级台阶之上，脚下是千年地砖，隔一个大院落，前方是山门斗拱。屋顶呈五脊四面坡形，脊的两端各有鸱尾，凌空飞跃。此刻，他觉得自己就像是独觉寺的主人，就像父亲当年赶着三口大牲畜，有着无法言说的豪迈。"人生得意须尽欢，莫使金樽空对月。"他的脑子里不乏这样的诗句，而且总能适时冲撞而来。在驮大筐去北京的路上，他反复吟诵。他需要用这些浪漫的诗句照亮前方的路，也照亮黑洞洞的心。有个人背着铺盖卷张望着朝里走，刚迈上山门的台阶，就直通通地跪下了，磕了三个头，然后就是久久地以头抵地。他等了一会儿，那人没起来。又等了一会儿，那人还没起来。检票员正在排椅上打盹儿，对这一切一无所知。他狐疑地朝那人走去。要下九级台阶，要穿过那个大院落。走到院子中间，那人挣扎着站了起来，也朝他这里走。他停下了脚步，内心涌起异样的茫然。他来上班这么久，还是第一次看见有人磕头。磕完头的人朝他走来，神色有些急切。

这是一个旅人，风尘着了相。铺盖和衣着都是青灰色，却像是刚从土里钻出来的。茶灰色头发披散着遮住了脖颈。胡须却是黄的，只有寥落的几根。黄色面皮上有两只大眼，笃定地看向他。他有些发愣，觉得这人面熟，似在哪里见过。"您是？"他困惑地说出两个字，就被对方打断了："我发现了一个秘密。"那人隔几步远，却说得很郑重，过来拉起他往山门那里走，就像拉一个熟人。检票员这时也醒了，他是个小胖墩，发苶样磨蹭着站在台阶的边缘，指着那人问："你买票了吗？"

那人拉着韩小伾一直走到山门口，这是他刚才磕头的地方。地面外缘是花岗岩条石，内里是青色大方砖。左右是金刚力士护卫，塑像的身子前倾，一个持刀，一个拿剑，都怒目圆睁。那人与韩小伾眼神交汇，落在一块方砖上，那人比画着位置说："你跪下。"韩小伾或者是因为喝了酒，或者是因为那人笃定的口气，又或者是被刚才说的那个秘密牵引，当真跪下了。"抬起头，朝上看。"他命令道，伸出一根长长的手指，从韩小伾的两眼之间往前引领。目光放出去，大阁的全貌尽在眼底。三层木结构，九脊歇山式屋顶。鎏金匾额是群青的底色，上书"观音阁"三个柳体金字。观音像有十几米高，正好抵住三层楼的楼顶。四周列柱两排，柱上置斗拱，斗拱上架梁枋。这些都是内置，韩小伾闭眼都能想象。佛像从洞开的格子窗中突然探出头来，露出圆润的笑。那可真让人心惊！就像藏于黑暗中的珍宝，偶尔不经意地露出！稍稍侧一下身，或前倾后仰，那目光不复存在，那圆润的笑容不复存在！韩小伾很是惊奇，这角度从没听人说起过。在阁内只能看见菩萨的下巴，彩绘有些斑驳。"菩萨在看你，"他轻轻地说，似是在耳语，"你只有在这里才能看见菩萨在看你。"韩小伾浑身一紧，那人像鱼一样张着嘴叹息道:"我也是才发现。"韩小侼闻到了他口腔里腐朽的气味。他站起身,抖了抖上衣,又掸了掸裤腿。瞬间的惊奇很快在心底平复,他看向小胖墩,为自己不好意思。

"你知道这意味着什么吗?"他又凑近了问。

"什么?"韩小侼咕哝,声调中显出对这一发现的不以为意。菩萨站在这里已逾千年。你看不看见,他都在那里,没有什么特别。他从没想过要看清菩萨的脸和眼,似乎也从没希图看见,解决什么问题呢!佛身有三层楼高,佛头在狭小的空间内,分明是不想被寻常人看见。

"看见的就是有缘人,佛度有缘人。"他的声音类似画外音,有种缥缈的柔和与旷远,似是从天外传来。韩小侼觉得心弦被拨动了,奇怪地看着他,还是觉得他面熟。"您贵姓?"

"姓穆。"他说。复又跪下去,指点着说:"菩萨在笑,"转向韩小侼,"菩萨说,我在这里。"

韩小侼不由得也倾下身去,看见了菩萨的右半边脸,那笑也是半边,似乎就是给他看的。他突然想起了许多年前抽动门闩的那只瘦弱手臂。

"你看菩萨的时候,菩萨也在看你。"

这句宣传语是韩小侼的创意,后来就成了独觉寺简介里的一句导语,被印在了门票上,并沿用至今。

穆师傅能在独觉寺驻足有韩小侼的功劳。穆师傅自己一向这样说,独觉寺的人也这样认为。金大姐话说得敞快:"你们一老一少有缘分,穆师傅快收韩小侼做徒弟吧。"

"佛是醒了的人，人是未醒的佛。"

韩小伾把这话挂在嘴边，他觉得这话好有意思。独觉寺的人经常看见这一老一少站在那里聊天。龙柏树下，月亮门里，或大阁内西南角的幽静处，一个坐着，一个站着。小课桌上摊着一卷经书，暗淡的纸页在太阳斜射进来的光影里变得澄澈。独觉寺的人发现，只要他们在路上遇见，就会停下说话，中间隔着甬路或一把杵起来的扫帚。而遇到别人，穆师傅连眼眉也不挑。他只专心扫院子里的落叶。他不读书的时候，一准在扫院子。独觉寺因为穆师傅的到来发生了很多变化，只是人们见怪不怪。穆师傅的诵读声有时会从寂静的大阁中传出，龙柏树上站着一群鸟。它们扑棱棱向东飞去的时候，一准是穆师傅站起身伸懒腰的时候。穆师傅施施然走到神像前，合十礼拜，阳光在他身后照拂。如果这时恰好有人从大门口经过，目光穿过山门和院子落到大阁内，会觉得是件青灰色的麻布衣服立在那里。因为从那个角度看不见穆师傅的头和脚。他细瘦的身子从衣服里长出来，会做礼拜很久。韩小伾虽然自己不做，也不好意思看穆师傅做，但会找个角度乜斜。他对这行为及那些厚厚的经卷感到好奇。有时韩小伾跟金大姐讲三世因果，这都是他从穆师傅那里学来的。金大姐听不惯，说道："赶紧找个媳妇吧。"金大姐手一挥，手指头闪闪放亮。她最多戴三个金戒指。

穆师傅是从北方有名的道场下来的。当初，他这个说法吸引了韩小伾。说释迦牟尼在菩提树下禅定七日成佛，而自己在路上昼夜不眠，整整走了七天。他想早一点到独觉寺。"你为啥要来独觉寺？"韩小伾醉眼迷离，他在寺院里晃悠这半天，过了些酒劲，也有些困乏。穆师傅说他听到了菩萨的召唤,他是埙城后边半拉缸人,原本想出家。

"你不睡觉吗?"韩小伫有些困惑。

"睡,边走边睡。睡着的时候佛就在身边。"

韩小伫用手捂回了一个哈欠,问他想怎样。他说不用怎样,他就是想伺候菩萨,每天洒扫庭院,焚香沐浴。"你给我三尺宽一个住地儿就行,其余莫论。"小胖墩就站在身后听,韩小伫回身看了眼,问:"你相信这话吗?"小胖墩坚决地摇头,说不信。韩小伫说,有些事情,只要心中有,就有。这是无心之说,却让穆师傅激赏,说这话有几分禅意。但韩小伫也明白了,他其实是来找事情做的。"我做不了主。"他有些含羞,方才意识到这是大事情。"我要见管事的,方丈,"穆师傅说,"你领我去。"

换作别人,换作别的时刻,韩小伫是不会领着去的。他是个有分寸的人,明白自己在独觉寺的处境。他上边还有金大姐,金大姐上边还有副主任。但眼下这位穆师傅,让韩小伫生出些许不忍。韩小伫天性善良,见不得人有难处。小胖墩围着他们转,时刻等着轰那人走。他这些不着三两的话,非常不入小胖墩的耳。这些韩小伫都看在眼里,所以他不想丢下穆师傅。眼下这人只能倚仗自己。除了觉得他面熟,像当年那个长着细瘦手臂的人,韩小伫还觉得他赤诚,那些话并非妄语。这寺庙大院空阔寂寥,没人能帮他。他想伺候菩萨没错。看他也累得不行的样,韩小伫下了决心,朝西跨院走,边走边说:"我们这里是文保单位,不兴叫方丈,要叫主任。"穆师傅应了声,一拖一拖地跟在他身后。进了月亮门,韩小伫停下了脚步,说:"您就在这里等我。"韩小伫清醒了些,想若是场面难堪,也不让人见着为好。穆师傅顺势一歪，朝凹形砖墙上靠。两腿似乎再无半点支撑力，一跤跌下，身后的铺盖卷像是靠背，在半空垫住了他的身体。韩小伾匆匆朝后走，思量着该怎样对张主任说。他对张主任有几分敬畏，他并不像表面那样随和。他爱聊天，但那是有兴致的时候。若没兴致，就不怎么搭理人。张主任的办公室在最后一排中间的位置，韩小伾在敲门前，还劝自己打退堂鼓。手伸出去，又缩了回来。除了看那姓穆的面熟，这样收留一个来路不明的人，真的合适吗？张主任若说他多管闲事，脸往哪儿搁？

吱扭一声，张主任拉开门，往外吐痰。他的脸蜡黄，眼泡浮肿，一副睡眼惺忪的样子。韩小伾朝旁边闪躲，心里有些惊异。想起了金大姐的话，他是个糖尿病患者，就是糖吃多了。在这之前，他甚至从没见过这样的病人。张主任倚门框站着，先咳了声，舌头一卷，一口痰便像枪弹射出，在空中划出一道银亮的弧。"韩小伾，有事吗？"韩小伾退到了台阶下一丛月季花旁，那花枝齐胸高，柿红的花朵盛大，香气扑鼻。韩小伾镇定了一下，说刚才见证了奇迹。"您见过菩萨的脸和眼吗？在山门那里的一块方砖上能看见。"关键时刻省略了"跪下"两个字，他觉得跟领导说"跪下"不妥当。韩小伾不缺叙述才能，用倒叙的方法把穆师傅加了进去。从道场下来走了七天七夜，是受了菩萨的召唤。进到山门便跪，抬脸就看见了菩萨。菩萨说："我在这里。"这是菩萨想要表达的，穆师傅能听见，他也能听见。他把这话说得笃定，有一点冥冥之中的意味。张主任有些狐疑，他在这寺院工作了十几年，在大阁内把头仰到最大限度，也只能看见菩萨的下巴。"能看见整张脸？"他表示疑惑。待韩小伾确定，他回屋披了一件衣服出来，说："走，我去看看。"

他跟韩小伾走向山门，韩小伾走在前边，沿路并没见到穆师傅。站到那块青砖上，韩小伾比画说，这是二位力士目光交汇处。他先跪下做示范，这次见到的菩萨跟上次不同，似乎更加亲切和温润，有了又一次见面的情谊。菩萨像是在说："瞧，我认识你。"这想法让韩小伾感动，情不自禁地濡湿了眼睛。短小的睫毛有了分量，他用手背抹了下，濡湿的面积又扩大了。他这一系列的动作有表演的成分，但不全是。张主任用腿拱他，让他赶紧腾地方。张主任不肯跪，撅着屁股矮下半个身子，这样那样地找角度，最终还是难看全。他跪下了一条腿，然后把两条腿都跪下了。要站起身时，小胖墩一步冲了上去，原来他一直在身后准备着。张主任对韩小伾说："奇特，太奇特了。难怪你感动，我都要感动了。那位师傅呢？"小胖墩搭话说，好像去大殿了。张主任率先朝大殿走，下台阶时脚步生风，一点也不像个病人。韩小伾在他身后跟着，嘴里提醒说："您慢点。""这是大事，"张主任头也不回，"这个发现很重要，能写进独觉寺的历史。这样的事这么多年咋没听说呢，大家都说除了当年的工匠，没人看过菩萨的整张脸。"迈进大殿高高的门槛，幽暗截住了带进来的日光，古老的尘埃隐遁于无形。人与菩萨相隔不足两米，菩萨巨大的身躯有种无形的压力，让人显得愈发渺小。莲花底座两侧是善财童子，也比人高出许多。穆师傅从菩萨身后转过来，手里执一把笤帚。他完全不是新来乍到的样子，似乎在这里已经待很久了。奇怪的是，他也像换了个人，青黄的面皮像是在哪里洗浴过，放出洁净的光来。身体也摆脱了疲乏劳累，看上去柔和而飘逸。他把笤帚夹在腋下，对张主任深施一礼，念了句佛号。张主任猝不及防,赶紧说:"你忙你的。"就从大殿里出来了。

"就让他在这里伺候菩萨吧。"张主任对韩小伓说。

4

独觉寺的名声是一点一点传开的。要说它过去没有名声是不对的,但像这样成为街谈巷议,自打它诞生恐怕也没有过。跪在方砖上看菩萨成了寺中一景。因为大门口经常挤着很多人,只要打从这里路过,准会有人停下脚步。开始是独觉寺的员工,他们不是跪一次,而是每天跪一次。这就不是看菩萨,而是求菩萨保佑。像金大姐,这成了每天的重要任务,跪下时嘴里念念有词。小胖墩说,金大姐要菩萨保佑的不是自己,而是公爹和丈夫。他们都在铁路系统工作,有不大不小的官职。

看见菩萨的事,张主任汇报给了文物局领导,文物局领导汇报给了宣传部领导。一层一层往上走,每天不定有多少张嘴在说。谁在哪里添油加醋,也不知道。大致脉络就是,穆师傅原本在道场修行,夜里忽然做了个梦,是独觉寺的菩萨邀他。他背起铺盖就上了路,直走了七天七夜。进到山门倒地跪拜,抬眼就看见了菩萨,而一千多年来谁都没见过菩萨的完整的脸。"我在这里。"菩萨脸容是笑的,只是看的人多了,就不笑了。张主任说穆师傅有仙气,第一眼见到就觉得有。有一回他问韩小乍："穆师傅会算命吗？"原来张主任的女儿结婚，想让穆师傅择个吉日。择的日子果然好，头天狂风大作，转天风和日丽。当然这是后话，也被张主任挂在嘴边很多年。

总之，这个发现是大事，到了妇孺皆知的程度。通讯员写了新闻稿，上了一百多家纸媒。来独觉寺看菩萨也成了风尚。埙城那些机关和企事业单位中有着大大小小头衔的人，找各种渠道免费进来看。看后都各有心得。当然也有失望的，抬头黑洞洞，头像若隐若现。哪里笑了？哪里说话了？嘴都看不清楚！有人说是因为光线，有人说就是因为没缘。这些真是好理由，让人能走进死胡同。但没来看的总是惦念，心无挂碍的成群结队来，也有单独来的，八成是有心事。某一天，一块杏黄色方垫被铺在了地砖上，上面缝着细密的针脚。金大姐到处嚷嚷："谁这么好心缝了垫子？"怕膝盖弄脏，她都是自己带报纸或手绢。问韩小乍，韩小乍说不知道。问穆师傅，穆师傅也说不知道。金大姐继续嚷道："难不成是菩萨放那里的？"谁都知道不可能，但大家都跑过去看，那垫子是黄绫面的，光滑柔软，寻常人家不会备这样的面料，过去富贵人家才有。再问韩小乍，他就开始打马虎眼。金大姐说："是你，肯定是你。我看见过你缝袜子。"

韩小乍知道是穆师傅放的。不是穆师傅还能是谁。了解穆师傅，是从那次推头开始的。穆师傅拿了一把剪子，让韩小乍帮忙剪一剪。那是把老式黑剪子，甚至看不出锋刃。"这样哪行。"韩小乍掂在手里看，如果不是有些分量，模样就像夹纸糊的。穆师傅的头发长且柔软，在脖颈处翘起来，韩小乍也看出，头发长长短短，大概也是用剪子随意剪的。韩小乍在部队就给战友理过发，他有家什。他问穆师傅怎么个理法，穆师傅捋了一下后脑勺，把头发攥到手里捻了捻，说："就剃光了吧，免得总麻烦人。"韩小伻说："剃光了不好。这里是文物保护单位，不是寺院，您不能剃得像个和尚。"穆师傅脸朝向夕阳，微微眯起眼说："那你就随便剃吧。"

"我还以为您是出家人，"韩小伻找话说，"从道场下来，大家都以为您是出家人。"

"我没剃度。"

"您哪来的黄绫布？"韩小伻想问这个。

穆师傅沉默了一会儿才说，是师父给的。他没剃度，却有师父。他跟师父气脉相通。他去告别师父时，师父为他披在身上，说师徒一场，算留个念想。可穆师傅觉得让别人拜菩萨时不受苦，比自己用更重要。那些人衣着鲜亮，弄脏了可惜。于是，他把整块布缝了起来。那是一丈多的尼棉绫，是上好的丝织品，缝在一起厚厚实实的。师父不止他一个徒弟，但只舍得送他一个人。其实他拜师父并不久。他在梦里问师父，这样做对不对。师父说，你想做，就是对的。

"师父真这样说？"韩小伻小心地问。心里想，他可真是多梦的人。他来独觉寺也是因为做梦。

"师父会这样说。"

"您除了想来伺候菩萨，还有别的下山的理由吗？"推子在他头上游走，那些茶灰色的头发翻卷着往下落，露出青白的头皮。那头皮就像真相一样无法隐遁。颅顶上的头发用梳子撑起来，留起了一个山坡样的头型。这是年轻人的发式，让他的脸看上去有些古怪。有些碎发落在穆师傅脸上，韩小伻躬下身子吹了口气。时过境迁，他才觉得穆师傅来独觉寺多少有些突兀。

很显然，穆师傅不愿谈。过了好半天，脸上漾出一片苦。"待不住啊！"他终于说道。自从看见大师兄从功德箱里往外偷钱，他就在那山上待不住了。后来他又发现，偷钱的不止一个比丘，他们做早课时比谁都认真。后来，他多留了一份心，才知道偷钱原来是常态。他头上像有一个锅盖遮着，终日觉得暗无天日。原本，察看一年的期限都要满了，他很快就可以正式成为比丘了。他问师父怎么办，师父竖起一根食指放在嘴边：不说。

他看着师父慈祥的脸，不明白师父为什么要这样。后来大致清楚了些，这些都是丢面子的事，师父不愿意丢面子。

"谢谢你收留我，"他说，"我想好了，如果寺里不收留，我就在墙外打个地铺，铲车来铲我也不走。"

"就为守护菩萨？"

"就为守护菩萨。"

"原来是个痴子。"韩小伾在心里说。

"我当时看您面熟。"韩小伾心中漾出一种莫名的感动。若说感动于他，莫如说感动于自己，这是一件多么正确的事。他说起高中毕业那年一个人游独觉寺，面对那扇小门有些好奇。"我好像在那时就见过您。"他说了开小门的事，自己无论如何都撼不动门闩，但一只瘦弱的手臂轻松就搞定了。"还以为您会武功。"

"那人不是我。"他摇了摇头。

其实，是与不是都没什么紧要。只是那天若不是看他面熟，韩小伾断不会去找张主任。这件事让他当时很受折磨，怕张主任说一些不中听的。本质上,他是个脸皮薄的人。"您确定那人不是您?"他怀疑穆师傅的记忆力。

穆师傅说,他一共来过独觉寺三次。小时候被大人抱着来求菩萨,是因为得天花,差点烧出麻子。十六岁那年来过一次,是考上学没能去念,一心想在哪里撞死。从这里回去,心里就太平了。第三次就是去北方的道场前,他是下决心要出家的。走之前来这里知会一声,花钱买了门票。

韩小伾"哦"了一声。穆师傅说得这样详细,那应该不是他。韩小伾对自己说,你不能为事情有个答案就强行找答案。生活中没有答案的事情有很多,就像那碗能让灵魂又香又暖的茶汤,都在岁月行走中湮没了。也许它们就是用来完成某种使命的。

"那道门闩我为什么抽不动呢?"韩小伾忽然有些生疑。

"你不得法,"话说出来更像双关语,随之又用轻松些的语调解释,"也许门闩里有机关,上下滑动一下就可以出槽。"

"哦,也许。"韩小伾应了一声。想什么时候再去试试,但过后也就忘了。

可那个人到底是谁?独觉寺确实没有那种长相的人。后来连退休的人都认全了,确实没有。那个人就像穆师傅,穆师傅却说不是他。释解了一道门,却没能释解一个人,这让韩小伾有些郁闷。

穆师傅谈起了半拉缸,这是许多年里他第一次说起家乡,离埧城十几里地,但路不好走,因为山头像半拉缸而得名。村子就坐落在山环里,有一百多口人。他妈是个有名的人,脾气不好,在村里得罪了很多人。很多人是多少,韩小伾在心里琢磨了一下,但没往下问。统共一百多口人的村子，都得罪了也就这么多吧。他把头发给穆师傅理好，从屋里拿来一面镜子给他照。穆师傅照得很仔细，摸着下巴说："年轻的时候也不是难看的人。"韩小侉笑着说："您现在也不差。"穆师傅说："那是你没看过我年轻的时候。"韩小侉又笑了笑，不再说什么，收拾了一应物件，放进了帆布做的口袋里，这是他用废弃的牛仔裤改制的。穆师傅迟疑着说："你——能不能帮我说句话？"

因为穆师傅，他跟张主任的关系拉近了。张主任有什么事不直接找穆师傅，而是让韩小侉去说。比如，他想在祖师殿房山处栽两棵树。它和伽蓝殿同为配殿，伽蓝殿的房山处有两棵银杏，这边却光秃秃。如果也栽两棵树，就形成了对称的格局。"你问问穆师傅栽什么树好。""栽两棵菩提吧。"穆师傅想也不想就这样说，好像早已深思熟虑。张主任没见过菩提树，就四处踅摸苗木。不久便有人捐了两棵树，是从南方运过来的，像银杏树一样大。这院子立刻就显出不同来。

张主任很吃惊。"世界上居然有这样巧的事……想菩提菩提就来？"

"菩萨身前放个功德箱，也让信众有地方做功德，"穆师傅说，"也可为菩萨积攒修缮费用，别的寺院也是这样。"张主任当然非常赞同，并指明让韩小侉去办。那些来看菩萨的人都很大方，功德箱里的钱眼见着往上增长。"只要我在这儿，这钱一张也飞不出去。"穆师傅当时这样说。

"我们相信您。"张主任说。

"您有什么事需要我？"韩小侉以为他又有什么新提议。

"我晚上要看书，有时要看到很晚。"他拧着的眉毛一只低一只高，刮过的脸很是干净。

"您是不是觉得扰了别人？"韩小作问。

他们之间有矛盾，韩小作是知道的。一个姓毛，一个姓桂。他俩一个管保洁，一个是园丁。独觉寺的东院有片菜地，也归老桂管。他们三人合住一间宿舍，老毛和老桂都有怨言，说他半夜还点着灯，说他叨叨咕咕就像神经病。有一天，穆师傅的一卷经书不见了。老毛说，让他擦屁股了。穆师傅气得脸色煞白，浑身哆嗦。老桂从床底下掏了出来，说："逗你玩呢！"

"没有空屋子了。"这个事让张主任也为难，跟着韩小作四处查看。挨着厕所有间空房子，做储藏室用，里面堆满了杂物。韩小作把穆师傅领过来，问这间行不行。穆师傅说行，只要能容身，住哪里都行。韩小作用多半天的时间把屋子腾空了，又抱来许多报纸糊墙用。韩小作再去看时，这屋子已经很像回事了。青砖地擦得洁净，门窗擦得洁净。屋里熏着草木香，墙上到处都是墨写的印刷体，居然比白墙好看。穆师傅手执经卷在屋里来回走，橐橐橐的脚步声滞重而拖沓，很远都能听到回响。

5

独觉寺是一座名声在外的寺院。经常有全国各地的游客为着各种想法来这里，他们可不独独为了看菩萨的脸。自从看菩萨的脸成了噱头,有人甚至故意从山门绕开。天底下什么样的人都有。有的人更愿意进到大阁内仰着头看,或跟穆师傅攀谈,或围着大阁转来转去。菩萨脚下竖着禁止拍照的牌子,穆师傅也盯得紧。他知道闪光灯会对塑像的保护有损害,所以绝不会允许游人拍照。游客讪讪地出来,拍大阁的檐角及台阶下的一簇彼岸花。彼岸花火红,一年开两次,每次的花期都很长。很多人看见这花就大惊小怪。这是一座木结构的榫卯建筑,据说在全国也仅有三座。还有人请穆师傅开书单,穆师傅的书单内容都在法物流通处,那是全国各地寺院寄过来的,光《金刚经》就有几十个版本,书有薄有厚,字有大有小。有的纸张薄脆,时间久了,那些漆黑的繁体字会一个一个从书里掉出来。还有人来说心里话,把自己的人生困惑或困厄讲给穆师傅听。韩小伾经常看见那些中年女人背着皮包匆匆而过。她们愁眉苦脸地来,喜眉笑眼地走。高跟鞋敲打在甬路中间的石板上,像唱歌一样。他留意的女人其实只有一个,四十几岁,大波浪发型,衣品好于其他人,眉眼画得很重。她自己说,是做生意的。她有时候也跟韩小伾攀谈,让韩小伾喊她"纪大姐"。从这里买些佛教用品,寄给外地的佛友。有一种仿青铜器铜牌,上边印着独觉寺的名字,后边印着佛号,属于贵重些的商品,她一次就买了十多个。"外地的佛友都很向往独觉寺,可惜千里迢迢不能来。我们就生活在他身边,这是多大的福报啊!"这个"他"是指独觉寺,可韩小伾隐隐觉得也指穆师傅。她的深情款款中,有一种真心诚意的虔敬。她身形轻盈地往外走,脸上是风浪过后的祥和与平静。韩小伾便呆呆地想,她的平静不知能保持多久。因为很快她还会再来,脚步匆匆,祥和与平静了无踪迹,烦恼都在脸上挂着。

外面很乱。他这样想。

独觉寺重新分工，文物保护和旅游开发各是一个部门。搞文物保护的坐办公室，都是年龄偏大的人。偏偏金大姐不服老，在旅游开发部门当主任。下设三个小组，卖票、检票、导游宣传都算在内。韩小侉选择来法物流通处，这里僻静，别人都不愿意干。金大姐说："挺大小伙子爱往没人的地方钻，你干脆出家当和尚吧，也不用搞对象了。"韩小侉笑笑，并不多做解释。法物流通处在祖师殿内，一天也难有人光顾。韩小侉想，没人来正好可以看书。他喜欢安静地看些闲书，寺院之间交换的那些杂志他也看，里面有佛教知识，也有山川风景。全国各地的寺院他如数家珍。祖师殿门窗朝向东，对面是伽蓝殿，右侧是山门，左侧是大阁，也就是观世音殿，俗称大殿或大阁。每天早晨太阳升起来，光线一点一点变亮，大阁前的龙柏通体放光，然后光线一点一点斜移，祖师殿就像在恭候，一寸一寸被沐浴。有时他故意坐门口，让阳光先照拂左半边脸，再照拂右半边脸。他微眯着眼坐在靠背椅上，就像个老人家。阳光虫子一样在脸上爬过，跌落在右肩膀上。大家私下议论，说他越来越像穆师傅。穆师傅是不是出家人没人关心，但他像水上浮萍一样没根基。这一点跟韩小侉也像。年假别人都想着法儿地回家过年，只有他们年复一年守着寺院，美其名曰"防烟火"。防火当然重要，那些烟花就在大阁的上空爆燃，可从除夕守到十五，别人确实做不到。他们不是守一年两年，而是一守就是十几年，直到过年禁了鞭炮。为此，韩小侉年年是无可争议的先进。

院落里阴阳各半，像一幅太极图。但这幅图随时在随日光变化，冥冥之中充满了确定和不确定。比如，不知从哪里突然蹦出一只蟾蜍，打破了那种平衡。它一边蹦跳一边东张西望，从阴处跳到阳处只是一刹那，它回头看了一眼，不知在思考些什么，然后倏忽不知去向。韩小侳以为自己眼花了，揉了揉眼睛再看，仍没发现它在哪里。连续几天韩小侳都会想起它，但它再也没有出现。早上的院子里空无一人，天地间只有穆师傅的诵经声，招引来很多鸟儿。

不知从哪年哪月开始，信众就成了一支队伍。他们出入不买门票，各时间段想来就来，让检票员不胜其烦，由此生出了很多争执。这事原本与韩小侳无关，可穆师傅找到了韩小侳，说无论哪里的寺庙，居士进出都免费，他们有皈依证。"他们是居士吗？"韩小侳困惑地问。穆师傅说，他们是居士，在山上的天林禅院受了五戒。天林禅院在天盘山的半腰上，那里有个惠永法师，主张受戒越早越好。这些韩小侳不知情，但他看到了皈依证，黄色的纸片上模糊地写着编号和法号。"我问问张主任吧。"他也没把握。韩小侳知道，检票员不让这些人进门也无可指摘，这里不是佛教场所，与文物保护有冲突。但无论怎样，这里有观音大士。张主任听了这话半天没言声，韩小侳心里有些打鼓。后来，张主任说："要让这些人买半票呢？"韩小侳坚持说不合适，信众中有些人并无收入，他们隔三岔五来，不能额外增加他们的负担。张主任很纳罕韩小侳的坚持，说："你咋还向着外人说话呢？"韩小侳脸一红，说他们不是外人，顿了顿，又说："其实我们才是外人。每天上万人买门票，若是菩萨有知，肯定不同意我们这么干。""嗨嗨嗨，离谱了啊，怎么越说越离谱。"张主任心里认同韩小侳的说法，但嘴上不承认。他站起身，说要去局里开会。原来他是去请示。张主任胆子小，任何事情自己也不愿意改变。转天，他在独觉寺员工的会上说，这些居士都是本乡本土的，来听穆师傅讲经也是修行，对人对己都没坏处。关键是要做好甄别工作，别让人浑水摸鱼，尤其不能跟人家闹矛盾。

韩小伾的一颗心终于放进了肚子里。

像任何活动一样，有些女人爱结伙来，手里拿来的供品也有穆师傅一份。穆师傅接过去，顺手放桌子后头。人走了以后，他让韩小伾分给其他人，他指了指门口。韩小伾明白他的意思，穆师傅也懂人情世故。他让穆师傅自己留着吃，给身体增加些营养。穆师傅说："分给他们吧。"

穆师傅的饭食很简单。如果有白米粥，他就用一碗，加一点咸菜。如果是馒头，他就掰开，也夹一点咸菜，边走边吃。食堂在跨院的西厢房，有着油腻的冷荤气味。张主任爱吃动物内脏，管理员就在这方面推陈出新。门票五毛钱的时候，据说食堂里都是素食，后来才慢慢放开。"我们又不是出家人，凭什么吃素，营养不良了怎么办？"有员工提出抗议。

供桌上的供品从未像现在这么丰盛。有糕点、水果、牛奶，以及市场上能见到的各种小吃，甚至营养品，还有人送来包装精巧的外国咖啡和巧克力。只有你想不到，没有菩萨吃不到。桌子上摆不下就放地上，像小山似的摞起来。独觉寺的人开玩笑说，当菩萨比当人好，不干活还能吃得这样高档而丰盛。当然，这些东西最终还是要流到人的肚子里，但这是在菩萨吃过之后。穆师傅会喊一些年轻人过来，让他们赶在食物腐烂之前用纸箱装走。"家里的小孩子吃供品好，包治百病。"

金大姐跟韩小侟打赌，说没人的时候穆师傅指定也吃供品。韩小侟急忙摆手，说："我不跟你赌，我知道他不会吃。"

有一段时间，独觉寺的人爱回顾都有哪些大人物来看过菩萨。这时候跪在山门那儿看菩萨的已经寥寥无几，尤其是年轻人，听说要跪下才能看，就一点商量也没有。那些年轻男女，紧走几步拔腿就下台阶。排队看菩萨的盛景一去不复返。不管谁来，从没人要求穆师傅回避。穆师傅手执一卷经书坐在门里读，上午九十点钟，正好有一束阳光斜斜地洒进来。穆师傅及手里的经书都会放出光，仿佛与照进来的日光融为一体，仿佛穆师傅就是日光的尽头。穆师傅读得旁若无人，别人问他问题，他才会把经卷放下。独觉寺的人就对大人物会不会跪下感兴趣，他们不关心别的。可穆师傅一句闲话都不会说。他说他什么也没看见。他只谈经说法。

金大姐梗着脖子说穆师傅会装："他以为自己也是大人物呢。"

韩小侟认真地解释，穆师傅就是这样的人，他对别人跪不跪没那么好奇。

"早晚有一天你也像他一样魔怔。"金大姐翻着眼皮抢白道。她换了一件昂贵的新衣服，趾高气扬。

时事和世事都在变，说日新月异一点也不为过。工资从两三百涨到两三千，好像也就三五年的事。街上那些店面几易其主，当然也升级改造。从剃头剪发，到冷烫、热烫、离子烫，到焗染漂洗，仿佛一夜之间，头发变得五颜六色。栗黄、酒红、深咖、浅咖、大麦色、胭脂灰、烟麻色，只有你想不到，没有做不出来的。也有年轻人染一头绿或一头白，耳洞里夸张地挂着大耳环，成为一条街的风情。一场又一场技术革新始于脑袋，却不动声色。思维从这里打开了疆域，时尚和流行变成了日常。

说穆师傅带来了独觉寺的人流不客观。韩小侔清晰地记得，那年旅游人数的暴增让人始料不及，仿佛全国十多亿人都在参与流动。下午都快下班了，外边买票的还在排长队。那时门票涨到了十块钱，每晚统计门票钱是件开心的事。售票员兴高采烈地从那间小屋子里飞出来，手里提着塑料袋，里面装满了票根，像自己发了财一样心花怒放。有的游客为了这十块钱花得值，甚至躲藏在厕所或哪个角落，在寺庙里过夜。最初是几个建筑学院的大学生，以画图为理由。后来这种事情隔三岔五就会发生。张主任下了死命令，下班之前所有工作人员参与清场，连厕所都有人专门盯着。

游客不是穆师傅带来的，但信众是穆师傅带来的，这一点谁也没法否认。有时候，听他讲经说法的人在大阁里坐成一片，分不清谁是居士，谁不是居士，也分不清谁是专程而来，谁是偶然路过。这是大阁里最安静的时候，穆师傅的声音从那座古旧的建筑里传出，带着几分恬淡和超然。仿佛这声音原本就是寺庙的一部分。韩小侔就是在这个时候注意到，龙柏树上落满了鸟儿。后来鸟儿呼啦啦飞走，是穆师傅站起来伸懒腰了。

"应无所住而生其心。"韩小侔牢牢记住了《金刚经》里的这句话，有醍醐灌顶之感。六祖慧能因为这句话开悟，一切万法不离自性，得传衣钵。"菩提本无树，明镜亦非台，本来无一物，何处惹尘埃？"韩小侔自忖离开悟远，但离《心经》近。佛说：人生在世如身处荆棘林中。心不动则人不妄动，不动则不伤；如心动则人妄动，则伤其身痛其骨，于是体会到世间诸般苦。

穆师傅伸懒腰要到大殿的侧面来，这里有一米宽的花岗岩石板，对着跨院墙外的两棵白皮松。而白皮松的前边就是韩小伾待的祖师殿，所以他在这里观察非常方便。伸懒腰，打哈欠，穆师傅都是在大殿一侧进行。他两手叉腰，头像鹅一样往前伸，腰弓并不因此而直些。但嘴角会咧到最大，露出红色的牙床。他有时也会擤把鼻涕，用纸揩干净，再把纸折好放衣兜里。他的灰布上衣有个小口袋，放进去时他还用手按一按。然后，两手相搓，再搓面颊及两耳，反复多次。大概清理完了困乏，他又回到那些信众之中。

穆师傅不知道韩小伾在窥视他。小格子窗的玻璃把穆师傅的身形分成若干段。他凑近些，身形就会完整。有时，穆师傅也在花岗岩石板上走几遭。他始终垂着头，拱起肩膀，若有所思的样子。那些深奥的经书消耗了他的精气，他显得更加疲弱。有时，他也站在高处朝祖师殿方向打量。明知道他看不到室内，韩小伾还是会迅速离开窗子，坐进柜台内，俯在桌子上看书。那座建筑显得很矮。房山处的两棵菩提只露出树梢上的枝叶。但春天它能开出满树的花，白花红蕊，在一个穗子上结出许多小的花朵。花瓣落下时，穆师傅就拿一只碗到树下去捡拾，晾干以后泡茶喝。

韩小伾曾把花瓣放嘴里咀嚼，有一种微苦的味道。

6

祖师殿最早供奉的是达摩禅师,这有史料记载。后来不知在哪个朝代,达摩禅师不见了。辟为法物流通处,也是不得已而为之。好好的房子,总不能闲置。里面有两截货柜,但商品很少。有些册子是赠品,有些法物得买,光简介有时就能卖一两千份。别人也纳罕,过去这里没人光顾啊。"你看菩萨的时候,菩萨也在看你。"将这样醒目的话印在折页的卷首,过去非常打动人,时过境迁,现在已经没人留意了。游人花几毛钱买到手里,好歹看一眼,也不珍惜。随意拿着抽打这里或那里,或当小扇子用,或者放台阶上当坐垫。工作人员提醒他们哪里能看到菩萨的脸,他们不屑一顾地绕着走,倒好像这里有陷阱。当然,也担心会重复收费。还有,他们对导购、导游之类的开始不信任。那个姜黄色的垫子早已看不出本来面目,但摸上去还柔和,不管外边怎样脏,没伤及内里。游客仰着脸进到山门踩上去,也不再有人提醒——它已经不可能更脏了,跟地皮一个颜色。也许通风好的缘故,它并未糟朽。韩小佫每天要跟会计报账。自己清点了,再把账单拿到会计室。他烦,会计也烦,别人都下班了,他们还在为几毛钱的差池绞尽脑汁。会计到张主任那里去抱怨。张主任说:"韩小佫,不如你承包了吧。现在外边都讲承包,你象征性地交点钱,工资照常发,赚了算你的,赔了算公家的。这样就没那么多麻烦了。"

这是张主任会说话。张主任心想,卖不了的东西还在,这买卖也赔不了。

这跟搞单干差不多,韩小伾说啥也不同意。他跟张主任说,他热爱集体生活,他不想跑单帮,跟大家不一样,他心里会惶恐。张主任着急,说:"这怎么叫跑单帮呢?你的工作跟过去没区别,保险、公积金由单位缴纳的那部分也不会少,单位到时发你工资,大小节日发啥都不少你的,只不过减少了你报账的环节,赚了钱你自己揣兜里,挣多少谁也不知道。让你说,这不是好事?"韩小伾把事情跟穆师傅说了,他喜欢凡事跟穆师傅念叨。穆师傅思量着,点头说:"是好事。"他问怎么个好法,穆师傅却避而不谈。他问韩小伾最近对象处得怎么样。女的在评剧团演配角。即便是配角,那模样也娇美。眼睛、鼻子、嘴巴,没有一样不俏。乍一见,韩小伾就很动心。但韩小伾有些害羞,还有些拿不准。他这样回复穆师傅:"八字还没一撇呢。"

评剧团与独觉寺相距不远,中间只隔一座幼儿园,走过来也就几分钟。排练的空隙,王小燕能到独觉寺溜达一圈。韩小伾从剧团门口过,能听见咿咿呀呀的唱腔和乒乒乓乓耍棍棒的声音。一想到那里有个人跟自己有关,韩小伾的心就柔软了。做演员说起来好听,但小地方的剧团,常年下乡,风餐露宿,生活并不像表面那么光鲜。他们的相识说来也奇特。韩小伾参加了一个战友聚会,战友们的孩子都会打酱油了。听说他还单着,都替他着急。马长福在酒桌上说,村里有个女孩子在剧团唱戏,小时候好看得惊天动地。韩小伾连连说不行,自己房无一间地无一垄,哪有资格谈对象。马长福瞪着猩红的眼睛说:"咋没资格,凭你这条件,家里外头都没拖累,天底下没处找去。"

事实是,韩小伾曾经处了两三个,都因为没房子谈不下去。那些姑娘的理由很简单，租房住可以，一两年、三四年都可以，但要一辈子租房住，就不可以。没家里帮衬，想有房也难。最后一拨福利分房没赶上，随后商品房滚滚而来。金大姐给他算过一笔账，说他若等着分房，在文物系统他排63号。若是一年分两套，他退休那年差不多能赶上。若是一年分一套，那就到死也赶不上。"还是商品房好，有钱就能买。"她大剌剌地说。那些红砖房崭新漂亮，但几万块钱的购房款，韩小伓想也不敢想。有些姑娘知道他买不起房，还是执意见一见，开口问一问，防他打掩埋。毕竟他是复转军人，又有事业单位身份，参加工作几年，从理论上讲，也不能一贫如洗。及至见了面，发现他真不是能打掩埋的人。他几乎没有积蓄，为姐姐盖房倾其所有。而且，他乐意述说这一点，毫不隐讳。他上班那年，姐夫拿出一个存折，让他买辆自行车和几件新衣服。那是姐姐和姐夫的全部财产——260元。

那些姑娘没有一个能为这故事留下来。

就为这个存折，他下决心帮助姐姐。让姐姐成为村里让人羡慕的人，因为她有一个好弟弟，这就是他的奋斗目标。当年姐姐嫁给了村里最穷的人，住在一个土坯搭成的小房子里，跟地里看瓜人的窝棚差不多。后来要了宅基地，却年复一年盖不起房，被左邻右舍瞧不起，大队干部在大喇叭里广播，说再不盖房就把宅基地收回去。清明节姐姐给父母烧纸时还在哭诉艰窘，说若是父母活着，她就有倚仗，就不会这样遭人欺负！

如今，姐姐的房子已经盖起来了，不是原来计划的三间，而是五间。三个卧室，两个堂屋。姐姐解释说，多盖出的两间特意留给他，将来如果回乡说媳妇，就住在一起。像小时候一样，还做一家人。他心头一暖，险些落泪。可看着姐姐的两个儿子都齐腰高了，心里陡地一凉。他知道这只是姐姐的愿景，等两个外甥长大结婚了，怎么可能有他的容身之地。他的祖屋离这里并不远，只是塌了檐角，没法住人。他当兵的那几年，姐姐还去拔草，想他退伍回来有地方安身。后来他有了工作，姐姐就自觉不去拔了。那房子久无人居住，不知养了多少耗子。

"我以后要在城里买房结婚，你不用为我操心，把自己的日子过好，不用我惦记就行了。"他对姐姐说。

"能找着合适的？"姐姐疑惑且充满期待地看着他，并不问怎么买房。

"能找着。"他眉眼没抬。

这次回家，是几年里他密集回家的最后一次。以后，就再也不用了。他对自己说。因为没有那样多的责任了。姐夫是老实人，就知道下死力气干活。盖房所有的细节姐姐都要跟他商量，包括线路怎么走，哪里安个插座之类。他也没有经验，但他有城里人的眼界。地上铺瓷砖，瓷砖是最廉价的那种，但也强过水泥地。窗子是大开扇，铝合金窗框，无论从里往外看，还是从外往里看，都亮亮堂堂的。院子里保留了一棵苹果树。姐姐说，一棵苹果树不授粉，结不了果。那有什么关系呢？他说，有棵大树在院子里是风景，也是风水，结不结果没那么重要。姐姐不懂他的道理，但听他的。虽然姐夫极力反对，但苹果树还是留下了。姐姐乔迁那天，放了很多炮仗，炮仗皮子扫了一拱车子。当然，这些炮仗也是他从埇城买来的，小羊鞭、二踢脚、麻雷子、大礼花。他用口袋驮了来，倒进一只草筐里，姐姐心疼得直抽冷气，这得花多少钱！但两个外甥欢天喜地，他们抬着筐过一条土路，前边是个坑塘，在那里放鞭炮再适合不过了。姐姐追出来说，那是给自己家放吗？那是给坑塘里的鱼虾王八放。两个外甥又把筐抬了回来，放到了自家门口。左邻右舍都出来看热闹，他们远远站着，抱着肩膀。韩小伓过去让了根烟，以往的过节就算解开了。邻居的目光里满是羡慕，说姐姐这是一步登天了。他希望姐姐的日子从这天开始火爆。也就是这次回家，他发现姐姐在吃素。家里有两尺高的一座佛龛，里面是一座观音像。虽然喜悦难以覆盖，但姐姐长满雀斑的脸孔呈一种暗黄色，他有些心疼。他问姐姐从啥时开始吃素的。姐姐说："你刚去独觉寺上班的时候。你在佛寺里做事，我吃素是应该的。"

他一怔，想说"我都不吃素"，但一转念，还是算了。

这个王小燕不是一般人。她说租一辈子房也没啥，只要两人幸福，睡马路上都行。马长福把话捎过来，韩小伓的心怦地一跳，认定这就是个仙女，是菩萨送她来与自己相识的，剩下的就是相知、牵手、揽她入怀，做一切朦胧而美好的事。韩小伓没真正谈过女朋友，但从文学作品里获得了些经验，再加上身体和心理层面需求的各项指数，他差不多能预料到故事的走向。如果女方没意见，自己也没啥能力挑拣，他还没有生出挑拣的心。只要女方有工资，能在城里过上安稳日子，咋样都行。韩小伓在等媒人约见面，某一天，王小燕突然找来了。是夏末的一个午后，她穿了条粉色薄纱裙，袅袅婷婷地走进了山门。正好是"小胖墩"值班。他叫李起，身上堆积的脂肪已经减了很多，传闻他也恋爱了，露出了显而易见的脖子，以及脖子上的几条勒痕。"票呢？"他问。王小燕站在台阶下，扬起粉嘟嘟的脸说来找朋友。"我是评剧团的，来找韩小伾。你知道他在哪儿吗？"清脆的嗓音像在念舞台道白，空旷的山门里回响不绝如缕。李起赶忙指着祖师殿的方向说，韩老师一天到晚都在那里。"他是老师？"王小燕疑惑地问。李起说："他不是老师，但他有学问，我们都这么叫他。"王小燕雀跃着下了台阶，却没有朝那个方向走，而是先去了伽蓝殿，后又去了大阁。前边后边逛完了，才来祖师殿。

　　关于"老师"这样的称呼，韩小伾也不清楚是怎样流行起来的。最早称呼他老师的是一位京城来的学者，他游独觉寺不要导游。"我不要听故事，有了解独觉寺历史的人吗？"这是位大学者，与普通游客的要求不同。张主任急中生智，把韩小伾从人群里拉了出来，说这是独觉寺最有学问的人。韩小伾是第一次当众讲解独觉寺的历史，他一直对这块内容感兴趣。韩小伾站在大学者面前，也显得胸有成竹。年代不可考，但有资料记载的第一次大修是在辽统和二年，那么建筑肯定是在辽代以前了。以后大修的年代及主要做了哪些改动，韩小伾都如数家珍。

　　"乾隆十八年做了支撑加固，这些斜向支柱不是本来就有的，而是那一年添加的，我们现在看，跟整体建筑浑然一体。民国十一年发生了大地震，城内民房倒塌无数，大阁却安然无恙，与那次大修有直接关系。"他重点介绍了光绪二十七年"两宫回銮"之后的一次大修，因"有谒陵盛典，道出埙城"。说白了，就是两宫太后曾打这里过，才得来独觉寺的最后一次大修的机会，现在所见油彩该是那时遗留的。北伐成功后，县党部成立，第一件事就是要拍卖独觉寺，因为民众示威反对,幸未实现。否则,那时就被当作封建迷信破坏掉了。

"后来一直没有再修?"学者问。

"都是小打小闹,比如给大门上油漆之类,其实更像是走形式。"

"盛世修庙,历史向来如此。"学者频频点头。

韩小侔讲的这些基本也是资料,可用口语化的方式说出来,就不显得那么别扭。学者提出的问题,他也能够解答。还有一些佛教方面的知识,韩小侔甚至能从佛教传入埙城开始讲起。"四谛""八正道""十二因缘",讲起来有板有眼。这些佛教教义有些是他听穆师傅讲的,有些是自己看书看的。学者跟他握别时掏出了一张名片,指着下边的一行数字说,这是家里的电话。"韩老师,你可以随时来北京找我。"陪同者众,韩小侔是唯一获得名片的人。当然,韩小侔后来也没去找学者,但那张名片一直保留着。

起初,有人叫韩老师他非常不好意思,后来也慢慢接受了。独觉寺扩大编制,来了几个年轻人,他们喊韩老师,最是顺理成章了。

蝴蝶一样轻灵的身影跳进来,他就觉得眼前一亮,半透明的纱裙裹着一个妙人儿站在了眼前。他疑心自己眼花了,世间怎么会有这样曼妙的女子呢?唇红齿白,眉如星月眼含风。那一瞬间,韩小侔觉得背了那么多唐诗宋词仍捉襟见肘,词穷带来的困窘让他感到悲伤和沮丧。他甚至朝她身后看,有没有拖着一条尾巴。独觉寺里有许多类似的传说,还有人特意问,你在这里住了这些年,有没有碰到过灵异的事?神怪这东西自古传到今,也是老神怪了。同人一样,老而无能,貌美如花也是枉然。他这样想,先就放松了。那人开口说:"你是韩小侔吧?我是王小燕,评剧团的。"韩小侔一下又慌了,脸像红布一样。他知道她是谁了,他六神无主的样子显得特别可笑。想搬凳子,又想倒水,身子转过去就不好意思转过来。王小燕咯咯地笑,说:"你紧张什么,我又不吃人。"韩小伓用很大的意志力才阻止自己发抖,这样的情景过去从没出现过。他脑子一片混乱,总算把凳子从柜台里面搬了出来,请她坐,王小燕却不坐。她闲散地这里看那里看,不懂就问。这是啥,那是啥,这多少钱,那多少钱。韩小伓靠柜台笔挺地站着,眼睛跟着王小燕转。他想自己也许衣衫不整,头脸没洗干净,眼角不舒服也不敢用手去抹,怕吸引她的注意力。她就像一个神怪,害得他大气都不敢出。王小燕其实没怎么看他,视线尽在别处,看到桌子上摊开的经书被韩小伓用圆珠笔做了标注,王小燕说:"我没文化,但我喜欢爱看书的人。这书上讲的是啥?"

王小燕小学四年级被选入评剧团,个子一直没长高,演戏也演金童玉女之类,装扮起来就像个孩子,戏份不多却不可或缺。人家不紧张,韩小伓的紧张也消弭了,他暗暗骂自己没出息。韩小伓对舞台很好奇,问的问题大多业余,但王小燕乐于回答。她还讲了许多剧团里有趣的事。下乡住到老乡家,她和两个女伴被分到了一户人家的新婚洞房。新人住炕头,她们住炕脚,说了半宿的话。还有一次到北京的郊县去演出,夜场演完十二点,大家睡个囫囵觉,凌晨四点骑车去天安门广场看升国旗。那时是冬天,滴水成冰。男的骑车,女的坐车,浩浩荡荡几十口子人,路上不时摔得人仰马翻。到了广场才发现,男演员的帽子、眉毛、胡子上结满了白霜,手脚冻得发麻,在广场像蹭天猴一样跳。广场上人山人海,摩肩接踵,个子小的女演员骑到男演员的肩上……韩小伓眼神回闪了下,目光落到王小燕身上,她大概只有一米五，剧团应该没有比她个子更小的人了。但这样的念头来不及分辨，就从脑海里倏忽划过。王小燕的语言俏皮灵动，音色清脆，像大珠小珠落玉盘。关键是，神色坦然得像刚出生的婴儿，对这个世界都不设防。韩小侎没提防自己脸上是开了花的笑，他觉得如果一辈子有这样一个女人在身旁说话，也是美妙的事。总之，这个下午过得相当愉快，临走时，两人目光都有些不舍。王小燕说，她是打着相亲的旗号请的假，否则现在正在排大戏，根本不会被放出来。韩小侎送她出门，她却噔噔噔地跑进了观音阁。出来时，两手抓满了饼干之类的各种小吃，她挤眼睛的同时扮了一个鬼脸，这鬼脸俏皮、私密而又高级，好像在说："只有我俩知道。喏，对不起，我淘气了。"她说她就喜欢吃这种奶油巧克力点心，只要闻着了味，根本挡不住诱惑。

韩小侎脸上挂着笑，但那笑陡然被风吹了一下，风干在了脸上。独觉寺的人谁都不会去菩萨面前拿吃的，当然，被穆师傅撤下来的除外，这是种自觉。那种冒犯的感觉别人可能没有，但韩小侎有。眼下，韩小侎看着这个精灵蹦跳着跑下台阶，内心忽明忽暗，五味杂陈。但王小燕的眼神温润了他，那眼神清澈、明媚、信任、友好，让他瞬间心头有了一汪水。他人际关系不错，但被这样柔情以待，似乎也没有过。后来，韩小侎便给她买了一些奶油巧克力点心放抽屉里备着，她又不想吃了。"人家早吃够了。你以为我是小白兔呀，专吃胡萝卜。"

站在龙柏树下，他和穆师傅谈佛法。阳光安静地投射过来，他俩就像在专门沐浴。这是游客到来前的短暂时光，除了他俩，寺院里空无一人。黄土地上有扫帚的划痕，几只麻雀掠过，倏忽不知去向。湛蓝的天空下，丝丝云絮在飘。穆师傅身上有股奇异的香气，他隐隐能闻到。也许是柏木香被穆师傅吸收了，又通过身体发散出来。他情不自禁地看了眼龙柏，那细密的枝叶都似藏着香气。他想，这是长给菩萨看的，正好在菩萨的眼皮子底下。菩萨也需要这样的自然之香。穆师傅是代替菩萨守护它。他心底有疑惑，是因为偶然看到了"丹霞烧佛"的故事。讲的是高僧丹霞禅师以烧木佛取暖，高扬本心自性，"即心即佛"，成为历史上著名的禅宗公案。

他知道丹霞这样做是为破除人们对木佛的执念。院主问："为啥烧我木佛？"丹霞说："吾是在烧取舍利。"院主说："木佛哪有舍利？"丹霞说："既无舍利，待吾再取两尊来烧。"韩小伾的问题是，这木佛丹霞烧得，别人烧得吗？

"烧不得。"这是穆师傅的回答，其实也是韩小伾自己的回答。"这是一场有预判的点化，或是一场示现。那是在已然察觉对方执于外相的情况下，用这种极端的方式点醒他。如果真要说舍利，那么最珍贵的舍利就是佛经。真正续佛慧命的修行人，不会把目光局限在木制泥胎上，心中有佛才是大关键。"

"是这样。那么如果……"韩小伾看着脚下，一队蚂蚁不知从哪里爬了来，仪仗似的向龙柏方向前行，各个负重。他自觉后退了半步，不挡它们的路。"有人取了佛前的供品来吃，这算大不敬吗？"

"不算，"穆师傅果断地说，"人敬佛，佛也敬人。"

"不是因为饥饿。"

"想吃便吃。"

"可您却不吃。"韩小伾说。

"不能跟我比。"他话接得很快，很明显，他知晓韩小伾话里话外的意思。"我是伺候菩萨的，是受了戒的，跟寻常人不一样。"

"您不是寻常人？"韩小伓想开玩笑。

这话却让穆师傅为难。他拧着眉头看脚下，半天没说话。

"我知道您不寻常，"韩小伓把话捡了回来，"所以有些事想听您的意见。人您也见着了，您觉得她怎么样？"

穆师傅朝菩提树的方向望，目光一时收不回。静了片刻，他说："人都是一样的。"他的喉结明显滚动了一下，吞咽了口唾沫，说："你觉得合适就是好的。"

7

只要不下乡，王小燕就经常往独觉寺跑。进了山门也不跟人打招呼，她的娇俏模样就是最好的通行证，独觉寺的人看她就像看天上的仙女。

她也知道那些眼光是艳羡，越发表现出自己的与众不同。胸脯挺得高，脚步更加轻盈。跃下台阶时，像在舞台上跳舞。大家都知道她是韩小伓的女朋友，觉得韩小伓真是烧高香了，找到这么漂亮的女朋友。李起说："如果我女朋友这么漂亮，每天早起先给她磕三个头。"李起原来是商家拳的传人，老家在城北的商家村，是北少林武术兴起的地方。他父亲现在也是有名的拳师，以教徒为生。只是李起小时候就吃成了"大肚汉"。后来考学出来，就断了习武的念想。但每天早起给商家祖师磕头,是小时候养成的习惯。每一次见面,韩小伟都心惊肉跳。他总不知道王小燕下一刻想干什么。比如,她在水龙头那里洗一个苹果,洗的时间足够长,两只小手冰得通红。她把苹果咬在嘴里,倏然把两只手插到了韩小伟的腋下。这是大白天,身边不时有人经过。韩小伟下意识地朝后躲,脚下一踉跄,险些摔倒。"你没见过谈恋爱的吗?"她有些生气地说,"谈恋爱都是这样的。"她嘟起嘴让韩小伟吻,再不就让韩小伟抱抱她。"我这几天特别能吃,体重都增加了。"她的意思是自己心情好。

这些事情韩小伟在她走了以后也想,可就是被她要求的时候做不出。韩小伟觉得,这是私密的事,不能说做就做,得有个程序。况且,这才认识几天,感觉也还没到那个份上。但他又理解王小燕,她的孩子气、她的放松状态和演员身份,都有莫名的标签属性,似乎借此就有超越的自由和权利。有一天,快下班的时候,王小燕又来了,赖唧唧地说想吃肉。"一连三天了,单位的食堂素得能养和尚。"她的语气和神情满含演出来的悲伤,莫名让人感动。

韩小伟把她安顿在宿舍,自己去西关市场买了块牛肉。他这样的单身汉,宿舍里都备了些能应急的厨具,好歹自己能解决吃饭问题。菜板只有一只巴掌大,在这之前他只是煮粥、煮面时在上面切些葱花、咸菜,处理牛肉还是第一次。一斤牛肉切了老半天,既防着切手,又防着肉落下案板,握着的是把牛角刀,也不是很称手。电炉子上坐一只小铝锅,先烧水煮肉。他摇了摇暖瓶,里面没开水,又用大铁壶烧开水。独觉寺有锅炉房,偏偏这天他忘记了打开水。院子角落有棵花椒树,他摘下花椒和几片叶子。这些工序他从小就懂得,父亲就是一个讲究吃的人，有些事情他无师自通。整个过程烦琐而漫长。韩小侤享受这过程，夜晚才刚开始，他觉得有的是时间。他还从未经历过眼下这种情境，给一个女人做饭，而这个女人与自己有关联。他嘴角漾起满足的笑，情不自禁地哼起了歌，跑腔跑调，连王小燕异样的眼神都没看到。王小燕终于听不下去了，自己起了个高音："十五的月亮，照在家乡照在边关……"

韩小侤这才竖起耳朵，丝毫不明白她为什么要唱这首歌。听了片刻，他说："你嗓子真好。"

王小燕扑哧一声笑了，笑得花枝乱颤，韩小侤这才明白她是在笑自己。

王小燕初始耐得住性子，跟在他身后转，剥棵葱，剥几瓣蒜，脸上洋溢着幸福和快乐。剧团里有男主女主，有一号二号，有Ａ角Ｂ角。但无论怎样都排不上她。她们这种小角色，很遭人轻贱和怠慢。找个知冷知热的对象，就是人生最大的目标。那些大主演是舞台精灵，谢幕有人送鲜花，有人请去家里唱堂会，甚至现场都能分到很多钞票。她们只能眼巴巴看着，或者跟在人家屁股后头做陪衬。有个女小生也是台柱子，整日面沉似水，进剧团几年甚至都没跟她说过话，但跟男主演公开吊膀子，接吻的时候实打实，口红都蹭人腮帮子上了。对于这些事，她们都不缺少敏锐的观察，台上是戏，台下也是戏，眼里心里都是风情。邻居马长福介绍韩小侤，她一听条件就觉得合心意。复转军人——身体没问题。事业单位——收入有保障。重要的是，没有父母拖累，这样的条件简直天上难找地下难寻。与公婆打交道，也是她们那类人的硬伤，耳朵早被其他女演员磨出了茧子。像王小燕这样心性的人，如果再多一层束缚，还不如杀了她。及至见了面，韩小伾的模样和身高都过得去。尤其那副军人的身板，不输男演员的挺拔。第一次见面，她貌似没看他，其实从里到外早研究得透透的。从小在舞台上摸爬滚打，搭一眼就明白个七七八八。所以她对韩小伾从一开始就倾心，就十拿九稳。她相信韩小伾也跟她有一样的想法，她拿得准他的慌乱与紧张。这与过去跟别人谈不一样，有时还要装一装、演一演。黄豆心黑豆心，琢磨来琢磨去。各种试探，各种装模作样，各种巧言令色，在他面前都用不着。他就应该是她的，就像老夫老妻，谁都不该有其他的想头。她从十五岁开始谈恋爱，戏码改了无数次。现在已然过了玩兴，就想找个老实巴交的人过日子。

她间或唱个曲，或跳段舞，说些剧团内部的事。有些事很污糟，她说得口无遮拦。那种孩子似的稚气，越发显露无遗。韩小伾默默地听，只当她拿他贴心。她家兄弟姐妹八人，她是最小的一个。来剧团前没穿过新鞋子。她那年只有十二岁，被团长选了来，第一夜就尿了炕。那些小姐妹都指戳她，不跟她玩，在食堂吃饭也不跟她坐一起，说她骚。"知道后来我是怎么对付她们的吗？"使了哪些手段她没说，她很快转移了话题。"我是第一个能下腰的。在空中练一字形，就像鸟儿大劈叉，我是第一个达标的。跳《四小天鹅》，我是领舞。可惜那时只是练功，没有多少上场的机会。这是评剧团，如果是歌舞剧团，我谁也不输。"她愤愤地说，似乎受到的所有不公和委屈都还在。他不由得看她一眼，知道她是吃过苦的，不像表面那样心性单纯，她心里有东西，只在遇见他的时候能说出来。在那个争芳斗艳的群体中，不脱几层皮估计也很难混下去。他很想拍一拍她的背，或把她揽在怀里，摸摸她的头发。可看了看自己的两只油手，只得作罢。以后就好了。他注视着她，心里说，两个人比一个人有力量。至于有力量干什么，他想说："抵御生活的严酷。"可这些话像戏词，他说不出口。况且，严酷的生活什么样，他也不得要领。在他心里，驮大筐去北京卖白薯就是最严酷的了。他为自己的想法轻浅地笑了，觉得自己好笑。她却误会了。"你嘲笑我？"他赶忙否认。"你就是嘲笑我！"她突然生气了，眉眼立起，一边嘴角上扬，有抽搐的迹象。"我没有，没有。"韩小乍不知怎样解释才好。"我怎么可能嘲笑你呢？"他说，"我的意思是……"他把意思说完，又添加了内容，"以后只要有人欺负你，你就告诉我，我找他算账。"他语气里的笃定有种义不容辞，仿佛他能包揽她的一切。她的眼圈红了，梨花带雨的样子愈发惹人爱怜。"你别生气了，"他近乎哀求，"我不许你生气，你生气我心疼。"他从没说过这样软的话，吃惊于能够这样表达，自己都要起鸡皮疙瘩了。她穿了一件白色的兔毛衫，健美裤包着屁股。韩小乍灵机一动，说："你给我跳支《四小天鹅》吧，我只在电视里看过。"他恳切地看着她，终于让她相信他是真心的。她的面容慢慢恢复了柔和，两臂舒展开，脚尖翘起，突然一个旋转。韩小乍把两只油手拍到一起，由衷地说："你真美。"

"你要永远对我好。"她说。

《定风波》——韩小乍想起了苏东坡的这首词，"也无风雨也无晴"。

大多数时间，韩小乍都沉浸在自己的忙碌里，却忙得既没速度，也没质量。这只能怪他手生，还有手忙脚乱。那个小小的插曲影响了他的情绪，让他更加没有章法。电炉子放在地上，他一个没提防，差一点把锅踢翻了。这是王小燕第一次来宿舍，两人独处一室，这屋子就显得小。韩小伄偶尔还胡思乱想，生怕哪个同事冒失闯进来。值夜班的有四个人，他们在某间屋里打牌，爱开个玩笑，或是跑过来找饭吃，他们都没深没浅。王小燕逐渐显出了疲态，也许是饿的，越来越无精打采。她的鞋跟高得不合常理，只有自己知道两只脚有多么辛苦。肉味逐渐飘散出来，隔几分钟王小燕就要揭开锅盖看一看，尝一尝。先尝汤，嘴里吧唧一下，发出孩子样的满足声。"好味道。"她说。小心地夹一小块放嘴里，都不够塞牙缝。后来勇敢了些，夹了块大的，烫得蹦了个高，发出小动物的嘶鸣声。"看你嘴急的，"韩小伄说，"就不能等一等？""等，你就知道等，"她语气很冲，"早知道要等这么久，我就不来了。人都该饿扁了。"但锅里的汤汁有些多，总也不是理想中的状态，韩小伄想让这顿饭更加完美。"你到床上眯一会儿，肉烂了我再叫你。"他嘴里这样说，却又想到了打牌的同事，如果他们进来看见王小燕在床上躺着，该有多吃惊。这样一想，他的脸都红了。肉终于炖好了，王小燕却说不想吃了，她摸着肚子说："再吃我又要长肉了。"韩小伄无奈地看着她，说："你怎么跟小孩子似的。"她说："我就是小孩子啊，我永远都是小孩子。"她的样子还是可爱的，慵懒随性，眉目传情。"你说我们这叫谈恋爱吗？"她问。"叫。"他想这样答，但回答不出。心里说："不谈恋爱我何苦炖牛肉，看几页书也好啊。"但坐在餐桌前，他又觉得离恋爱还很远。桌上一盘春都火腿，一盘拌黄瓜，一盘炒青椒，一大碗炖牛肉，对于一个人来说，显然量太大了。他又一次喊她过来吃，不饿就少吃一点。

他觉得她坐对面就有谈恋爱的样子了。王小燕并不理会他的招呼，懒散地倚在他的床上，头靠着他的被子，看自己的兰花指，说一口也不想吃，胃有些不舒服。他赶忙给她倒了杯热水，被她挡开了。"时间不早了，你自己吃吧，我得回去了。"她站起来就往外走，韩小俫急忙把杯子放回到桌子上。小闹钟嘀嗒嘀嗒响，韩小俫斜了一眼，晚上九点半了。时间是有点晚。他叹了口气，觉得自己可能做事太磨蹭了，心里陡添失落。他送她往外走，韩小俫还是觉得有愧，饭吃得这样晚，让她没了胃口，都是自己不好。他想说，可哪里说得出来。"木头，你真是个木头。"走到屋外，她反身戳韩小俫的胸。韩小俫由着她戳，觉得她戳多痛都是应该的。屋外灯光暗淡，空气水一样清凉。韩小俫发现她垮着一张脸，在忽明忽暗的光线中，这是副苦相。她头也不回地走进了夜色里。出了月亮门，向东，再向南。离大门口还有几米远时，韩小俫突然想起了一个问题，他停住脚。

　　厚实的木板门已换成了铁门，一把大铁锁挂在锁链上，今天谁值班？他有点想不出。还有一把备用钥匙挂在办公室的墙上。略一思忖，他抓住王小燕的手往小门方向走，他想去那里碰运气。她的手诡异地发凉，就像从没暖过一样。韩小俫心里暗暗诧异，这手怎么像冰一样。他往手心里握了握，攥紧了些。及至走到小门前，王小燕突然转过身来，抱住了他。韩小俫永远也不明白，就是手背那一暖，成了王小燕的助推器，这一晚的压抑和沮丧都找到了突破口。她把头抵到他胸口上，喃喃道："你一点都不想我吗？"她后退一步，身子靠在门上，更紧地箍住了他。

　　韩小俫周身一激灵，就有些打寒战。他梦游似的说："怎么可能不想。"

"可你一直都不碰我，"她说，"整个晚上你都像木头。"

"我在做饭呀。"韩小伾轻柔地辩解。

"做饭哪有那么重要，"她说，"你以为我是猪，只知道吃吗？"

韩小伾恍然明白了什么。

"辜负了良辰美景，"她说了句戏词，"你如果抱我过去，我就吃饭了。"

韩小伾心下吃惊，她不吃饭原来不是因为不饿！

"来，你吻吻我。"

她举着头，努力跷起了脚。暗淡的星光映着她桃花一样的脸。她更紧地贴住韩小伾，似乎要把自己嵌进去。韩小伾哆嗦着刚要吻她，脑子里突然炸出了一个声音：菩萨在看着！是的，这是菩萨的属地，菩萨在看着！这话不知从哪里冒出来的，却让韩小伾的头皮发麻，紧绷的身体骤然就松了。韩小伾困难地重复了句："菩萨在看着。"声音可怜巴巴。

她奋力推开了他，转身，开门。那门闩居然一抽就动。小门吱扭一声被拉开，不待韩小伾反应，他们已然形成了门里门外的格局。她跺了一下脚，回身狠狠地骂了一句，就跑走了。

雨淅淅沥沥下着，瓦垄里的水珠跌宕着朝地上滚落，但都被泥土侵吞了。秋天的雨有些阴凉，但挡不住游客的兴致。红的黑的雨伞，黄的紫的雨披，把偌大的院落渲染得色彩斑斓。外国人不怕淋雨，毯子中间挖个洞，头从里面钻出来，仰着脑袋这里那里走。胸前挂一个布兜，里面是个娃娃。韩小伻以为那娃娃是塑料的，及至走进法物流通处，才发现那娃娃眼珠会动。娃娃真是乖呀，睁着两只蓝色的大眼睛认真地看，神情就像大人。他们用随身携带的毛巾擦头脸，也擦娃娃。娃娃叫了一声，被女人像拔萝卜一样拔了出来，抱在怀里。这是一家三口，男的长着浓重的胡须。他从皮包的夹层拿出几张明信片，做出盖章的动作。韩小伻一看就明白了，拿出章和印泥，逐一盖上了"独觉寺法物流通处"的戳子。这样的事情他常干，有人也从这里买明信片，寄给远方的家人或朋友。还有人请韩小伻代寄，明确要求挂号，却忘了留邮资。那是一个信袋，里面是一套明信片，十二枚。过了不多日子，一个信封寄到了他手上，原来是那个有心人把邮资寄了过来。这个信封连同那几张纸币就被夹在一本书里，做书签用。韩小伻喜欢生活中的这种偶然事件，像菩提花一样有种淡淡的味道。

男人双手合十施礼，离开时，韩小伻追了出去，打开一把塑料雨伞遮在女人和孩子的头上。男人竖起了大拇哥，说："中国人，好样的。"见他会说中文，韩小伻接着问："你们，是哪国人？"

"法国人。"男人粲然一笑。

傍中午，院子里游人稀少，韩小伻也才闲下来。他想看两页书，刚在柜台上摊开，就看见了纪大姐。她穿着灰色阔腿裤和黑色高跟鞋，从正殿一步步走下台阶。台阶湿滑，鞋跟细高，她每一步都小心翼翼。韩小伻知道，她从穆师傅那里来。在信众中，她是来得最勤的一位，拜佛，听穆师傅讲经，有时候听众只有她一个，在门槛子上一坐就是大半天。纪大姐撑着的是把油纸伞，有细密的伞骨，在人群中显得与众不同。她低头走路，到屋檐下收起了伞。"小伻，我有事麻烦你，你能帮我一个忙吗？"

原来纪大姐搬了新家，专门用一个屋子做佛堂。她想请一尊高贵些的菩萨进家里。"那些都不行。"她说着朝外指了指。独觉寺对面就有两家佛教用品店，有人从那些店里请观音，只是纪大姐看不上那品相。"粗制滥造，假冒伪劣，又没开过光，能灵验吗？"她说征求了穆师傅的意见，穆师傅说，让韩小伓到外地帮自己去请。"你放心，我派个员工过来，帮你打理生意，保管比你做得还好。不管你出去多长时间，所有的费用都算我的，但有一样，你得给我请个如意的回来。可以吗？"

"您可以派员工去。"韩小伓有些为难。

"员工知道什么，"纪大姐说，"我同意穆师傅的说法，你去最合适，你心里有佛。"

韩小伓一时语塞。

纪大姐说："你放心，我派个可靠的过来给你盯摊儿，一分钱都不会给弄错。我以身家性命担保。"纪大姐拍了拍胸膛，红指甲和祖母绿的戒指都很耀眼。"生意，你光这样经营不行，也得开拓渠道。到外边长长见识，说不定就把这店弄红火了。"

纪大姐环顾一下屋子，说商品种类太少，到处乱七八糟，这样守下去有什么意思。"这是你个人的店，你得多动心思。现在大家都爱出去旅游，都想带些纪念品回去给亲朋好友。就算是搞服务，你也不够格。独觉寺有这样大的名气，你这店也得能配套。韩小伓，听我的，出去跑一跑，看看外面的世界。有什么需求跟我说，大姐帮你。"

韩小伓就要点头了。纪大姐又说："不是我让你出去，是穆师傅想让你出去转转。"

"他怎么说?"韩小乍忽然有些心虚。

"你出去转转就是了,有人给你出费用,你又没牵挂,打听那么多干啥。"

8

"是穆师傅想让你出去转转。"

这话本没有什么特别,某一天,他脑子突然开了窍,与那句"菩萨在看着"彼此勾连,他有点恍惚。那晚到底是谁先说了这句话?

他只记得当时脑袋炸了一下。时过境迁,已分不出声音是外边传来的,还是脑子里钻出来的。菩萨不会自己说,只能由穆师傅代言。他甚至觉得,穆师傅无须现身,只在脑子里传达某种信号,就足以使他警醒。穆师傅参得透世事,怎么可能看不透一个人。独觉寺的一切都在他眼睛里,只是他不说。

火车从北往南走,颜色越来越绿,风景越来越好。那种绿与北方不一样,新鲜透亮,让人赏心悦目。一场秋雨一场寒,北方很快就要迎来万物凋敝,独觉寺也跟着进入淡季,年年如此。他坐在靠窗的位置,那颗皱巴巴的心,一点一点开始舒展。纪大姐给了他足够的盘缠,装在一个黑皮公文包里。韩小乍总算见识到了什么是有钱人,那些纸币就在桌上摊着,纪大姐的小胖手一抓一把地往里放,都没点个数。还想让他带部手机,是她两部手机的其中一部。韩小伓拒绝了。"你就像个老夫子,"纪大姐点着他说,"年轻人得有点朝气。你出门看看就知道了,生意人有几个没手机的?""我算啥生意人。"他心里嘀咕着,很排斥这样的说法。从纪大姐家出来,他去了手机专卖店,用自己的钱买了款最便宜的诺基亚,看上去像石头一样结实。他平时不怎么出独觉寺大门,偶尔上一趟街,就像周游了整个世界。他办货物只去离垾城近的天津或北京,从步行街的西口坐长途车,走出去只几十米。他跟这座城市少有关联,也从不觉得手机有什么用处。外边的人跟他联系,都是打办公室的电话。

那天他骑车从西城往东城走,就是在那场雨后,就像到了陌生的地方,看啥都觉得新奇。主城区的十字路口过去有座雕塑,不知啥时拆除了,建成了圆形转盘,上边栽种了许多万年青。他仿佛听说过,过去那座雕塑是貌美的女性,影响司机注意力。纪大姐就是做汽车生意的,大街上跑的汽车多数是她家售卖的。她经营着四个品牌,曾掰着指头说给韩小伓听,韩小伓一个没记住。他只知道大解放,当兵拉练时坐过三天三夜。纪大姐对韩小伓说,啥时买车找她,多给些优惠。纪大姐是政协委员,能跟县长坐一桌吃饭。韩小伓苦笑着说:"那得猴年马月。"纪大姐说:"你别悲观嘛。现在有的是机会,不定什么时候你就发财了。"

纪大姐家的别墅上下三层,一进门就是大厅,里面摆放着一人高的进口音响。纪大姐说:"这套音响值一套房子,这里能容十对人跳舞。"说着就站到中央的水晶吊灯底下,展示了一下舞姿。厚墩墩的身材旋转起来也很轻盈,阔腿裤像裙子一样舞动。韩小伾想不出,若有十对人翩翩起舞,这里会是什么样子。衣袂飘飘,笙歌漫漫,体香和汗味不绝如缕。他还没有进过舞厅,外面的世界确实很精彩,他生活在寺庙里,却像个修行之人。

佛堂在三楼,有十几平方米。纪大姐比画了一下位置,说佛像不能太小,最好像真人一样大,能把这屋子撑起来。"要紧的就是不能粗制滥造,我最恨假冒伪劣。"韩小伾说:"我这得大海捞针啊。"纪大姐说:"这才是缘。是你的缘,也是我的缘。我们都与菩萨结缘,这是多好的事情。"

他承认,没有比这再好的事了。他骨子里也是个喜欢旅游的人,只是既没机会也没条件。复员时他想,如果国家不给安排工作,他就选择去流浪。他花光所有积蓄买了照相器材,想沿路给人拍照谋生。如今这些器材还在旅行包里,都没派上用场。每天面对游客,说得最多的一句话便是问人家从哪儿来,怎么知道的独觉寺。他对这些很好奇。有时也想,如果自己有钱有时间了,会去哪里。中国的名山,最起码要登一半。那些各家寺院往来的信息中,有当家住持的,有铅印刊物的。他收发时都要留意一下具体地址。那些有名的寺院都傍着一座有名的山,所以寺院的大门也叫山门,那些地方都让他向往。当然,还有更隐秘的事在他心里成结,那就是王小燕。他内心很矛盾,也很受伤。坐在飞驰的火车上,他才好好理了理思绪,她的一举一动、一颦一笑都在脑海里回漾。电影放完了,他叹了口气。"你跟她不合适,"车到济南的时候他对自己说,"还是算了吧。"

那种原本不多的思念里居然藏有嫌恶,只有远离独觉寺他才能正视，这让他自己都觉得很吃惊。他意识到王小燕的烂漫来自轻浮。而这样的想法，昨天还没有。她读书少，戏里戏外接触的都是才子佳人，大概把男女之事看成是理所当然的了。这简直让他惊骇。这样想，他后背就像有虫子在爬。人生多歧路，自己背负不起这样的情感。若不是脑海中突然响起那句话，那下一刻的场面也许就不可收拾了，他又如何回旋？只有被她牵着走。她任性而又不可理喻，自己费尽心思炖好了肉，她说不吃就不吃，连装装样子都不肯。她居然等着别人抱！韩小伫真是又好气又好笑，抱了以后是不是要上床？韩小伫的嫌恶又加深了，可……他居然又有了反应。他绷紧了自己，这算怎么回事！他努力去想她的不通情理、蛮横跋扈、随便而又张扬。什么样的男人才能吃得消这种女人？反正自己吃不消。车窗外有飞鸟朝相反的方向飞，他自己跟自己嘟囔。

自己又错在了哪里？王小燕跑了以后，他苛责自己，耻辱的感觉无以复加，他在黑夜中站了很久，身体抖成一团。从大门往小门这里走，他先牵了她的手，她才抱住他。往下的事他不愿意细想，觉得无地自容。太突兀了，实在太突兀了，正经姑娘哪会那样。可是自己……不该为此承担最起码的责任吗？这些想法反复纠缠着他。一个上午，他一边自责，一边怨她，横竖都难从那种旋涡中解脱出来。他装作不经意地往山门方向望，不愿承认是在期待那个身影像蝴蝶一样飞来。她如果不计前嫌，他也准备不计前嫌。但要告诉她，骂人不好。这就是昨天的事。天上下着雨，傍中午的时候迎来了一家法国游客，然后又迎来了纪大姐。纪大姐让他帮忙请一尊佛像，是穆师傅让她这样做的。"你到我家去看一眼佛堂的情况，心里好有个数。然后自己择日子，看看什么时候出行好。"他突然非常渴望出去走走，无论去哪里。下班直接去了纪大姐的家，那一片小区新落成，后边是几栋别墅。纪大姐就住在别墅里，院子里矗立着一块一人高的叠层石，上边刻有"静心"两个字。这使得这院子不像住宅，倒有些像禅院。

纪大姐没问他为啥急着走，只说早些走也好，出去散散心。有些事别太当回事。

他当时没觉得话里有话，事过多年，想起时还能脊背一冷。那种难堪随着岁月似乎增加了特殊的分量。这才是私密，一辈子不可告人。可如果有人告诉你，这不是秘密，不仅"菩萨在看着"，你会怎么想？

"穆师傅说让我出去转转？"坐在纪大姐家的沙发上，心里颇为不甘，他手里捧着盖碗茶，闻着浓郁的茶香，装作随意的样子又问。

"否则我哪想得起，"纪大姐两手一摊，这样回答，"我又不知道你心中有佛。"

那道小门拆了，扒了一截墙，改成了大门，这样就可以进出汽车。有重要领导或专家来，可以把车一直开进院子里，停在银杏树下。那个时候，韩小侔当了主任，改大门的事是他先动议，然后层层批下来的。事实证明，这个大门改得非常及时。不久，有重要人物来视察，如今大照片还挂在陈列室的墙上，很多人以能出现在照片里为荣。上级领导夸韩小侔这事办得好。小门拆下来扔到地上，韩小侔正好从大殿出来。他背着手朝这边走，蹲在了小门旁边，把门闩取了下来。这是个周正的立体四方柱，因为年代久远，是黢黑的颜色。这道门闩令他觉得神奇，因为四个表面都很光滑，并没有想象中的机关。其实他早就知道没有机关,他问过别人。有机关的说法,只听闻于穆师傅一个人。他想,穆师傅也许就是凭感觉那么一说。只是不知为什么当年他抽不动,而王小燕一抽就动。莫非这里也有玄机?只能有玄机。

他把门闩拿在手里朝大阁方向望,目测一下距离,然后视线一点一点往这里推进,想象声音传播的速度,以及音质和音量。当时那炸裂的一句话,不是因为声音有多响,而是因为夜很静,或者自己心很慌?这些不重要了。结束与王小燕的关系,是一生都值得庆幸的事。他拿着门闩朝大阁方向走,想让穆师傅看一眼。上了第一级台阶,他又踌躇了。不值当的,他想,也许穆师傅早就忘了。他下台阶往月亮门方向走去,那里通向自己的办公室。有人跟他打招呼:"韩主任,您手里拿的是啥?"他点了点头,并未答话。他不愿意说,这就是个门闩,他经历过的一些事有些玄妙,却与它有牵连。

只是,果真有牵连吗?

他一直没能找到当年给他开门的人。他以为是穆师傅,但穆师傅说不是。就因为那人很像穆师傅,他才在酒后的那个午后朝山门方向走。也许,那个人谁也不是,只是偶然出现的一个幻化。这多少有些说不清道不明!很多事没有答案,只是自以为有答案罢了。有一年他问金大姐,为什么没人走小门,是因为小门不好开吗?金大姐说,独觉寺的人都知道,这不是人走的路,是给"好好歹歹"的东西留的通道。金大姐嘴里的这些"好好歹歹"的东西,就是指那些神怪,也就是民间说的鬼道,不知是什么时候从什么人的嘴里传出来的。独觉寺的人从不听穆师傅讲经说法,自然也就不知道大多数寺庙都有三座门:空门、无相门、无作门。佛教认为入佛门就是入三门,入三门便是入三解脱门，就是入涅槃门。其中寓意，显而易见。只是独觉寺的无作门被封了起来，那里的青砖墙显而易见的新。倚着墙盖了间卖票的小屋子，格子窗上留下了脸孔大的一个窗口。

没人关心这门那门叫什么，是怎么回事。人们还是愿意称小门为鬼门，因为这样的称呼谁都能记住。把小门改成大门，也有韩小伾心理暗示的成分，既然没有无相无作之说，那还留它何用，哪里比得上给自己行方便。很多事物跟人生一样，既有偶然因素，又有必然成分，只要你细细回味，就回味无穷。

9

那次出行韩小伾跑了很多地方。他先去了义乌，找到了小商品批发市场，他被那么多的商品震撼到了，光名片就接了不下百十张。他在那些摊位上流连。商品稀奇古怪，巧夺天工，琳琅满目，惊世骇俗，代表着南方、开放、金钱、欲望等叠加在一起的极致，构成了光怪陆离的世界。有人向他兜售扑克牌，魔术般的几个亮相，让他看清了上面男女之间的种种不堪场景。他蓦地想起了王小燕，水汪汪的两只大眼睛里写满了欲望。街巷中流动着"该出手时就出手，风风火火闯九州"的旋律，从北到南，他听了一路，但他的注意力有个聚焦点，就是潘金莲的两只眼睛。他觉得王小燕就是那样的人，以勾引男人为己任，最后也难以逃脱谋害亲夫的下场。多年以后，当他看着蓬头垢面的王小燕揣着袄袖擦着墙根走，如惊弓之鸟一样缩着肩膀时，他还能记起当时这个念头。不得不承认，他那样污糟的想法是出于下意识，是想把这个女人从自己的生活中快速剥离。而剥离的起点就是看到那副扑克牌。他不是不原谅她那样骂人，而是自诩看清了她的本质。

他从胆怯变得松弛，只需在街上走一遭。他被海量的物品包围着、撞击着，一时觉得这市场深不可测。但走一遭回来，就有人热情地打招呼，他一下子就认识了很多人。跟那些摊主说着真话或假话，给无数人留下了自己的电话号码，被人恭称为"韩总""韩老板"，仿佛自己也成了生意人，并觉得这些称呼是一种荣耀。他习惯把手机放到公文包里，夹到腋下，拉开时露出里面厚厚的人民币。有妹子眼睛盯上去就离不开，恨不能把所有的钱都留下，把摊位上的货物悉数让他带走。还说，他的包是整个市场上最靓的，韩老板是整个义乌市场隐藏最深的财主。也就是到了那里，韩小俸才发现，自己是穿着朴实，而不是没钱买名牌。有个妹子说得更直接，说他故意穿成这样来掩盖有钱这一事实。"放心，我们温州治安挺好的。大家都想着法儿挣钱，没人想着法儿抢钱。"

这才是真正的炸裂。打开的不仅是眼前的一扇窗，还有脑子里盘根错节的思想，以及固有的生命和生活状态。他在这里盘桓了三天，确实照顾了几个嘴甜的妹子。她们给他把货物打包好，亲自送到东方联或西方联货运公司。他走遍了所有的货摊，却没有发现菩萨。有佛教用品，但没有菩萨本尊。他嘴里抱怨的时候，甚至让妹子有些难堪，仿佛这都是她的错。后来在一个角落发现了一个摊位，有寥寥几尊菩萨像。"你要多少？仓库里要多少有多少，价格便宜的啦。"摊主瘦弱矮小，操着蹩脚的普通话，语气里充满了不敬。韩小侳恨不得把那张长着龅牙的嘴给缝上。这些菩萨像独觉寺门外摊位上的一样俗不可耐。韩小侳轻蔑地摇摇头，说自己来错了地方。晚上回到住处，同房间的浙江商人给他指了条明路，说得去瓷都，买瓷器不能来义乌，得去瓷都。他连夜在随身携带的地图上查线路，转天就买了火车票，去景德镇。他先到了鹰潭，这里有一辆绿皮火车路过景德镇。这是一辆慢车，所有大些的村庄都停靠。上来的老乡拎着鸡抱着鸭，车厢里满是农贸市场般的嘈杂和喧闹。韩小侳很久没见过这些活物了，心里又感动又欢欣。虽然气味不佳，但这些都能忍。身处家畜中间，方觉得它们才不分南北，操着一样的方言，用同一种眼神打量世界。有只母鸡甚至生了一个蛋，它始终憋红着脸咕咕地叫。直到那枚雪白的蛋滚出，它才安静地把头伏到一个姑娘的脚面上。姑娘羞涩地捡起鸡蛋装进衣兜里，装作旁若无人，但耳朵都红了。韩小侳虽没养过这些动物，但对它们不陌生。它们是乡村的一部分，从北到南的乡村都如是。乡村是人的，也是家禽家畜的。家里有钱才能买来猪仔、鸡苗，他小的时候就知道。而那时，他和姐姐都没能力拥有，他们只顾得上两张嘴。他甚至跟一个大嫂搭上了话，他挤出一块地方，让大嫂放下了背篓，之前大嫂一直巴巴地看着他。背篓里是红皮山芋，上面是两只拴着腿的长毛兔。长毛兔长了两个红眼珠，毛雪白。他问大嫂这兔子干什么用，大嫂说杀了炖汤，景德镇有的是买卖人，他们很有钱。

小镇不大，但繁华。那种青花的颜色真是合韩小侳的喜好。他从东走到西，又从西走到东。杯、碗、碟、盘、瓶、罐、四扇屏，吃饭用的，喝水用的，摆着看的，每一件都让他心动。他坐在一个作坊门口，看一个姑娘在胚胎瓶上画彩绘，就那样轻描几笔，胚胎就似活了，像被赋予了生命。但这里仍没有菩萨像。姑娘说，她家也做，但很少。得有客户预订，够批次才能生产，生产周期最少要半年，而且都是坐像。他没敢再耽搁功夫，从这里去了湖南，见识了长沙食物的辣。又去了广东，见识了佛山食物的甜。佛山的瓷器干净持重，但以家居品类成系列。地板、墙砖、洗手池、抽水马桶，各种花色，各式造型，只有你想不到，没有佛山人造不出的。他也看到大片的菩萨像在一块不毛之地上东倒西歪，像在开一个不那么重要的会。老板说，他们从没见过立着的菩萨，立着的菩萨怎么进驻佛龛？那意思是，你是外行，谁家有那样大的房子供奉？韩小伾说独觉寺的菩萨十几米高，已经立了一千多年。老板不跟他抬杠，叼着烟斗进了屋，屋里的人正在搓麻将，隔着窗冲他翻白眼。他开始焦急。每晚纪大姐都打来电话，告诉他宁缺毋滥，一定要找到立着的菩萨像，要一人高，才能配那间专门的佛堂。千万别急着回去。可公文包里的钞票日渐单薄，出来十几天了，他已经没有起初的从容了。

当他不远千里来到福建德化，当那片凝脂玉样的瓷器呈现在眼前，他一屁股坐在地上，眼睛湿润了。这里才是属于菩萨的福地。不仅有坐像，也有立像。不仅有观世音，还有文殊、普贤、金刚手、虚空藏、地藏、弥勒、除盖障，共八大菩萨，都齐全。他们各有样貌和体态，让人觉得这是神仙，也是艺术。他们看着他风尘仆仆地远道而来，仿佛在打招呼说，喏，我们就在这里，瞧你找的那一路。各个都似在微笑，让他神经陡然一松，仿佛来此会合，也在他们意料之中，冥冥之中早有安排。他给老板上了一根烟，这也是个年轻人，跟韩小伾的年纪差不多，讲一口闽南话，细说瓷器是由瓷石、高岭土、石英石、莫来石等烧制而成。话不好懂，他需要记在小本上，一个字一个字地核实准确，好回去交差。他到这里一下就心安了，跟着老板见识了淘泥、摞泥、拉坯、印坯、修坯、捺水、画坯、上釉等全过程。千年窑火，绵延不息。当一件精美的瓷器从打开的窑门里出来，韩小伾想到了脱胎换骨。经过几天几夜的烧制，胚胎变成精美瓷器，就像经过熔炉百炼，瞬间羽化成仙。

价钱谈妥，他在这里滞留了两天，被当贵客招待。每晚都跟小老板喝酒聊天。得知他祖上辈辈烧制瓷器，到他这里已经是第十三代。墙上有先祖的画像，算起来该是明朝人。下陈香案，早起第一件事就是上香，保佑这一天财源广进。韩小伾很喜欢福建的米酒，喝了既不上头，也不过敏。临别前两人有了兄弟情谊，小老板叫杨宝贵，大他一岁。杨宝贵十六岁结婚，已经有三个孩子，两女一儿。

杨宝贵说："没有钱解决不了的事情啦。"

这话让韩小伾神情黯淡，他就是太缺钱了。走这一路他都在想着怎样挣钱，这从没有让他感觉到如此紧迫和必须。"只有挣到钱，才能自由地选择生活跟爱人。"他有点恶狠狠地对自己说。

福建有十大寺庙。他先去了开元寺、山西禅寺。不满足，又去了南普陀。在人流中径自走，有点不想回家。认真地想，遥远的北方与他并无多少瓜葛，除了那一份工作。如果说真有惦记，他有点惦念穆师傅。是的。有些东西不好面对。那些东西一直都在意识里，他能刻意忽略。忽略的办法就是让穆师傅覆盖。穆师傅望向菩提树，目光放出去就收不回来。"人您也见了，觉得怎么样？""只要你觉得合适就是好的。"没有比这更委婉、更敷衍的表达了,可当时觉不出。一丝热情、一点肯定也没有。一想到她去供桌上抓食物,韩小伓就觉得受不了,代穆师傅受不了。菩萨就是他的命,穆师傅也许会气得浑身哆嗦。南普陀浓郁的香火气解了他的郁闷。他越走越觉得神清气爽。他寻到了大殿前的上香处,一簇柏木香正冒着青烟。厚厚的香灰像是积存了几辈子。他也为这里的菩萨上了炷香。将香插下去,香灰腾地跃起,扑到他身上。这是见面礼,他想。一炷香很贵。铁铸的香炉似被熏化了,长满了绿豆大的颗粒。闭眼想许些什么愿,骤然觉得独觉寺的菩萨冷清,缺一炷香。

这种想法令他心中一跳,一下睁开了眼。

迈进独觉寺的大门,他像是打了胜仗似的兴致勃勃。那种成竹在胸让他的脸孔绽放出光彩。李起诧异地看了他一眼,打招呼说:"哥,回来了?"他怔了下,李起好像从没这样称呼过他。他站下,预备李起还有别的话,比如每天都有人来找之类。站到这里,他发现自己还是渴望她来找过他。但李起再无话说,他坐回排椅上,一条腿搭上另一条腿,满不在乎的样子。人不那样胖了,但腿还是短。这样的人居然会是商家拳的传人,没有基因突变难成他那样。他有些空落地下了台阶,心想李起真是变了。但一转念,也难说变的不是自己。南方潮湿温润的气候和环境让他多了许多想法,就像从窑里出来的瓷器,他也觉得脱胎换骨。

是不是有点得意忘形了?

这是他离开以后的第十七天,银杏的叶子黄了,菩提树的叶子落了。

古朴的独觉寺越发让人觉得风尘扑面。只有白皮松和龙柏一副子立相，在湛蓝的天空底下显得漫不经心。穆师傅突然出现在大阁的门口，手搭凉棚冲他招了招手。他指了指自己的肩包，进了月亮门。自打他走后，穆师傅也没闲着，他找了些木板，钉了一个模具。穆师傅是一个手巧的木匠，模具钉得方方正正。又从市场买了两袋水泥，着人用手推车推了来。穆师傅平时在自己的宿舍上香。某天早晨起来，向着大阁方向望，忽然想菩萨应该广受香火。这一点，韩小伾说他和穆师傅心有灵犀。他在福建定制了第一批香，是台湾人的工艺，材料里除了柏木，还有竹心和中药。竹心防焚香的时候断折，中药增加了好闻的气味，以及对人身体有益的成分，让长期在封闭空间供奉香火的人受益。规格从大到小不等。香厂老板说可以赊账，一下让韩小伾有了胆量。厕所背面有一块空场，穆师傅在模具内外刷上水泥，一个香炉就算做成了。这个地方隐秘，别人看见了也不会关心。比如保洁老毛和园丁老桂，从不关心穆师傅干些什么。香炉一米五长，六十公分高和宽，表面光滑，是一个持重干燥的笨家伙。韩小伾站在香炉面前，打量好久才说："南方的菩萨都受香火。"

张主任却不同意把香炉放到大阁前，说这里是文保单位，不是宗教场所，烟熏火燎不像话。经过协商，香炉被放到了大阁之后，那里有一尊护法神，抱剑当胸，一副凶煞模样。穆师傅上了第一炷香，金大姐赶忙来上第二炷。她说礼多人不怪，菩萨也如此。她学着穆师傅的样子先插中间一支，然后左手上的插左边，右手上的插右边，合掌念道："愿此香华云，直达三宝所。祈请大慈悲，恒满……穆师傅，后边是啥来着？"

穆师傅说："众生愿。"

金大姐说："还是祈愿我们家的人升官发财吧。"

两年以后，香港富商捐了一座香炉和一口钟，那口钟重达1.5吨。香炉像摆件置身在大阁前，但功能和作用与穆师傅做的香炉无异，只是从菩萨身后转到了身前。

上边的遮雨棚上雕刻着朵朵莲花，看上去就像工艺品。

韩小伾回来做的第一件事就是扩充了祖师殿里的东西。柜台从原来的两节变成了五节，与窗和门构成了一个完整的"口"字。从各地订购的货物接连来到，旅游纪念品和佛教用品各占半壁江山，专门有一个柜子收纳佛经及报纸杂志，用纸板写了"免费"两个字。但有的游客坚持要付账。书没有定价，他们就用大面额的钞票相抵。后来那些钞票就一直躺在柜台里，成为一种昭示。有时出去喝酒需要买单，韩小伾就从里面随手拿两张。

那个冬天不太冷，每天都有明媚的阳光。"独觉寺的菩萨灵验。"不知从哪里风起，也许是因为纪大姐的宣传，也许是因为德化瓷器表面太诱人，也许是时机对了，来请菩萨的人络绎不绝。张主任开会时敲着桌子说，冬天的独觉寺从没这样热闹过，看来是菩萨显灵了。大家都好好上班，过年争取能发奖金。来请菩萨的总是先拜菩萨，大阁前的空场上排着长队。碰上有心事的，跪在神像前半天不起。纪大姐说自从菩萨入住她家的佛堂，就好事不断。那菩萨瓷质雪白，光滑细腻，那眼神就像能看透你的心，你想要啥他都知道。菩萨披着黄霞帔，像御风而来。"咱这儿的地摊上绝对看不到这么高档的，虽然价钱要贵一些，可一辈子不就请这一回吗……请菩萨不舍得花钱哪行。"菩萨两边是半人高的两只彩瓶，里面插了塑料花。她绝口不提韩小作跑了几个省市的行程费用，只把这一切算在菩萨头上，大家都知道纪大姐请了尊昂贵的菩萨。纪大姐话说得私密而诚恳，让人觉得晚请一天都是要吃亏的。纪大姐没有宣传的责任和义务，她只是单纯喜欢这样说。纪大姐来得越发勤了。身上环佩叮咚，圆润的手腕上挂着月牙形的手包。她还是喜欢穿阔腿裤，迈大阁的高门槛有种仪式感。两颗大珍珠挂在耳朵上，随着她的身形前后晃动。"我的福气都是菩萨给的，吃水不忘挖井人。我在家里拜完，一定要来独觉寺拜，这样才会心安。"纪大姐说自己耳轮肉厚，就是旺财命。再有菩萨加持，这生意想不好都不能。"有天晚上，人也累了乏了，早早关了门。门外有人敲窗户。我说，都下班了，明天再来吧。可那人不走，说你是信佛的人，咋不急人所急呢？原来他就要开走一辆车，多少钱莫论。"

　　来请菩萨的人有时要排队。韩小作习惯问一声哪儿的人。开始是城内的，认识纪大姐。后来就像水波一样扩大范围。乡下的，邻县外省的，开着车跑上百里。"都说这里的菩萨是开了光的，特别灵。"韩小作总是含混地回应，他知道穆师傅不是出家人，没有开光的资质。但别人不这样看。有没有资质得看心诚不诚，出不出家是次要的。跟很多人没法讲道理，索性就不讲。因为货补得不及时，他甚至奉劝人家不要迷信，有病还是得去医院。他说得真心诚意。那些有病有灾的一眼就看得出，眼神惶遽，神情凄楚，急着想请菩萨照拂。还有的囊中羞涩，要点很多零碎散钞才能凑够。韩小作很不忍，想给些折扣。可这想法会把人弄得脸红脖子粗，他的话适得其反。请菩萨怎么能有条件呢，折扣更是侮辱人，你让菩萨怎么想？

10

来烧香的开始是几个知道的人，后来队伍不断扩大，有钱人烧大香。和胳膊一样粗，一米五高，还讲烧头炷香。初一和十五进香的队伍排到大门外。纪大姐这样的算小老板，有些人的身份韩小伫根本不清楚。他们通过各种关系预定时间，有穿黑衣服的保镖鞍前马后。都说独觉寺的香贵，比市场要贵一两倍，但贵有贵的道理。有人拿别处的香来比较，色泽、材质、燃烧时的状态和气味，顿时让人哑口无言。韩小伫很庆幸用了福建的产品。也有各色名人粉墨登场。他们经常在电视里露面，一张脸像是刚从面缸里捞出来的，从没照见过太阳。埙城离大城市近，他们开着豪车撒个欢儿就到了。他们来不用清场，但有足够的气场，能把外面扫街的都招了来。有个女主持人像根线那样细，仿佛一阵风就能把腰吹折。埙城人一边嗤之以鼻，一边踮着脚围观。穿红裙子，露半个背，金黄的头发就那样随便一挽，鞋跟有三寸高。不像真人，像布偶。人家只在这里上炷香，到大阁里拜拜菩萨。在青少年递过来的小本子上随便签一下，动作也不像写字，像画符，然后去跟穆师傅搭话。穆师傅坐着，她站着。腰自觉躬下去，把手肘放桌子上，让穆师傅看手相。穆师傅何曾给人看过手相呢？给女明星看过。主持人说，她也是慕名而来，让师傅看看爱情线和事业线。那只胳膊像麻秆，手指像筷子，长指甲上镶着钻，这样的手也不像真人的手，只在影视剧里见过。穆师傅仍在那里读经，人多的时候把小桌子都挤歪了，他就用一只手扶正，另一只手举着经书。独觉寺里像赶大集一样乱哄哄，都是攒动的人头。无论怎样热闹，都分不了穆师傅的心。穆师傅从不把桌子上的手拿起来看，他只是把经书卷起来放一边，随便搭一眼，那些掌纹不似普通人，都有着深的浅的沟壑。在别人看来，穆师傅能洞明世事，能隔皮看瓤。"近期多加小心，"穆师傅慢吞吞地说，"请尊菩萨在身边，早晚三十六拜，会保佑你的。"然后就是开列书单，不外乎《金刚经》《阿弥陀佛经》《般若心经》之类。穆师傅的字就像印刷体。

挣钱这门手艺，可以不断拓宽渠道，韩小伓整天挖空心思找路子。他偶然淘到一本旧书，是解签的内容。他把那些内容打印下来，自制几个竹签就开始摇卦。那些抽签的人也排长队，一直排到山门拐弯的地方。有些下下签的内容过于让人绝望，他都改成了温和些的词句，自己也摇身一变，成了解签大师。独觉寺的人闲着没事就来摇一卦，或者没游人的时候自己充当游客。韩小伓提前把下下签收起来，抽到的都是上上签，于是皆大欢喜，这一天都高高兴兴。员工不会找穆师傅看手相，大家都知道他不过是有求必应。

那口大钟也能赚钱，这是张主任佩服韩小伓的地方。每天固定时间段允许撞钟九下，收费却不明码标价，给多给少看心意，也看缘分。远来的客人卡点不容易。有些人脸皮薄，爱充阔，会一掷千金。有些人脸皮厚，只给些散碎银两，这样的人一般都会听到两句不中听的。关于九下钟声的原因，韩小伓编了教材。一下有财，两下有禄，三下代表长寿……可以给自己祈福，也可以给至亲祈福。让人把词背熟了，钟声响起时，像配画外音。仿佛一生的命运都系在那钟声上。钟声传得悠远，福禄寿就绵延。就看那些撞钟的憋红了脸，使出了吃奶的劲。张主任派专人为撞钟人服务，帮客人拿外套或包。最主要的就是脖子上挂兜子——收费。那些钱不走账，也有人疑心会不会被私藏。张主任大咧咧地说，佛门圣地，谁敢？这些钱有专人存到小金库里，主要用于外边的吃喝。坐在桌尖上的张主任撸胳膊挽袖子，说："得感谢韩小伾，他谋了新财路。来，我们为他的健康干一杯。"这场面一般没有韩小伾，他生意忙，拨不出腿。但这话也像时下的网络语言一样成了热词，有没有他大家都会说："来，为韩小伾的健康干一杯。"

韩小伾是独觉寺人缘最好的人。好到什么程度呢，游客多的时候有人脱岗给他过去帮忙。三五个，七八个，都跑东跑西地给他照应生意。这有赖于张主任的宽容。他看见了，顶多说一句："让韩小伾请你们吃好吃的。"所谓好吃的，也就是羊汤、猪爪、牛百叶、糟肝、糟肚之类。张主任也是贪杯的人，请谁都会带上他。血糖一日高过一日。原先吃饭之前要服药，后来吃饭之前要打针。当着众人的面，雪白的肚皮露出来，针管扎下去，不影响喝酒。也有人让他注意身体，张主任说，退休以后再注意，那时想喝酒也没人招呼了。他终究没有熬到退休那一天，人枯瘦得不成样子，还带病来上班。上级想派个人来接替他的工作，张主任把人赶走了，豪横地说："等我死了再说吧。"

不知从什么时候起，韩小伾喝酒过敏的毛病好了。他仍喝不多，但他馋酒，每次都是最先喝多的那一个。当然，有时他也装喝多，就为了靠墙歇一歇养养神。他这一天不轻松，脚底板磨出了铜钱厚的茧子，那些游客疯狂购物，就像不要钱。当然，他也想听听同事们说什么，他毕竟跟他们不一样。这样的聚会是一个了解情况的好机会。大家喝着喝着就把韩小伾在场的事忘了。有个叫刘沁的，是个大个子，背像问号一样驼着。他说："也不知韩小伾一年能挣多少钱。"大多数人不关心。"挣多挣少都是人家的事，我们有酒喝就够了。"但也有人思想不单纯，说他上班给自己挣钱，单位还发他工资，世界上咋会有这么好的事？"他占便宜，是不是我们就吃亏了？""占啥便宜？"高凤先当和事佬，独觉寺里属他年纪大，年轻人都叫他高叔。"韩小伾也不容易，年过三十还没娶媳妇，家里又没父母帮衬，我们同事一场，就别跟他计较了。"他是单职工，父母孩子都有病，生活特别困难。他这样说，别人就不好说什么了。有人又找了新话题："他看上去一点也不着急，是不是还惦记着王小燕？换了谁也会放不下，再也找不到那么俊的女人了。"

于是大家一起骂李起，说若不是他横插一杠子，韩小伾的儿子都会打酱油了。

"李起为啥生不出儿子？"刘沁响声大气地说，"他缺德缺的！"

韩小伾费了点力气才弄明白怎么回事。大家都觉得李起撬了他的人。王小燕一进独觉寺大门就被李起截住，说韩小伾不在。一次不在，两次不在，次次不在。有人看见王小燕在大门口抹眼泪。李起居心不良地用身体挡住她，然后两手撑墙上，护着王小燕说小话，那些小话肯定都是对韩小伾不利的话，久了，王小燕自然就是他的人了。李起家庭条件尚可，父母早早给他买了房。房子在新建的小区，三室一厅。

这简直就是豪宅了，哪有姑娘不动心！拳师这些年没少挣钱啊！这样的条件一下就把韩小侟比下去了。王小燕也是农村出身，不会因为腿短就看不上李起，毕竟房子大过天。大家七嘴八舌，相互补充只鳞片爪。从开始骂李起，又变成骂王小燕，人家李起有对象，两人都住一起了，生生让她给拆散了。总之，两个都不是好东西，凑一起纯粹是瘸驴配破磨。"哪个姑娘跟好生活有仇？换作我闺女，我也不反对。"高凤先喝多了，自己倒了一大杯，一口就干了。他说自己这一代人苦，就不想孩子再受苦。可没办法啊，挣这几个死工资，想买房得猴年马月。他的眼圈红了。刘沁赶紧打圆场，说："这不是过得挺好吗，我们再苦还能有韩小侟苦？六岁就是孤儿，过年在寺庙里过，有多少年了？"大家喧闹起来，又一次为韩小侟的健康干杯。刘沁一回头，发现韩小侟靠着墙轻轻打着呼。他赶紧做了个停止的手势，说怎么把他给忘了，这些话不该当面讲，多亏他睡着了。

韩小侟哪能睡着。他们说的他都听到了。他闭着眼挪动一下身子，基本明白了是怎么回事。肯定是去南方那一段时间，王小燕来找过自己。这不赖李起。他回来也没找王小燕。有过那样的想法，但没落实到行动上，还是觉得他们不是一路人，自己伺候不了她。没听说过李起啥时结婚了，记得他很快就下海经商了。张主任还专门在会上表扬了他，说县里开了表彰大会，鼓励年轻人敢闯敢突破。以后他再没见到李起，听说他干装饰装潢，生意不错。有关他跟王小燕走到一起的事，从没人对韩小侟说过。连金大姐那么爱说话的人也没露过口风。他们一致认为是李起撬了人，同瘸子不说短话。独觉寺的人都厚道。韩小侟一时间很茫然，脑补几年前的一些场景，淡淡的滋味涌上心头。

他又参加过一次战友聚会，马长福只在见面时拍了一下他的肩，既没有问他分手的原因，也没有多做解释。想是两人关系的解释权在王小燕那里，不知她怎样编派，他有点气闷。

午后的太阳有些炎热，龙柏高高扬着头，树下连片影子也没有。韩小伟一脚门里一脚门外，晃动了下，还是把脚迈了进去。大阁里顿觉阴凉，抬头能看见菩萨的手，圆润的手指作拈花状。他呆愣地站在那里，没想好要说什么，可又不能什么都不说。他思忖的空当，穆师傅把埋到经书里的头仰起来，吸着鼻子说："你又喝酒了。"韩小伟含混地说："没喝多。"

"您还记得那个王小燕吗？"他脑袋扛在肩膀上，嘴里噗噗吹着气。

"怎么？"穆师傅轻声问。

"您是不是觉得我和她不合适？"

穆师傅半天不应答。韩小伟把眼睛睁开了一道缝，穆师傅又开始读经书了。

"你的酒气太重，回去休息吧。"

11

房子、车子、儿子同一年来到韩小伟的生活里，街上跑着的进口车还不多。他给儿子办满月酒，特意在高档酒楼请战友。马长福打着哈哈说："王小燕没这命……我们还都以为你……哈哈！"

他坚持让马长福把话说完全。马长福说，当年王小燕这样告诉他："韩小伾看见我都不激动。""我才想起你在新兵集训的时候受过伤，还在部队医院割过包皮，我以为你那玩意儿废了。"

马长福说："这样是最好的结局，王小燕过不了日子。她在外边乱搞，以为别人能娶她，结果这边离婚了，那边失踪了。"

"没孩子？"

"有孩子也许会好些，可她就是怀不上。婆婆打从开始就不待见她，总挑唆儿子离婚，说李家不能断了香火。她新鲜够了，人家也腻了。婚离得高高兴兴。"

"哦。"韩小伾闷头喝了一口酒，心里估算了下她的年龄，也才二十七八岁，是女人一生中的好年华。自己认识她的时候，她就像在舞台上蹦跶了半辈子，其实才刚二十出头。说不出是庆幸还是感伤，他心里突然很不自在。扪心自问，他有些喜欢王小燕，尽管觉得她轻浮，但轻浮也是可爱的轻浮。韩小伾苦笑了一下，若问他如果有机会还想不想娶她，那一定是不想。

俗话说，女人不坏，男人不爱。或男人不坏，女人不爱。这个"坏"字，大概率是指轻浮和孟浪。他惊惧了一下，恍然明白这就是代价本身。有人宁愿为这代价赴汤蹈火。而这个"爱"字，恐怕爱情少些，肉欲多些。那时很少用荷尔蒙这个词，但分明是它在混淆或左右。

如果不去南方，或许是另一个结局。后来他经常想这个问题。那个结局什么样，颇费思量。他与邓英杰谈恋爱时，婚前一点亲昵的举动也没有，是邓英杰不让有。邓英杰滔滔不绝地讲她的教学和她读过的书，口才和见解都让韩小俤佩服。可这是爱情吗？他拿不准。

有时看着儿子，脑子里会想到哺乳的是另一个人。白，丰腴，美丽得像幅油画。还有开车的时候，他会注意看一下副驾驶座位上的人的侧影，恍惚是哪位佳人。还有在床上，脑子里也会出现幻影。那份不满足，不足以伤筋动骨，却足以心心念念。有一段时间，甚至就像着了魔。邓英杰总像树枝一样，是种防御状态，身上没有一点柔和的地方。他相信如果跟王小燕结婚，最起码不会这么快离婚，他们之间的矛盾相对单纯。

只是，一定能走进婚姻吗？

他现在也很难说有多爱妻子，但跟她在一起很踏实。他们的相识有一点罗曼蒂克。快下班时，邓英杰穿着一袭布裙走进独觉寺，说到这里来静静心。她是买票进来的，事后说，是因为职称问题跟领导闹得不愉快。她坐在大殿底下台阶的正中间，身后就是菩萨。已是薄暮时分，群鸟从天上飞过，天空一点一点变灰。大阁的门吱吱呀呀关上了，工作人员开始清场。她走进了祖师殿。选了一块缅甸玉，挂脖子上后才害羞地一笑，说自己忘了带钱。

这样的玉都是石头价，韩小俤并不以为意。"挂着吧，啥时方便再给钱。"他希望她快些走，被关在院子里是件麻烦的事。她边往外走边说，自己是附小的老师，每天上下班都从独觉寺门前过，今天终于有机会陪菩萨。"你们在这里上班真是太幸福了。"她粲然地冲他笑了下，露出一口芝麻牙。还是第一次听人这样表达，韩小俤有点被那笑容感动，好像真的增添了些许幸福。别人陪菩萨都是进去磕头，偏她在台阶上坐着，看天上的风影云影。这也有趣。韩小伾观察了她好一会儿。韩小伾顺嘴说，那就不用给了，再跑过来也挺麻烦的。韩小伾的意思是，进来还要买门票。佟主任新上任，给大家定下了死规矩：只要放人进来，就必须持他开的路条。有些人好说话，可能会放她进来；有些人不好说话，故意为难人。

她却害羞了，说："哪有白送人玉的道理。"

她又拿了一本卷了边的经书，说过一段时间连钱一起还回来。

韩小伾原本把这事忘了，大约过了两周，她兴冲冲地跑来了，进了祖师殿就说，她的职称问题解决了。韩小伾愣了一下，才想起两周之前的事。"你买票了吗？"她说："买了，上次时间短，没好好逛，今天时间充裕些。"她从布包里小心地拿出那本经书，居然包了皮，像熨烫过的一样整齐。她把钱夹在书里，放柜台上。韩小伾也没客气，把钱收起来，把书放回柜子里。她站在那里，有些羞怯地说："我能再借一本吗？"

人与人之间的关系有时会在想不到的地方建立。他们一步步彼此走近，没有试探，没有虚与委蛇。她小他三岁，眼眸清亮，谈不上漂亮，但眉眼都耐看，还有一副好嗓子，语音清脆。在讲台上讲课，声音能清晰地传到最后一排。韩小伾发现，他对女人的好嗓子特别在意。如果像金大姐那样是种破锣音，貌似天仙他也觉得不行。

他没意识到这是受了王小燕的影响，她的声音清脆，像大珠小珠落玉盘，让他有了参照。

他把邓英杰带给姐姐看，姐姐用粗糙的手背抹眼睛。姐姐不知道他的两腿和肚子多出来许多肉意味着什么，只是翻来覆去地说："只有你这样好心眼的人才会看上我们这种苦命人。菩萨保佑。"

　　所有世俗的繁文缛节她都不看重。这一点，他们格外合拍，步入婚姻殿堂也很迅速，都把仪式看得淡。但她凡事爱较真，对人对事习惯居高临下，外表看着文弱，性格却特别强悍。比如，她让韩小侎戒烟，就从晚上开始戒。韩小侎戒了。又让他戒酒，怎么可能呢，都戒了还活着干啥。

　　她赌气跑回了娘家。他去接她时，她正在饭桌上吃饭，看他推门进来，不等他张嘴，她就乖乖跟他回来了。就像小夫妻分不开，一点也没露出两人闹别扭的痕迹。也许，这就是素质。韩小侎这么想。她爱他其实胜过他爱她，让他戒烟戒酒也是为他好。

　　他的房子坐落在最好的小区，是埙城第一批创意房产项目，是传说中的期房。过去没有期房的概念，埙城人都以能买到期房为荣，而且不用花自己多少钱，能——贷——款！开发商有雄心，要把小区建成标杆。样板间是明厨大卫，过去从没见过。房子还只是地基，小桥流水、奇花异草、名木古树、牌楼照壁，已经各就其位。售楼处整日像赶集一样热闹，买得起的、买不起的都要来实地探访。也有人激动地历数开发商的罪恶，说他们就是一群败家子！这样奢华的园林实景要多少钱，还不都摊到老百姓头上！老百姓是来住房子的，不是来逛公园的。在这之前，开发商拿地不走招拍挂，都是在酒桌上解决。像纪大姐居住的小区，房子是火柴盒形。虽然她住着别墅，但样式也土。地便宜，房价低，开发商不愿做表面文章，小区里连棵树也没有。"城市物语"不一样，一块山坡地，几家地产公司竞标，最终一块废弃的山坡地多卖出两个亿。大家都以能在"城市物语"居住为荣。这里有先进的城市经营理念、先进的科学施工技术、先进的人文生长环境。这里还有保安！感觉保安就像是自己家雇的，进出看着人打敬礼，这让他心里马上发生微妙的变化，情绪再不好，也立马眼前一亮。

多年以后，创意房产仍具备里程碑的意义。不单解决了房型和人居环境问题，更重要的是，它转变了人们的思想观念，让与时俱进和科学发展无缝衔接。像"城市物语"这样的名称变成家园的名号，就有很多人不适应。要再过两年，这样的称呼才会流行。埧城一下子多了很多叫"物语"的园区，就像它的同胞姐妹。过去开发商盖房要盖在平地，有坑也要填平。"城市物语"正好相反。小区错落有致，是坑就改造成池塘，养金鱼，种荷花。高地就是健身场所，居民入住之前免费向社会开放。埧城到处熙熙攘攘，房价从几万到几十万，步子似乎大了些，但远没有影响买房人的热情。相反，大家都以拿到一套高价房为荣，从此可以"尽享尊贵人生"。道路曲折，但前途光明。有人拿着小板凳整夜排队，几百套房子瞬间被抢空，其中就包括韩小侉的这一套。不同的是，他是背着现金来的。全款买了房，而后又买了车。

他的车是一辆二手车，价格不高。卖车人是个香客，急于去马来西亚做生意。他对韩小侉说："给别人开我还不乐意，我这人有毛病，对开过的车有感情。"韩小侉摇摇头，他根本没有买车的打算。可香客老赵说，你别觉得现在没用，再过一两年，家庭轿车就会是必需品，而这样的进口车，再过十年八年都还新潮，不信你看着。事实是，周围买车的人日渐多了，居然有人看见了堵车。这简直是个奇迹。埧城的路越来越宽了，居然会堵车！这放到以前，根本不可能。如果没有老赵这茬儿，他肯定会过几年再买，他不觉得急需一辆车。但拥有一辆车，让他隐隐觉出了意义。这种意义就在于独觉寺的人都还没有，而且不属于纪大姐车行的那种，这让他觉得很关键。他已经很久没看见纪大姐了。街上川流不息的车子中，属于纪大姐家那几个品牌的越来越少。现在他搞清楚了，纪大姐家销售的都是低端产品，有一款是农用车，专门吃政策补贴。纪大姐许久不来了，她的那些姐妹也不见了踪影。有时偶遇一个两个，她们边走边说话，不像来拜佛，倒像是来闲逛。起初，韩小伾有些疑惑，佟主任的举措是不是把人挡门外了？后来他发现有人带着居士证，凭证件可以自由出入。也再没有人来他这里帮忙或串门，有人需要进来，会警觉身后有没有眼睛，串岗是要罚钱的。

那个笑眯眯的小白脸，是个狠角色。

促使他花钱的因素不是一两个。往深里想，还有虚荣在作祟。但他告诉自己，他喜欢那台湛蓝的车，车标像北斗七星。老赵这些年也没少帮他，初一来烧高香，出手就是上万。首先是对人信得过，其次是对车信得过。老赵又恳求他，说买车时有多不容易。说到动情处，两眼泪汪汪。他相信老赵的感情是真的，他卖车是因为不再需要，而不是手头缺钱。他接手这辆车，也是暗中解朋友的燃眉之急。

他装修房子的时候开车跑市场，有时候碰见熟人，就说车子是借的。他上班总是骑自行车，穿一件灰蓝色的夹克，与过去没啥两样。即便是虚荣，他也是个能把虚荣藏下的人，这是他与别人的不同之处。后来邓英杰上下班需要接送，他才把车开到独觉寺停车场。那个停车场在城墙外,是搬了几家住户后新辟出来的。听说他买了车,有人想学车,有人想坐车,还有人想试身手,开着车在停车场里转圈。很多人都不认识车标,只要四个轮子能跑,就是好车。但总有识货的,说他居然买进口车,这小子是不是发财了?

有一天午后,独觉寺里少有的清净。韩小伓正要打盹,进来一个三十多岁的乡下男人。这样的人一般不会成为顾客,既不会请香拜佛,也不会买旅游纪念品。韩小伓打了个长长的哈欠,没主动招呼。这人长得白净,穿一双绿胶鞋,一下就暴露了身份。"我打听一个人,"他说,"穆俊友,还在这里吗?"

"谁?"韩小伓没听明白。

"穆俊友,"他说,"穆是穆桂英的穆。"

"是穆师傅?"韩小伓这才反应过来。

他说:"那是我爹。"

韩小伓从柜台里走了出来。认识这些年,他不知道穆师傅的家庭情况,他也从来不说。韩小伓以为他没结过婚,没想到居然有孩子。有时看他背着包出去,也没人问他去干啥。他的信众不像过去那样多了,很少听见他讲经说法,陌生的游客去大阁,也不再有人对穆师傅感兴趣,就像他不存在。他读经的声音也小了,龙柏上的鸟儿再不见成群结队。

穆全胜说,他还有一个双胞胎弟弟叫穆全利,两人都已经成家。韩小伓想带他去大阁,这个时候穆师傅肯定在那里。穆全胜拒绝了。他说只是来打听一下情况,没别的意思。"您也千万别告诉他我来过,我不想让他知道。"

两个月后,韩小伫又见到了穆师傅的妻子,是一个圆脸女人,有一头浓密的黑发,一看就是结实能干的山里妇女。她径直从山门处来到祖师殿,腿脚像风一样利索。进门就说:"你是小韩同志吧?"又从布兜子里拿出一袋子杏仁,说是送给韩小伫的。她也没见穆师傅,说知道他好就好。

很显然,她是听儿子说了这里的情况,自己也执意要走这一遭。奇怪的是,他们为啥不见穆师傅?这让韩小伫很纳闷。

"他不回家吗?"韩小伫问。

"一年顶多回去两次,"她说,"春天一次,冬天一次,是为取换季衣服。"

韩小伫把杏仁放到了穆师傅面前摊开的经书上,什么也没说。穆师傅看看杏仁又看看他,眉毛挑了下,什么也没问。

他从大殿里出来,就听穆师傅朗声读:"心,于相离相,是名为相。于空离空,是名为空……"

12

佟主任是从文物局下来的,比韩小伫还年轻,见谁都客客气气。去年年初他来独觉寺,被张主任轰走了。"我以后再来。"他扬一扬手,一点不见怪。大家都说,他人小,肚量却大。事后没多久,张主任就一病不起。眼下他来一年多了，对独觉寺的情况也摸查得差不多了。"哥哥。"他把韩小侟招呼来，拉开了抽屉，里面有几个信封，有白色的，也有牛皮纸的，封口撕得像狗啃的一样。他让韩小侟看一眼，又把抽屉关上了。"都是告状信。"他说。"告我？"韩小侟很惊讶。"告我，"他说，"过去人家不告张主任，是张主任德高望重。我不一样，年龄小，资历浅，难以服众。"他坐在木板椅上，眼神回闪，镜片熠熠放光。

韩小侟一下警觉起来，他觉得这个姓佟的在玩花样。

"简单说就是告我渎职，让国有财产流失。祖师殿有六十多平方米，步行街寸土寸金。这样的一个店面如果放到街上，一年会有十多万租金。信里说你干了七八年，每年的承包费没俩月的工资多，独觉寺却搭进去百十万。这话耸人听闻，但细一琢磨，好像也有点道理。"

他再次拉开抽屉，让里面的东西显现了一下，又迅速关上了。

韩小侟憋了一口气，用余光看着姓佟的。这一天终于来了，他一直在隐隐担心，因为空气中有股子醋味，能从有些人的言谈举止中嗅出来。但这些告状信，一看就是假的，或者说有假的。他提醒自己别激动，但还是没搂住火气。"有话就直说，不用拐弯抹角。"他瞥了抽屉一眼，直通通地说："祖师殿也是文物，你可以放到街上试试。就不是告状那样简单了，就怕有人坐不稳这把椅子。"韩小侟的意思是，文物不能跟街上的店面比。祖师殿不能像店面那样经营，有文物保护法管着。

"我明白你的意思，你先不要着急。"佟主任拍了下他的腿，起身给他倒了杯水。"我也是例行公事。这些信是上边转来的，我不处理就是失职。经过跟上级领导沟通,咱能不能这样。你看,你经营了这些年,一是有经验,二是有感情。但也别挡住别人搞竞争,现在是一个讲究竞争的年代,有公平公正法则。明年我想将旅游经营这块整体打包,公开竞标。省得他们整天嘀咕,说你吃肉,他们连汤都喝不着。他们竞争不过你,就把嘴堵上了。你该咋干咋干,你说这样行吗?"

韩小伓心里估算了一下,知道这一天迟早都会面对。既然不能改变,只能点点头。

竞标的前几天,独觉寺的空气就变得异样。人与人见面打招呼,都像有了防备,仿佛张嘴就会泄露天机。仨人一群、俩人一伙咬耳朵,都与这件事相关。韩小伓别扭了两天,心态慢慢平和了,他想来独觉寺这些年,不管物质方面还是精神方面,他都是最大受益者。改变从一点一滴开始,自己付出了努力,平台也很关键。

他已经很久没想起王小燕了。剧团每况愈下,从过去的到处受欢迎变成了到处不受欢迎。外出演一场戏,要求爷爷告奶奶。演员去婚礼现场当司仪,去葬礼现场唱大出殡,去生日宴现场唱流行歌曲,总之都成了落架的凤凰。听说她又结了一次婚,嫁给了一个药剂师。两人都在外边跳舞,各把舞伴带回家。她带回家是源于赌气,因为是药剂师先带回的人。大家说起来,都觉得他们已是"非人类"。这个时代变化快,自己不能先脱轨,韩小伓作为不相干的人,听了这些都要打哆嗦。他的家庭生活堪称圆满,最起码在别人看来是这样。邓英杰在学校是好老师,在家里是贤妻良母,虽仍偶尔逞强悍,但只要他态度好,基本不会引发战争。总之,她通情达理,家里井井有条,毛巾都叠得四棱见方。他们也在琐碎庸常的生活中磨合出了夫妻相。有次战友聚会带家属，大家都说他俩像兄妹。儿子也很聪明，第一天去幼儿园就认识了五个字，而且活学活用。"妈妈，给我洗洗足。老师说，足就是脚。"这让他们一直引以为傲。

冬天的独觉寺恢复了冷清，那些香客和信众都蛰伏了。风潮总是有起落，天下熙熙，天下攘攘。韩小俫龟缩在祖师殿里，有时半天不见一个人影。想外面的种种喧嚣，逐渐意兴阑珊。他信步往大阁方向走，穆师傅也许看见了他，也许并没看见，也从大阁里出来了。他们在龙柏树下站定，穆师傅眯起眼睛说："今天的太阳真好。"

"应无所住而生其心，"韩小俫说，"有一年我听见您给信众讲这句话，顿觉醍醐灌顶。但往细里一想，并不知道是什么意思。"

穆师傅仰了仰面孔，让自己离日光更近些。他说："有位无尽藏尼，虽为女身却精研佛理，平时常诵《大涅槃经》。她听说慧能得到了达摩祖师的衣钵，成为禅宗六祖，就跑去请教。无尽藏尼说，自己研读《大涅槃经》多年，仍有许多地方不解，望大师不吝赐教。慧能拱手说，贫僧不识字。无尽藏尼特别惊讶，说慧能在开玩笑，字都不认得，怎能知道佛经中的道理呢？真理与文字无关。慧能平静地开导她，真理就像天上的明月、晴空中的飞鸟、山野里的菊花，而文字却像是手指。手指可以指出明月、飞鸟、菊花的所在，但却不是明月、飞鸟、菊花本身。所以，看月、鸟、花不一定要通过手指。"

穆师傅掏出手绢，擦了擦鼻子。韩小俫懵懂地看了他一刻，突然转身走了。

竞标会在会议室举行，是韩小俫初来报到的那一间。多了电脑大屏，也新置换了桌椅。佟主任是个讲究的人，他的办公室装修豪华，打通了两间屋子。里间休息，外间待客。大家都说，不愧是从大机关出来的，比张主任懂得享受。独觉寺的厕所、厨房、雅间都进行了改造，宾客明显比过去多了，厨师由两个人增加到四个人，有一个还是从大饭店挖来的，会做西餐。刘沁是韩小伾的眼线，不时给他传递各种消息。开始有八个组竞标，涉及二十多人。后来变成五个，最后落实到三个。金大姐快要退休了，还想发挥余热。其实是有人想通过她扳倒韩小伾。"她是某个人的总代理，"刘沁神秘地说，"没人的时候有人管她叫表姑。"韩小伾愣了一下，瞬间明白了。办公室里坐满了人，却鸦雀无声。佟主任不时伸长脖子朝外望。"韩小伾呢？"有人跑过去找，却发现祖师殿锁了门，韩小伾在电话里说，他不参加竞标，他放弃了。

　　金大姐经营了几个月，就发现形势已经不是过去的形势。清明节是旅游旺季，独觉寺每天卖几万张门票，只有寥寥几个人进祖师殿。很多人迈上台阶，头朝里探一下，根本不迈门槛，到年底结算，韩小伾遗留的那些货物都没有售完，利润也少得可怜。有人说韩小伾有先见之明，预测到了旅游市场进入理性消费时代，那种胡乱买旅游纪念品的日子已经一去不复返。请菩萨烧香的人也不见几个，金大姐从邻县的猫耳洞进了一批香，黄不黄绿不绿，一碰就断，点起来冒黑烟，散发出一种呛鼻子的马粪味。"独觉寺啥都不行了。"有人这样说。韩小伾听了只是笑笑，他不是有先见之明，他只是耐得住性子。旅游销售一年一年往下走，这是任谁也没办法的事。金大姐见了人就发牢骚，说早知这样，不如不参加竞标。挣不着钱还拴人，我一个快退休的人，被别人算计了。转年大家都以为她不会再干了，甚至有人问韩小俫还干不干,韩小俫未置可否。奇怪的是,过了年金大姐又重新开了场子,祖师殿门口挂了两个红灯笼,喜气洋洋。

韩小俫得了一个闲差,主管旅游经营。这是对他放弃竞标的补偿。实际上,没有哪块经营真正能让他管,连撞钟都被个人承包了,他的责任就是防着人把钟撞坏了,这些都写进了责任目标里,如果撞坏了他就有连带责任。其实都是扯淡。重达一吨半的钟若能被撞坏,那人得有二郎神的体力。

但他必须每天煞有介事地盯岗,这里转转,那里看看,像刚上班时在安保组那样。他一年就干了一件事,找人重新设计了门票和简介,从感官上提升了档次,便于游客收藏。"菩萨在看着。"这句话仍放在首页的页眉上。小样拿出来,韩小俫征求佟主任的意见,佟主任连看也不看,说还有必要搁那句话吗?韩小俫知道他的意思,他们交换过看法。来独觉寺的人很少有人跪在那里看菩萨,佟主任说,这已经不能成为噱头。这是事实,但韩小俫觉得这是佟主任想折他的颜面。他冷冷地说了句"有必要"就头也不回地走了。

13

他一下觉出了挣脱羁绊的轻松和自由,中午可以放开量跟人喝酒,各种各样的圈子及各种各样的朋友这些年竟存下很多。他跟别人不一样,只要人请他,他必回请。所以在朋友圈中,他好评如潮。因为喝酒经常遭邓英杰骂，他已经有了对付她的办法。只要喝多了，他就猫进小黑屋，睡醒了再出来，然后主动做家务，把地板擦得像镜子一样。

这天他是陪客，有人请政府机关的崔科长，因为老家有人放树被刑拘了。这是大事，所以酒场很隆重。崔科长酒量有限，但他喜欢看大家喝，给这个倒给那个倒，一箱酒有六瓶，他们是六个人。有人喝得少，有人喝得多。刘沁为韩小俦分担了一下，他还是喝了历史上最多的一次。崔科长看了看手表，说时间不早了，散了吧。东道主说，这才几点，下面还有娱乐呢。其实这也是崔科长的意思，人家在这里坐腻了。几个人呼啦啦往外走。韩小俦认为娱乐就是唱歌，他不想去，他五音不全。发木的脑子被凉风吹开了一道缝，陡然想起曾在一个人面前唱歌，那人就是王小燕。脑子里回旋的却是王小燕响脆的声音，这么多年过去了，居然还没忘掉。《十五的月亮》开始是一个高音，先要张开鼻孔，把高音挑起来，再慢慢往下沉落。这简直是一种折磨，高音上不去，低音下不来。他当时可能就是这种状态。各种信息像彗星拖着尾巴交替闪现，他被人推进了车里。

睡眼蒙眬间，他又被扯下了车。周围黑乎乎，但一座建筑放光芒，像天上的宫殿一样耀眼。他努力仰着头，做出清醒的样子，看见了霓虹闪烁中的"帝豪城"三个金字，这里以消费高著称。他踉跄着被人架着走进了大厅，眼前人影幢幢，墙壁都似镶嵌着金子。震耳欲聋的音乐疯狂地灌进耳朵也挡不住他想瞌睡。有人对他耳语："哥哥，哥哥。"他像还魂一样，眼睛扒开了缝，发现这是个狭小空间，金色墙壁和疯狂音乐都变成了隐隐约约。自己躺在沙发上，动了动脚趾，鞋子是脱掉的。腰间有风，他用手一摸，皮带不知什么时候被扯松了。

"来，我们喝点醒酒汤。"声音软糯得让人起鸡皮疙瘩，是用假嗓说出来的，像唱戏一样。

有人环住他的头，扶他坐了起来。粉色蘑菇灯发散出有限的光晕，他看着近前模糊的一张脸，浓妆艳抹，两道眉毛像飞起来的雨燕翅膀，看上去那么失真。他脑子里打了个愣，一下坐了起来，赶忙下地穿鞋。王小燕搡了他一把，说："你以为我是老虎吗？"自打进门王小燕就认出了他，她想职业一点，假装不认识。她端来了盖碗茶汤，放到他的下巴底下，他一掌推开了。"这是哪儿？"他说，"我怎么在这里？"王小燕蔑视地看他一眼，说："装什么正经，这是哪里你会不知道？你腿下有脚，不是自己走进来的？"她的话锋还像当年那样凌厉，眼神像当初一样有恃无恐。他垂下头，用力晃了晃，一些细节逐渐浮现在脑海。"我知道是来唱歌的。"他讨好地冲她笑，是为让她相信。"你知道我不会唱歌。我还有事，得先走一步了。"他踉跄着起身，站稳了要往外走，王小燕从后面一下箍住了他的腰。"我一直都没有忘记你，你早把我忘了吧？该死的，没良心，又想丢下我不管。我们今天在这儿碰面，得是多大的缘分。"他尤其听不得"缘分"这两个字，太扎心。他扭动了一下身子，说："你怎么可以干这行？"王小燕气得像摇元宵一样使劲摇了他两下，尖声说："哪行不是人干的？"她的两条胳膊变得更有力，手往下滑去，触到了他的裆部。他浑身一激灵，用蛮力挣开了她。

豪华大厅像是被水淹没了，死一般沉寂。假的，都是假的！这个夜晚不真实。自己根本没来帝豪城，根本没见到一个叫王小燕的女人。见到了也不是跟她有缘分。缘分也分善缘和孽缘。他刚在路边的一棵树下站稳，便哇地吐了。他屁股抵着树，有辆警车呼啸着从旁边闪过，径自拐向了帝豪城。就像被打开了天灵盖，阴风钻入，他昏涨的脑袋一下清醒了。他来不及抹嘴巴，急忙摸出手机给刘沁打电话，刘沁第一时间接了。他只说了三个字："有警察。"

帝豪城离他家有十多里路，他是一路走回来的。说不清为什么，他觉得很委屈，就像小时候因为叔叔扤走青豆而被姐姐打，就像累死累活驮大筐进北京，拣好东西送老姑又被老姑嫌弃。还有该死的王小燕，炖了一晚上的牛肉一口也不吃。所有的不幸此刻都扑面而来，耻辱的感觉在自行加深，也遮掩了呼啸而过的警车。这样的戏码在生活中经常上演，他无法想象自己要面对。仿佛一切已经发生了，如果他不走出那扇门的话。他已经走出来了，王小燕还在身后追骂："没钱就别进来。"

他忍不住抽泣起来，然后号啕痛哭，像孩子那样任性而毫无忌惮。他有多久没这样任性地哭过了？天地混沌，黑夜隐去了边界，只有星星在遥远地注视着。还有不知身在何处的父母，从没给过他痛哭的权利。他从小就没有任性的权利，更不能号啕大哭。他忧郁的眼神总跟着姐姐转，姐姐干啥他干啥，唯恐姐姐生气。姐姐是厉害角色，管他管得严苛。他十三岁那年打草卖了三块钱，去镇上买了一本武侠小说，姐姐发现了，拿过来就点火烧了。世界上有这样多的权利，能分给他的真是少而又少。偶尔有汽车经过，他在隆隆的声响中会自觉闭住嘴。耳朵清净了，他才放出声来。他发现，他喜欢听自己的哭声，像天籁一样可以反复听。高声，低声，抽泣，抽噎。眼泪濡湿面颊，风又把它们吹干。汗毛孔都被眼泪荡平，皮肤变得特别紧致。他用手搓了搓。

他已经多久没流泪了啊。不是没有眼泪，而是流不出。作为六岁就失去父母的孩子，他经受的苦难太多了。他边哭边数着脚下的步子，数乱了就从头再来。他想，自己哭得莫名其妙，仿佛被人伤害了。其实没有。一个在那种地方的人说些浑话，理会她做什么。可是不行。她凭啥骂他，他凭啥被骂？他挥动了一下手臂，狠狠扇了虚空一巴掌。他在心中狠狠地诅咒。过去总以为做那行的都是不谙世事的小姑娘，原来还有年龄大的女人。还有她！好歹也是有正经职业的，怎么就自甘轻贱堕落……可是，难道不值得庆幸吗？这样一宽慰，他竟然笑了，劫后余生般。他抻出衬衫的衣摆擦了把脸，迈出潇洒的步子。转念想，这件事如果落在其他人头上，会不会成为美丽的邂逅，然后成就一段佳话，譬如……他想起"劝风尘女子从良"，都会行哪些事，都会说些什么。警车从他身边驰过，就像专为碾轧他的想法。他深吸一口气，加快了脚步。他忽然渴望快一点到家。他从没这么想见到邓英杰母子，他们才是他的港湾和倚靠。邓英杰总骂他到处喝浪酒，早晚喝出病来。她真是个预言家。

只是，今天遇到的如果是一张陌生的、好看的面孔又会如何？他酒意重，可以装作将错就错……他不是讨厌王小燕，他是害怕她。她上下其手的样子，他其实是……恐惧。他承认，他是缺乏历练。比如，当年他完全可以拉着她找个地方……可，那还是谈恋爱吗？一股酸涩冒上来，他当初不会那样想，所以没有那样做，他赌气地跑起步来，想放掉那些乱七八糟的想法。胸膛像擂鼓那样，他不得不放慢了脚步。你不比别人更高尚、更正派，你只是比人家胆子小。他自嘲般叹了口气，为匆忙离开而感到有些遗憾。最起码应该问问她这些年是怎么过来的，需不需要帮助。这不过分，毕竟好过一场。说不定她是没办法才走这条路的。又一辆警车开过来，这是一辆好性子的警车，开得慢慢悠悠。车窗都四敞大开，里面塞满了人。他恍然，猜想会不会是去帝豪城的那辆。这都不是无缘无故的，看那车走远，他又心生庆幸，对着夜色说："如果我也在那辆车上……肯定有谁在点化。"满天繁星诡异地一起眨眼，他突然想念穆师傅。

遇见王小燕，不是谁想遇见。

独觉寺的混乱达到了临界点。身在其中，韩小俦也不知道起因是什么。有时候在酒桌上听人发牢骚，韩小俦只是听听而已，从不参与讨论。那些牢骚都是关于佟主任的。说他心黑，太贪心。独觉寺一年到头各种工程不断，他用的都是三亲六故，里外赚公家的钱。各种材料下账，居然用法物流通处的票据，到金大姐那里还雁过拔毛。难怪没人购物金大姐还干得兴致勃勃。韩小俦默默喝酒，找借口跟别人干杯，喝得酩酊大醉。他心里的事情不跟人说。保洁老毛和园丁老桂都被佟主任撵走了，他也想撵走穆师傅，说穆师傅年纪大了，继续留在独觉寺有风险。"万一哪天身体出点状况，我们担负不起责任。"撵走老毛和老桂，他都没跟韩小俦讲，单独提拎出穆师傅，显然是别有用心。他平时总是哥哥长哥哥短，不亲密，却让韩小俦无话。这也是他的目的。有一天，他装作不经意的样子，问韩小俦还想不想做生意："金大姐人脉不行，还没财运。听说过去冬天生意火爆。你那么早就买进口车，用现在的话说，是时尚达人。"韩小俦就烦他自作聪明，还恶俗。但韩小俦隐忍，轻易不拆穿他。涉及穆师傅，韩小俦坚决地说:"只要身体条件许可,就没有撵穆师傅走的道理。穆师傅跟别人不一样,是为独觉寺做出过贡献的。再说,穆师傅走了,上哪儿去找这样虔诚伺候菩萨的人?"

"一座泥胎知道什么。"佟主任出言轻狂。

"这话我就不敢说。"韩小伾眯缝起眼说。

"那就听你的。哥哥的意见我向来都只有从命,"佟主任能屈能伸,大丈夫一般,"我听说你们关系不一般,有亲戚?"

韩小伾说:"你以后别叫金大姐,你是晚辈,该叫啥叫啥。"

佟主任讪讪地,他一直以为别人不知道他和金大姐是亲戚。

一早赖在床上,他就觉得有些发低烧,趁势请了假。佟主任一再好言安慰,说:"哥哥你就休息,好了再来上班。"他穿着睡衣到客厅转了转,桌上扣着盘碗,是邓英杰给他准备的早餐。他坐在桌子前发了会儿呆,想自己是哪辈子修来的福气,遇到了邓英杰这样的女人。儿子上小学后一直跟着妈妈的班级,成绩中等偏上,接送、写作业从来也不用他操心。想起昨天晚上的事,他摸了下自己的腮,突然用力一拍。小学教师多辛苦,瞧自己每天干的都叫啥事!"朋友是手足,妻子是衣服。"他们的圈子流行这样的话术,是玩笑,也是真实。赴一个又一个酒场,冒着喝坏身体的危险,没有点手足情谊是不行的。额上的青筋跳起来,他突然去查看手机,没有未接来电,也没有短信。这是有事情还是没事情?他奇怪平时刘沁总是黏着他,关键时刻却没了消息。

宿醉的感觉不好受。昨晚那场酒,对于他而言真是犯不上。他并不认识崔科长。这位崔科长装腔作势,撒腔撒调,假装见多识广,谈的都是跟县里主要领导的交往。一个朋友约了他，他又约了刘沁。昨晚走回家已是午夜，一路胡思乱想，把刘沁忘了。他到底有没有逃脱？到底在不在那辆挤满人头的车里？感觉低烧要转高烧了，他赶忙躺回到床上，盖好了被子。要是王小燕也在那辆车里呢？要是她在警局里信口开河，一口咬死他，那就万劫不复了。帝豪城有监控，没有人绑着他进去。他到底在里面待了多久？醒来之前是不是在沙发上睡着了？这样想，心底不安起来。他把刘沁的电话调出来，手指摁上去，却最终没有拨出。他万一还在警局，正在接受盘问，自己岂不是会撞枪口上？

他决定按兵不动，以不变应万变。寒热相对应的药物有小柴胡颗粒、白加黑。但要先退烧。退烧药也备了两样，邓英杰一贯有备无患。药放在了显眼的地方，水杯里的水是热的，还给他留了字条，嘱咐他一定要按时吃药，作用相同的药只能吃一样。做不了饭就等她下班回来做。他没吃药，但分外仔细地打扫了卫生。他在家里待到第三天，金大姐突然打来了电话。"你们是不是在玩藏猫猫？""谁在玩藏猫猫？""你和刘沁。一个发烧，一个崴脚，是不是成心的？"韩小伜一下放了心。他说："金大姐见多识广，你见过这样的事有人成心的？""独觉寺要乱套了，整天拉帮结伙打官司告状，那些人真是吃饱了撑的。"他忙问怎么回事。金大姐说："你消息灵通，这些事哪用我说。"不愿说就不说，他也不想打听，懒散地打了个哈欠。金大姐继续说："现在的人，良心都让狗吃了，对他再好也没用。韩小伜，我告诉你，佟主任对你不薄，你可千万别做对不起他的事。"

韩小伜一下急了。

"谁良心让狗吃了？他怎么对我不薄了？我什么时候做对不起他的事了？我该怎么做有自己的原则，不劳您费心。"他说完挂了电话。

手机又响了两次，他一看是金大姐，没接。金大姐发来一条信息："公安局找你了吗？公安局找刘沁了。"韩小伾浑身一抖，使劲把手机关上了。

14

独觉寺的人闹事有自己的步骤和规律。因为是轮岗，总有赋闲在家的。上班的不上访，上访的不上班。也有人给韩小伾打电话，请他出面，今天就去信访局。韩小伾干咳了两声才问啥事。"他把独觉寺的一片佛肚竹移栽到了家里。他总像耗子一样往家里捣鼓东西。早晚有一天，他把菩萨也偷走。"

韩小伾敷衍地听着，说只是那片佛肚竹中的几棵而已，明年还会生出新的。菩萨他偷不走，那是国宝，他没那胆量。咳嗽越来越剧烈，他说："我还在发烧，你们就别打我的主意了。"

上班那天，他刚开车到鼓楼一侧，就见一群人从对面走了过来。他暗暗叫苦，按下车窗明知故问："你们这么多人，干啥去？"二十几个人一起围住他，说去县委告状。"昨天去了县政府，前天去了信访局，都没人接待。"有人接待才怪，每天不定多少拨人上访，那些历史遗留问题谁遇到谁头疼。他没想到独觉寺的人这样执着。领头的叫张海军,是老会计,佟主任上任后,把他换了下来。他跟佟主任公开闹翻过,是因为报销医药费的事,佟主任总不放弃任何为难他的时机。高凤先走了过来,让他把车停马路牙子上,这样交警不贴条。"你去单位也没事做,跟我们一起去上访吧。这样的腐败分子一天不下台,咱们就坚决不收兵。"没奈何,他把车开上了马路牙子,他不能驳高凤先的面子,也不能让众人觉得他不跟他们站在一起。他当然知道上访不是坏事,但自己不想参与。佟主任多少给他点面子,当然这不紧要。紧要的是,他不想当这些人的头儿,让上级领导知道。虽然他不算正经干部,但带头上访这样的出头橡子,还是让人吃不消。老张会计走了过来,说今天县委书记要接待。"刚才里面传话了,允许进去五个人。韩小伾你来得正好,你比我们有文化,一会儿进去你算一个。"韩小伾突然一捂肚子,说完了完了,之后就朝厕所方向跑。厕所在马路对面。身后有人说,他这肚子闹得真是时候。高凤先大声说:"他会支持我们的。当年他的买卖多红火,让那小子抢走了。抢走了你倒是好好干哪。韩小伾还往单位交钱,他们是专门挣单位的钱!"

韩小伾头也不回地跟他们晃了下手,钻进了厕所。

独觉寺的人有空才去上访。全县也没这样文明的上访队伍。事后县委书记点名批评,说文物局就是不作为,不搞调查研究。这些人起初就是去文物局上访,局长派人把他们分割包围。办公室几个,人事科几个,业务科几个,专门由副局长做工作,其实就是说几句车轱辘话,连蒙带吓唬。"缺你们工资吗?少给补贴了吗?下属单位中,独觉寺是多好的地方,该知足得知足。"若是换了别的部门的人,也就顺坡下驴了。但独觉寺的人跟别处的人不一样,他们相信有公平公正这回事。糊弄不了，也吓唬不倒。后来他们又去信访局，把佟主任的罪状列出来，一二三四五……共二十一条。信访主任是个年轻姑娘，嘴甜得像抹了蜜，大哥大姐地叫，让他们回去等。过三天没消息，独觉寺的人又来了。糊弄的次数多了，才知道这姑娘捣得一手好糨糊。文物局局长来开会，虚白着一张脸从县委大院出来，给大家作揖说："求求各位了，你们的诉求县领导都知道了。处理事情有个过程，大家都回去等消息，好不好？"大家异口同声地说："不好！"

韩小伓从厕所出来，一时有些恍惚。天地都乌蒙蒙的，打着呼哨旋转。明明是上午，却有黄昏之相。腿脚酸麻得厉害，不敢移动半步。他这是蹲了多久？自己都觉得难堪。县委门前空无一人，自己那辆车却很显眼，屁股上的小星星冒着金光。他点了一支烟，深深吸了一口，又重重吐了出来。他用烟头去烫柏树叶，滋溜冒出一缕烟。他已经很久不吸烟了，最近说不上为什么，就是烦。厕所旁边是片小树林，散发着柏树油和厕所混合的气味。他闻了闻衣袖，把烟掐灭了，朝自己的车走去。

佟主任终于被免了职。在免职之前，金大姐先蔫溜了。有人查了下金大姐的档案，已经超过退休年龄一年多了。

谁来接替佟主任的工作，文物局党组研究再三，也没确定人选。局长接受了教训，说能不能在独觉寺内部海选一个，既有群众基础，又有知识储备，有没有这样一个人？懂些佛教常识，也好对外沟通。一轮摸下来，大家一致推荐韩小伓。局长还特意问了句，上访的人里有他吗？有人去查了几个部门的接访记录，没有韩小伓的名字。局长对这个结果很满意,他恨死那些上访的人了。考察结果与公安机关的鉴定结果同一天出来。崔科长被双开了,警察闯进去时,他居然一丝不挂,他把帝豪城当成自己家的炕头了。录像在常委会上播放,县委书记气得七窍生烟。韩小侎醉酒以后被人拉扯着进了帝豪城,但不到十分钟就出来了。没有对他不利的口供,他逃过了一劫。

他提职的事,没有告诉邓英杰。他心情有点复杂,觉得不名誉。后来邓英杰是听同事说的,她还不相信。问韩小侎为啥瞒她。韩小侎轻描淡写地说,这有啥好说的。

邓英杰觉得他低调,越发敬重他了。

韩小侎上任的第一件事,就是把办公室里外间的那道门封了起来。隔壁做档案室,新分来的大学生做档案员,顺便做历史资料的归纳和整理,甚至去了故宫档案馆,把"两宫回銮"路过独觉寺及最后一次大修的始末搞清楚。独觉寺很快恢复了平静,各岗位的人按部就班,各司其职。只是祖师殿关了门,那些货物都成了破烂儿,积满了尘垢。

韩小侎在这寺院里走,有时不自觉就会放轻脚步。空泛的足音在午后炽烈的阳光里回响,像是与自己并无瓜葛。突然一回头,大阁、龙柏、白皮松都在身后,便有些吃惊,仿佛它们都是突然出现盯着自己的。他想,也许这是前尘的图景,自己不过是别人影子的投射。有谁曾在这里蓦然回首吗?伽蓝殿里放了大阁的模型,这是为大修做准备。盛世修庙,是时候了。那模型是请古建专家历经一年建造的,每一个榫卯的位置都很精确。韩小侎上了心,宁愿多花时间,也绝不凑合。银杏的叶子与对面菩提的叶子相互招呼,都有属于自己的灵性语言。高中毕业那年来独觉寺，看啥是啥。而现在，看啥不是啥。经见了那样多的事，很难说什么是偶然，哪些是必然。那天刘沁从帝豪城跳窗逃出，不幸崴了脚，他后来总躲着韩小伾。他们从没就此事沟通过想法，不知刘沁是怕见他，还是懒得见他，事情就这样过去了。

从后门进到大阁，要拐一个弯才能看见穆师傅。他把手背叠放在桌子上，额头抵上去，鼾声突兀而嘹亮地响了一下。韩小伾停了片刻，没有打搅他，蹑着手脚离开了。这大阁里经常只有他和菩萨，还有他的诵经声，空洞而乏力。年龄大了气力不接是一方面，还有另一方面，就是没了听众。韩小伾很想听听他的心得，他那天突然喊了声"韩主任"，韩小伾落荒而逃。

纪大姐经常来串门，他们已经回忆不起有几年不见了。纪大姐身上除了脂肪还在，少了很多东西，那种富贵相没有了，那种清丽的气质没有了。她就是一个虚胖而头发花白的老太太，虽然打扮得花枝招展，但像脸上的脂粉一样透着廉价。她在韩小伾的办公室里到处看，两截大书柜，满满当当。"听说你现在是专家了，真棒啊！"县里成立了佛协，韩小伾做了常务副会长。纪大姐面露崇拜之色，她不知道这佛协是干啥的。她从书橱顶端拿出一根黑木棒，举在手里看。"这是什么？干啥用的？"纪大姐很好奇。韩小伾说是烧火棍，并没有解释这是小门改大门时卸下的门闩。他擦拭干净，抹了层桐油，让它的表面像护了铠甲。在韩小伾的心里，这是可以上供奉名册的，只是不方便说与外人。纪大姐家的生意早黄了，她做的那几个品牌被市场淘汰后，她便进入了新领域。"有钱不能存银行，那点利息够干啥？你就放大姐手里，保准有高于银行两到三倍的收益。"她前后一共来了五次，话说得一次比一次绝对。"又不是白用你的钱，你不信别人，还不信大姐吗？现在国家政策好，我也是响应政府的号召。到时若不能兑付，我把家赔给你。"为了防她打着他的旗号找人，韩小伾甚至专门开了个会，警告大家别贪图小便宜，有钱存银行定期，那才保险。韩小伾话音未落，引来了哄堂大笑，大家都说他观念落伍了，都啥年代了，谁还存定期啊。好歹做个理财，比这收益高。韩小伾闹了个无趣，半天缓不过心情。心想，自己也是多事，纪大姐爱找谁找谁，管这干啥。一晃，韩小伾都成独觉寺的老人儿了，他有些恍惚，面对的面孔那么年轻，不知他们一天到晚想些啥。纪大姐有个小本子，里面记了很多数字，那些把钱放她手里的，也有级别很高的领导。她展开给韩小伾看，韩小伾假装看，却一个字也没入眼。韩小伾还是不相信太快的钱生钱，觉得那不正常。他目送纪大姐从祖师殿的边上去大门口，她随手捡起了一片菩提叶。她再也没有去看过穆师傅。

不断有人把菩萨送回来，韩小伾那时还不知道这是弃供。菩萨被包在衣服里，或委身于纸箱或布袋子，被穆师傅回拢到大殿里。各种颜色，各种尺寸，各种类型，五花八门。弃供各有理由：老人去世了，搬新家了，或者想供奉别的仙家……有偷摸送来的，有冠冕堂皇送来的。有从这里请去的，因为显而易见是德化瓷。有些仙家闻所未闻，披了大红的绸子斗篷，像刚从戏台上赶场下来。别的家什可以当破烂儿随意处置，但对菩萨还是有所忌惮，泥菩萨也不行。大殿的一角就堆放了上百尊，穆师傅拿掸子拂尘，有时就坐他们中间。有人听见那里有哭声，还以为哭的是菩萨。

有个半拉缸的人来城内赶集，偶然让韩小伾碰上了。他想起穆师傅也是半拉缸的人，跟那人打听。那个人非常惊奇：穆俊友还活着？他以为穆师傅早不在了。原来他打年轻的时候起就发疯，是个武疯子，下手没轻没重。家里的孩子从不敢让他带，他提拎着就敢扔下悬崖。至于发疯的缘由，那位老乡讳莫如深："一两句话说不清楚。"

韩小伫记得穆师傅提过老娘，说她把一村人都得罪遍了。

"理由没那么简单，"那人摇着头说，"他在独觉寺有没有发疯？"

韩小伫说："没有。"说完，脊背一凛。

"这倒是怪事，"老乡说，"他疯起来力大无穷。"

一人高的菩萨站在大阁的门口，独觉寺的人都觉得稀奇。他们从没见过，身量那么高的菩萨妩媚地笑着，从山门一路走了进来，被穆师傅肩扛着。

15

韩小伫接受佟主任的教训，一般不吃请，但有些也推不掉。那天，李起约他出来坐坐，说小范围聚聚，说说话。他蠢蠢欲动。李起自打停薪留职，一次也没找过他。听说过去生意不错，后来也不行了。房子滞销，连带很多相关企业也不景气。只要这些年没做大做强，就经不起磕碰。

说是小范围聚聚，韩小伫猜，怎么也得找上四五个人。独觉寺的人喜欢围大桌子，坐一起撸胳膊挽袖子，这是那些年留下来的习惯。

可韩小伫没想到，靠窗而坐，就他们俩，在必胜客吃简餐。窗外路灯浊黄，行人稀稀落落。鼓楼就像个道具，沉默地矗立在韩小伫的视野里。李起又胖回去了，又黑又胖，坐小椅子上，肥大的屁股从周遭漾出肉来，小椅子吱嘎唱歌。简餐其实也不简单，牛排、比萨、炸鸡块、炸土豆、烤洋葱圈、蘑菇汤、鱿鱼卷，满满一大桌子。韩小伫从没来这里吃过，觉得孩子才会到这样的地方来。一看李起的状态，就知道他常来，而且爱吃。

　　李起这个晚上说了很多话，主要是表示羡慕韩小伫。"当年独觉寺的人，谁瞧得起你啊，都觉得你房无一间地无一垄，连媳妇都娶不上。看看现在，谁都没你混得好。"韩小伫笑笑，没搭腔。他觉得李起的话好像对，可也不全对。他只不过是按部就班，一直按部就班而已。

　　"哥哥，有句话我这些年都想对你说，就是一直找不着机会。"李起撕鸡腿，尖利的牙齿是名副其实的犬齿，转眼就撕了仨。"你当年多亏没娶她，谁娶谁倒霉。"

　　韩小伫立时不自在起来，他没想到李起会提起王小燕，那篇儿应该早翻过去了。韩小伫看见了王小燕擦着墙根走路的样子，飞机头窝窝着，穿着肥大的棉袄。她后来又结了两次婚，一次比一次不如意，神经出了点问题。

　　"年轻的时候不愿生孩子，想生的时候又生不了。她就是作了一辈子，一辈子就会作。哥哥，你当年没怪我吧？"

　　韩小伫又好气又好笑，但他不预备接他任何话。

　　临近结束时，李起突然拿出了一个大信封，小板砖模样，往韩小佺怀里塞。大堂里已经没有人了,服务员在吧台打瞌睡。韩小佺一个激灵,赶忙闪开了身子。李起说:"我没别的意思,就是这些年总觉得对不住你。咱还是好哥们儿、好弟兄,对吗?"韩小佺说:"那自然。"李起说:"就这么一点小破码子,搁别人根本拿不出手,你收下是瞧得起我。"他站起来过到这边,把信封塞到了挂在椅背上的长襻包里。韩小佺看着他,想拒绝却没拒绝。他有点看客心理,想看他还干啥。

"以后独觉寺有啥好事别忘了我。"他说。

"独觉寺能有啥好事。"

他闪了下眼睛。"不是要大修了吗?哥吃肉,让我喝口汤。我这里啥手艺人都有,彩绘、工匠、木匠、泥水匠……"

韩小佺打断了他,说:"这是大事,我做不了主。"

他说:"总有能做主的时候。"

"你有资质?"

"瞧哥说的,那玩意儿想有就能有。不难。"

卡车从旁门进来,倒着驶到了大殿前,几个工作人员穿着工作服提前候在那里,把那些菩萨悉数装到了车上。韩小佺提前告诉他们,要轻拿轻放,但总有人会忘了他的叮嘱,瓷器撞到铁皮车上,发出疼痛的呻吟。这些菩萨已经成了独觉寺不能承受之重,他们从大殿内一直延伸到大殿的后门,行人从那里过得小心避让。那些笑容都被风干,身躯也日渐残破。文物局局长问韩小佺是咋回事,从哪儿收来这么多破烂儿?韩小佺说,这不是收来的,是信众弃供的。局长说,快想法子，这些又不是文物，怎么能在文物场所占地方。韩小侳其实想过法子，把他们搬离了大殿，放到了房后的菜园边上，可某一个早晨，他们又排着队回来了。有人看见穆师傅一宿没睡，一座一座给请了回来。穆师傅说，他们得跟大菩萨一起享用香火，菜园不是他们待的地方。

"都是菩萨，咋能待遇不一样呢。"他嘟囔着。

车是李起找来的，他不在现场调度，却猫到韩小侳的办公室，叽叽咕咕半天不出来。两人不知啥时成了勾肩搭背的关系。独觉寺的人说笑话，他们俩从情敌发展成了好友，都是那个疯子的功劳。

年轻人不知道疯子是谁，便有人朝大门外指。王小燕窝着身子从门口过，连头也不抬。

灵感来自下乡的路上。韩小侳走了条山间小路，车子在带子一样的小公路上驰行。在一处山崖下方，有几个老乡正在用角铁搭架子。韩小侳好奇，停下车去看，原来悬崖上方有处摩崖石刻，只一尺见方。村里的老人都知道，那里是尊菩萨，祖辈都有人来供奉。从地面根本看不出来，那里有十几米高。现在都在搞乡村旅游，村干部觉得这是个看点。他们还准备了红油漆，要给菩萨涂一下脸，好让他显得更醒目。韩小侳吓了一跳，亮明了自己的身份，说这处摩崖石刻如果是真的，该是文物。都别乱动，乱动犯法。

韩小侳请来了市里的文物专家，用吊车把人送过去，拍了照片。可以判定这处摩崖石刻是汉代作品，但因为规模小，又过于裸露和风化，没有多少文物价值，应该算县级文物保护单位。他们在一旁立了一块牌子，反而起到了传扬作用，来这里看菩萨的人络绎不绝。埙城原来没有摩崖石刻，现在有这一尺见方也是好的。角铁搭起来的楼梯不安全，为防意外，韩小伾着人把楼梯拆除了。

　　崖壁顶端像遮雨棚一样凸出来，沿山崖根坐满了各色菩萨。有些是从独觉寺清理过来的，更多的是信众自己送来的。就因为有信众送，韩小伾才把独觉寺的菩萨都请了来，一下便让这里成了景观，形成了陈兵百万的阵容。山里这条路绵延几公里，过去冷清得厉害，自从有了这些菩萨，逐渐热闹了。路两边的红果都卖上了好价钱。韩小伾下乡爱走这条路，看一次，笑一次。他隔段时间就走一回，留意来了哪些新的。几尊立像被人埋进了土里，是防止被风刮倒。他还能认出那座立观音像，与纪大姐有关联。只是这时候纪大姐日子不好过，她牵扯几个亿的资金，被公安抓起来了。

　　韩小伾遗憾的是，没有让穆师傅到这里来看看。他清理神像的那天，原想跟穆师傅打个招呼，可跟李起在一起叽咕，就把这件事忘了。转天早晨，有人发现穆师傅在一只荷花缸里坐化了，那个荷花缸是用于防火的。韩小伾狠狠跺了一下脚，"哎呀"叫了一声。

　　他本质上是个出家人。韩小伾愿意这样跟人说。他知道，穆师傅也愿意别人这样认为。他的两个儿子进到独觉寺先磕头，说谢谢收留了他们的父亲这些年，否则他活不了这么久。韩小伾请他们在一个小饭店里吃了饭，为他们搞农家乐出谋划策。他一句也没有打听穆师傅的过往。

　　他不愿意打听。

16

  铁管都是相同的尺寸和规格,堆满了山门后的院落。这是在为搭棚架做准备,独觉寺真的要大修了。棚架搭起来,就像一个巨大的鸟笼子。建筑、月台都戏法般变没了。如果从大门口路过,只能看见一个巨大的青灰色苫布包,像是包裹着秘密。里面留了无数通道,但密不透风。修缮工程要求精益求精,就是从搭架子开始的。李起吃住都在独觉寺,俨然成了韩小伾的代言人。韩小伾告诉他,必须每天"面壁思过",看有哪些事情不周全。这是百年大计,容不得一点瑕疵。李起每天尽心尽意,尽职尽责。很多事情施工人员都找他,解决不了的再去找韩小伾。三个月以后,韩小伾夜里突然做了一个梦,梦见穆师傅在柏树下与他说佛法,神情特别凄惶。他有些紧张,总感觉哪里不对劲,摸起手机给李起拨了个电话。"那棵龙柏……没事吧?"

  李起正睡得香,迷迷糊糊中说了句:"没事,一棵树能有啥事。"说完就又睡过去了。

  韩小伾熬到天亮,打着手电钻进了棚架里。那棵龙柏被铁管横竖困得像个粽子,苫布顶在脑袋上,枝杈间已无一点绿意。

  韩小伾脊背一凉,腰身就像断了。一股温热的液体从裤管流出,灌到鞋窝里时,已经变冷。

  那也是文物,他立了军令状的。

铁戒指

1

车子要拐两个"之"字弯才能到家,徒步走过去其实不到一百米。可在第一个"之"字拐弯处,正好横着一辆工程车,姜黄色的车体上喷溅了许多泥点子。旁边有一根电线杆,上面那个人穿着脚扣,下面那个人拿着老虎钳子,举头朝上看。这俩人我都看着眼生。几十米远的地方有挖掘机在突突突地响,树丛中有人若隐若现地忙碌着。这一片原来是生产队的场院,每到收获季节,各种粮食被马车从深远的洼地拉了来。车把式驾驾驾地吼,马蹄嘚嘚嘚地敲,都紧张而仓促,隔着河能传对岸去,人和马都四抹汗流。粮食进了场院,就如同进了保险箱。任有再大的风、再大的雨或冰雹,都奈何不了丰收的图景。四百叔总是有法子应对。

某一年的麦收遭遇连阴雨,小麦无处晾晒,个个肿成了胖子,眼看就要发芽。四百叔歪着脖子看了一会儿天,断定三五天内不会晴。

他号召社员把小麦拉回家。四百叔是场（"场"字读二声）头，专门管场院里的活计和粮食，很多时候比队长说话还好使。一年的血汗都在场院里，谁若想带走一粒粮食，四百叔会跟他拼命。我们支农时到场院上干活，收工时被一个一个捏口袋，鞋壳里有几粒玉米也得倒出来。小麦摊在各家炕上。灶里使劲烧火，小麦平铺在炕上达半尺厚，上面顶着炕席，炕席上睡着一家老小。这一宿又潮又热，忽忽悠悠地如睡在水上。早上醒来第一件事就是把枕头、被子抱到墙柜上，扯下炕席卷成筒，立在墙角。炕上热气腾腾，父亲或母亲猫腰撅腚，用两手当铧犁翻腾小麦，好让热气挥发。小孩子觉得好玩，不免看样学样，脚陷下去又硌又湿，鼻孔被热气熏得刺痒难耐，很快跳下炕来。这样的翻腾一天要进行好几次。白天可以翻得坑坑洼洼，晚上则要把小麦抹平，再把炕席铺上去。我天天梦见麦子在身底下发芽，把人托起来，像秋千一样摇晃。大约一个星期，小麦就干透了。拉回场院称分量，允许有百分之几的损耗。你若问有没有社员偷偷在锅里煮，我敢说，一个也没有。因为我家就是把炕缝里的每一粒麦都抠出来，放到麻袋里。饿死都不能动公家的粮食，这是我爸说的。还比如，场院晾晒粮食时遇到暴风雨，男女老少都往那里跑，谓之"抢场"。有人手里拿着笤帚，有人腋下夹着卷起的炕席或草帘子，还有女人抱着被子，小脚老太太拄着拐杖，都心急火燎地往场院跑。能遮几处是几处，能盖多少是多少。这样的"抢场"，我经历过很多次。作为小学生，我们把边角处的粮食往大堆上扫，谓之"颗粒归仓"。有过这样的经历，写起作文就得心应手了。

"扬场"是一景，因为全队只有四百叔会扬场。或者，别人可能也会。人与人之间的高下差之毫厘，谬以千里。别人扬场，粮与壳混杂的程度深一些，粮不干净，壳也不干净。四百叔扬场，壳是壳，粮是粮。扫帚从中间划过，那叫泾渭分明。所以我们就喜欢看四百叔"站桩"，两条蚂蚱腿一前一后，似乎是从胳肢窝就开始分叉。肮脏的蓝布条拴在白裤腰上，那裤腰也直抵腋下，里边是汗油的黑皮，肋骨一条一条硌出来，一点肉都不带。拧过身子端了簸箕先试风向，逆风朝天上一扬，湛蓝的天空底下就像起了风暴，粮先沉落，从脚底一直到一丈开外，就像人被拉长的影子。壳则被风吹得偏远些，与粮分开，形成一道河谷。那些高粱、小豆、荞麦像沙丘成流线型，干净得像一粒一粒拣出来的，看上去特别动人。

这一切早被镜头推远了。散社以后，左近批了房基。最低洼处盖了座小房子，住着位孤寡老人。后来老人去世，房子倒塌了。那个倒塌的房子一点一点被风雨蚕食，如今只剩下了一堆土丘。再过几世几代，说不定就可以考古了。我还能记起那个老太太，小小的个子，穿一身黑。三块瓦帽也是黑的，顶在三角形的黑面皮上。小脚像粽子，却穿肥腿裤，用带子在脚腕处绑紧实，裤腿里就像灌了风，走起路来趔趔趄趄。她拎着桶从臭西坑方向走来，我就知道她去倒垃圾了。远处的人家也往臭西坑里倒垃圾，还有死狗、死猫、死耗子之类。有一天早晨，我妈就捡了一盆吃了药将死没死的耗子，悉数倒进了臭西坑里。夏天污水漫上来，一直能漫到小房子的边沿处。我上学打从这里过，隐约能看见动物鼓胀的肚皮朝向天，水面上伸出一只脚，甚或老太太伸着脖子张望，脸上布满我想象中的愁云惨雾。有一回，一只小奶狗从水里窜了出来，嗖地从我们脚下掠过去，钻进了路左边的芦苇塘里。

小葵愣说是猫,跟我打了一路嘴仗,我也没妥协。走到学校门口,她用力推了我一掌,骂道:"你就是个死猪心!"骂完自己噔噔噔地跑进了教室。

她经常骂我"死猪心"。我要再长几岁才能明白,"死猪心"是指爱抬杠,往好说就是坚持真理。

我努力把头探到车窗外道,喊道:"能不能让一让,让我的车过去?"没人听见,或者听见了也没人应答,也看不出工程车的司机在哪里。我朝电线杆那里看,上边下边的人都专注于自己的事。我正一筹莫展,对面忽然来了辆白色的路虎,司机脾气大,车没停稳就开始摁喇叭,摁住就不撒手。车体庞大,嗓门也大,旁边住户零星跑出来看究竟。有个年轻人从臭西坑的方向走过来,挥着手说,都等等,都等等,看不见这里有工程吗?我从车上下来了。这是个村里人,不知他姓甚名谁,但从轮廓能看出几分家族的影子,就是这点影子,让人不觉得陌生。我问在搞什么工程。他说架线,要改造臭西坑,再有半个小时就好了。我问怎么改造。他说要种荷花。"李班固要把臭西坑建成大花园。"他嘴一秃噜,话说得太过连贯。"谁?"我没听清楚,闪着耳朵又问。"李班固,"他提高了声音,"人家在外发了财,不忘投资家乡搞建设。"他说得喜气洋洋。"以后这周边的房价都会涨,就是你家离得有点远。"他随手画了一个圈,很是有那么点意思。"这一片都要搞开发,你等着瞧吧。"

我吁出一口气,很高兴他认识我。想问他爸是谁,没好意思张嘴。

路虎司机一推车门下来了。短裙,墨镜,嘴唇红得耀眼,耳坠像被风刮了一样摇摆,手腕上有只翠绿色的镯子,像个老天女下凡。我吃惊地说:"你这个家伙,怎么在这儿遇到了。"快步朝她走去。从步伐上看,小葵比我沉稳。她倒背着手。"罕村真要变成大花园了。"小葵不紧不慢地过来,也许是听到了我和年轻人的对话。"李班固这些年都没消息,原来一直没有忘记家乡。"我有点激动,沉浸在见到小葵的喜悦里。至于李班固与大花园,我暂时还顾不上。"你吃灵丹妙药了,怎么越来越年轻?"我羡慕地看着她,说得真心实意。我们不约而同朝前方的一个柴火垛走,这肯定是祥芝家的柴火垛。小葵走在前边,她高我一个头,我得紧跟着才能赶上她的节奏。我当时还想了下,车还没熄火。可又一想,小葵不也没熄?

小葵说:"大堤上铺了水泥板,我差点走那里。"

我说:"我原本不想今天来,刚好有一点空。"

她回头,我俩对视了一下,笑得心领神会。

十几步远就是祥芝家的红砖瓦房,也就二三十年的时间,房子也老旧了。就像给老房子做装饰,翠绿色的倭瓜秧爬满了前后院的墙体,大朵的黄花一片灿烂,一看就是谎花,光开花不结果。只有蜜蜂高兴地在那里飞,组成的弦乐合唱从低到高,能传出去很远。小葵与背后古旧的柴火垛有着鲜明的反差,真像一幅耐看的画。那柴火垛也不知几年了,都是风雨洗劫后的腐朽和糜烂模样。小葵左右看了看,问我记不记得,这里原来是生产队的场院,靠场边摆着一排碌碡。哎呀,我说,我想起来了。也是在这里,有两只大鹅想上天。小葵怔了一下,突然疯狂地笑了起来。我也跟着笑了,虽然不懂她在笑什么。那两只大鹅每天来场院觅食,都长了肥硕的屁股。它们大概看到过过往的天鹅,便也异想天开。它俩越飞越高,越飞越高,把我和小葵吓坏了,大叫大嚷起来，唯恐它们一去不复返。两只鹅连同生生不息的蛋，要值半个家当。它们的腿上有一片银亮的光点，我和小葵同时看到了。"那鹅戴着顶针！"小葵的声音异样尖利。"也许是铁箍。"我真是这样想，这只不过是用于与其他的鹅加以区分，有什么必要戴顶针呢。"就是顶针！"小葵笃定。"祥芝，你说是不是？"小葵蛮横地问。

"狗长犄角，她就爱装佯（羊）。"祥芝撇着嘴走过来，舌尖在豁唇里若隐若现。祥芝妈怀她的时候吃了野兔肉，大家都说她的三瓣嘴是吃出来的。祥芝大几岁，说话是大人腔。她说那就是个顶针，她亲眼看见过。这话明显是支持小葵。任何人都会支持小葵。我气哼哼地想，三瓣子嘴尤其爱说假话。祥芝却进一步解释，说那顶针是老白铁，刘荷花亲自去铁匠铺打的，她亲眼得见。我一直仰头朝天上看，祥芝的话我听见了，但我装听不见。我只能装听不见。白亮的日光灼了我的眼睛，我闭了下，再睁开时却捕捉不到那两个亮点了。那两个巨大的肉身像撑开来的伞，记忆中掉下来两枚蛋。我激灵了一下才发现，那两只鹅在呈螺旋状下降，大翅膀扑棱着，两条细腿伸直了摆造型，咕咕的叫声也越来越凄厉、嘹亮。但这就是一瞬，它们很快变成了飞机中的战斗机，两个大屁股朝天，头朝地面俯冲，砰的一声，就像两堆羽毛瘫在地上不动了。它们相隔也就几步远，脖子都在地上戳断了。

"你说它们是不是殉情？"

小葵估计是电视剧看多了，也不管两只鹅是公是母，就打哈哈凑趣。当年人们给出的解释是，两只鹅疯了，它们像刘荷花一样，神经有点不正常。

戴了顶针，鹅就更不知道自己是谁了。

"转眼过去那么多年了,"小葵收住笑,变得一本正经,"那两只鹅后来怎么样了?"

"什么怎么样?"

"它们去了哪里?"

2

小葵背起一只鹅往家里走,两只手背到身后,像背着个孩子。她大我三个月,却像大三年的。我没敢摸。一想到那种毛茸茸的温热,我就汗毛倒立。结果另一只被祥芝捡走了。祥芝大我们三岁,一张扁平的胖脸上,长着总似睡不醒的两只肉眼泡。她从小就不上学,她妈让她在场院边上捡黄豆。她总在场院边上捡黄豆,让她妈去换水豆腐。她的胖脸也许就是吃水豆腐吃的,又白又嫩。水绿色头巾像块草甸子蒙在头上,她往远处走,像块会移动的草地。她是被我们的大呼小叫声吸引过来的,看到地上的死鹅,手脚分外麻利,抱起鹅就走。鹅头就在她的臂弯处耷拉着,一晃一晃地摆动。

两只鹅都是刘荷花家的,这一点我们都知道。她家的鹅不单生蛋,还认人。你今天若用石子打了它,改天它一准追在屁股后头鸹你,不鸹着不罢休。刘荷花水白色的面孔出现时,地上只剩下了几片羽毛和浑身颤抖的我,以及赶来看热闹的人。四百叔也来了,他平时就住在场院里,大秋忙月能挣双工分。他看了一眼瑟缩在人圈外的我,又去看地上的鹅毛。他有着长脖颈,脑袋像削尖了的籴。刘荷花冲撞到我眼前,凄厉地问:"我的鹅呢?"四百叔走过来,弓起虾米腰,把刘荷花遮挡住了。四百叔说:"是鹅自己摔死的……你就别伤心了。"四百叔企图拍她的肩膀,刘荷花一拧身子躲开了。她突然把蓝底白花的罩衫脱了下来,后退了一步,攥在手里使劲抡。她贴身穿了件小背心,那上面打了两块花补丁。白膀子像抹了石膏粉一样,比脸更白。手臂抡动的时候,两个乳房上下跳动,像奔跑的兔子。腋下的阴影一忽一忽地闪现,四百叔简直看得入了迷,他像老猫一样上扬嘴角,露出了猩红色的牙床。我以为刘荷花会哭,罕村任何一个女人都会哭。两只大鹅啊,比俩孩子值钱。真的,罕村人都会这样算账。可她到底是刘荷花,她就那样起劲抡动她的花罩衫,丝毫没有停止的迹象。四百叔呲着牙床欣赏她,就像在戏台底下,脸上是粉丹丹的笑。夕阳从两个豆秸垛之间的缝隙穿过,带来金黄色的光。那些光打在了四百叔的脸上,他的鼻头明晃晃的,尖细笔挺,一派金黄。鱼尾纹从两个眼角飞起,与抬头纹汇聚一处,像长了腿一样上下蹿跳。我倒退着走了几步,突然撒腿就跑。我有些紧张,因为大家都不说话,因为四百叔就像哑剧演员,制造出了一种诡异的特殊氛围。刘荷花不哭的样子比哭起来更让人不好受。四百叔尖细的声音追上了我,他大声斥责道:"刘荷花,你让鹅上天,你咋不自己上天!"

我仓促停住脚,想说鹅是自己上天的,不关刘荷花的事。这声音在我胸腔里回荡,我没能说出来。刘荷花像慢镜头一样缓缓倒下身去,似乎是嚷了句什么,但我没听清楚。

"还是那么瘦,吃不饱吗?"小葵的口吻里有怜恤,当然,也许是嘲讽。

我说:"我是吃不饱。单位那点死工资,哪敢吃饱。没饿死就算不错了。"

"来跟我干吧,我管饱饭。"小葵还像小时候一样说话能占上风。

小葵在开发区买了八十亩地,专门生产水泥、地砖。城市到处都在扩张,修路,建公园,新的小区路面要硬化,旧的小区要改造,哪里都离不开小葵家的水泥、地砖。她老公管生产,跑销路。她管钱,只管老公一个人。

"当年那只鹅,你背回家了……肉好吃吗?"就像梦游一样,面对小葵我有点恍惚。不得不说,很多年过去了,那鹅仍长在我心里。

"吃什么呀!"小葵的胖脸上泛着油光,鼻子耸了耸,像极了四百叔。她的短上唇也随了四百叔,一笑起来就露出一圈粉红色的牙龈,看上去非常可疑。但小葵比四百叔好看。她们姐妹五个号称"五朵金花",都比四百叔好看。当年大家经常开玩笑,说小葵和四个姐姐都不是四百叔亲生的——四百叔太花心了。"是你揍的吗?"大家经常这样打趣。"揍"在方言中是"做"的意思。我们管"做活计"就叫"揍活计"。人都是黄泥揍出来的,你揍你家的,他揍他家的,谁揍的像谁。大人都这样骗小孩。四百叔嘿嘿地乐,他的鼻腔提起来,鼻毛从鼻孔里钻出,也让眼眉的位置上移,整张脸就像一朵大丽花。大人孩子都爱看他那张脸,胡须像老猫的,两道寿眉杂芜斑驳,弯弯的像两个平行的月牙。照日后的眼光看,他长得富有喜剧色彩。但当时乡下没有这样的词,大家就是稀罕他,见了他就眉开眼笑。他骆驼样一颠一颠走过来,便有人远远送笑脸。几年后我才明白,四百叔花心,但不耽误生女儿,所以大家可以随便开玩笑。

队里人啥玩笑都敢开。一群女的想看男的,一叫号就把男的撅翻了。把裤子扯下来,裤头用锄杆挑着,像旗子一样在空中飘。男人光着老眼子在田垄里跑,追拿他衣服的人。青纱帐里好打掩埋,时间久了不回来,大概就有事情发生了。

场院里的女人更疯狂,她们曾扒下四百叔的衣服,扔到高高的麦秸垛上。用麻绳把他的大脑袋和小脑袋拴起来,就像拴一对蚂蚱。但小孩子不能问小脑袋是哪里,会挨巴掌的。家长会斥责说:"不懂别问!"

他们做得,我们却打听不得。这世界就是这么欠公平。

这样的闹剧每天都在上演。所以很多人怀念生产队是有理由的。散社那年,经常有人无故去队部里转,对一面墙或一个马槽发呆。大家不记得曾经吃不饱的日子,但记得那些穷欢乐,每天都精精神神的,像打了鸡血一样。散社就像从血管里抽走了一根主动脉,让很多人没了倚靠。

粮食没归仓前,要在场里晾晒。粮食粒扔到嘴里嘎嘣响,才能送到公社的粮库收储。每天翻场、收场是繁重的活计。夏天晒小麦,秋天晒高粱、玉米、谷穗和各种豆类,豆荚炸开的声音特别清脆。杈子、扫帚、木掀、簸箕、赶拉轨子,你适合干啥活儿就拿啥家什,强弱分外明显。会踩垛的,就在上面看蓝天白云。把豆秸踩成一个大灯笼,高得伸手能摸着天。这活儿不是谁都会干,稍不留神,不是把垛踩歪了就是踩倒了。所以地里的活计没高低,你割一垄麦,他也割一垄麦,区别就是慢点快点。场里的活计说道就多了，四百叔要是黑上谁，能把谁累死。

"真的，那只鹅去哪儿了？"

前五百年后五百载的事说了很多，但小葵一直心不在焉。小葵冥想的样子特别像小时候，她是一个非常认真的人。头歪着，一根手指戳着腮。"难道是岁数大了，记不住事了？糟糕，我可能小脑萎缩了，最近经常头疼。"她摸了摸亚麻色的头发，就像找到了事物的症结。"反正我没吃着鹅肉，"小葵拧着眉头咕哝，"吃到我就不会忘。我这个人是属鸡的，记吃不记打。"小葵又接着开玩笑道："要不能吃出这身膘？"小葵耸了耸鼻子，"要不就是我爸拿走，给刘荷花送去了。"

"四百叔好心眼儿。"我顺着她说。

"喊，就他那点出息。"小葵有不同看法。小葵的意思是，四百叔把鹅送给刘荷花也不是出于好心，而是出于别的动机。

四百叔的想法大人孩子都知道，他就像只老猫，总围着小鱼的腥味打转。

"我肯定是记忆力减退了。"小葵的样子把我逗笑了。我赶紧打圆场，说不可能。

四百叔去世好多年了，他死于睾丸癌，刚六十出头。罕村也有口冷的人，说四百叔是得报应了。那时的四百叔远不像生产队时受人欢迎，一条街的同龄人都不爱搭理他。大家坐在墙根唠家常，他来了都装看不见。一个叫多头的人不知深浅，冒失地说了句："他糟蹋了多少妇女啊！"没人搭理他，后来连多头也不受待见了。人的时运都是阶段性的，四百叔在年轻的时候大概把时运用完了，所以后来很是孤寂。他的左手的无名指上戴了个显眼的戒指，有人说是银的，有人说是白金的。有人说是闺女给买的，也有人说是老底货。不管有多好奇，从来都没人问过。最大的蔑视就是不看他，不跟他说话。他走过去了才有人说，老棺材瓤子，戴个戒指美啥？谁也不知道他是从啥时候开始戴戒指的。他后腰里插着个芭蕉扇，经常走好远的路到前街去寻伴。他的腰很弯，当场头的年月受过硬伤，有一次踩花秸垛，从上边掉了下来。芭蕉扇像是从屁股后边生长出来的。头起劲朝上抬，好看清远方的路。他跟人说话得站稳脚跟，从肩膀的一侧慢慢扭着脖子看人。有时候，好不容易把脖子扭过来了，人家已经走远了。

　　工程车不知什么时候开走了，我和小葵的车子都被人挪动过，停到了路基下不碍事的地方。我们离车子并不远，却对这些动静一无所知。

　　关键是，我们也没谈什么紧要的事。小葵一直有些走神，不知在想些什么，这让我有点泄气。瞬间的胶着状态后，神情一松，人就变得疏远。不知小葵怎样想，我确实感觉到了生疏。我们对彼此身后的风景都提不起兴致，小葵完全就像个陌生人。她嘴里出现的那些店、那些人，负责她的营养健康和美容美发，我都闻所未闻。话题终于扯到了当下，小葵问我一个月挣多少工资，我说了一个数目，小葵哑然失笑，说不够她一个月的美容钱。我问她一个月美容要花多少钱，她说了一个数目，让我无言以对。我抓紧时间看她的脸，我可不想吃亏。心想，多看两眼就是赚的。只是我没看出什么来，她的脸打小就粉嫩，一粒雀斑都不长，她是有底子的人。眼下滋生出那样多的肉，更显得皮肤饱满光洁。我情不自禁地摸了下自己的脸，像小时候一样粗糙干燥。没法儿,这都是打娘胎里带来的,想改变也难。看来人与人交往光有感情基础不行,还得看发展方向、人生有没有交汇点,这些都很紧要。"我给你介绍个美容师吧,每周末从北京过来,服务过一线演员……"我慌忙摆手,像要摆脱瘟疫一样。小葵宽容地笑了笑,不再说什么。我突发奇想,我们在罕村的街道上被一辆工程车拦住,这算人生的交汇点吗?

小葵开车先走了。我徒劳地说:"有事打电话。"说完才发现,我们并没有留下电话号码。她不主动,我也没提。不知她有没有想过,我确实想过,但是懒得往外拿手机,也就算了。

我有好几年没有看到小葵了。别以为我们娘家近,在埙城住得近就可以常见面。事实是,我们几乎见不着。春节回家拜年,明知道小葵也来娘家住,却没串过门子。她开豪车,给家里人买奢侈品,压岁钱出手就上万,让这条老街上嫁出去的姑娘都有压力。但遇到福满时我会打听小葵,福满是小葵的二哥。小葵遇见保全时也会打听我,保全是我小弟。关系就是这么个关系。一年一年日子就是这样过,发生些什么或没发生什么都不出人意料。

似乎也没人去预料。

"我找到祥芝了。"小葵在电话里嘎嘎地笑,听得出她小有得意,倒好像是我遍寻不着让她找到了一样。小葵的嗨瑟劲特别像小时候打牌的时候,我说她赢一分,她非说"输两分赢三分",打心眼儿里让人觉得亲切。她还是我心中的小葵,早早发育成了大个子,偷偷让我看她的小乳房,像小麻果一样。她说我的电话号码是福满为她找的,福满去了我家，然后又去了祥芝家。小葵想办的事没有办不成的，她打小时候起就有这能力。

我遛弯喜欢走外环，行步道边上种满了香花槐，紫色的花香吸引了我所有注意力。花香确实是有颜色的，但需要聚精会神地分辨。刚好走到黑峪神秘谷路口，我顺势拐了过去。那条路刚开发，人少车少，可以很清楚地听到小葵说话。

"你拉屎呢，半天不接电话，"小葵跟着抱怨，"我差点就挂了。"

我告诉她，刚才隆隆过了几辆工程车，我没听见电话响。一看是生号，我又让它多响了两下。

"领导都不接生号，"小葵揶揄道，"不像我们，不管谁的电话，得紧溜接。"

"你吃了？"我问。

"晚上就吃了几只卤鸡爪子，我减肥呢。"

"一口一口吃出来不容易，减什么减。"

"你站着说话不腰疼。这大热的天，背一扇猪肉你愿意？"

"你腰疼还吃鸡爪子，这大热的天，肉还不都长手背上？"

说完我哈哈大笑。民间有种说法，吃哪儿长哪儿。小葵已经承认背一扇猪肉了，我又在火上浇了一勺油。她啐了我一口，也跟着笑。"我告诉你，我找到祥芝了。祥芝嫁到了柳河套，就在城边，她现在都当奶奶了。"

"找她干啥？"我真是不明白。

"她听见是我吓了一跳，以为找她有啥事呢。我说我就想打听一下，当年那只大鹅她背回去是咋处理的……"

"有病，"我揶揄道，"那么久远的事……你背着，她是抱着。"我还能想起祥芝抱孩子似的抱着鹅，鹅头从臂弯里耷拉下来，一晃一晃地摆动。"她记着？"

"你记性好，咋不记得后边的事？"

"后边啥事？"

"鹅后来怎么样了。"

"鹅又没跟着我，我咋知道。"

"你记不记得我家吃鹅肉？如果我家炖了，我会给你端过去一碗。"

"不记得。"我说。

小葵从小就会这样哄人，假话说得跟真的一样。想了想，我说："要是四百叔活着就好了，他肯定知道。"

"他要活着，也该老糊涂了。"

"我记得当初四百叔说，刘荷花，你让鹅上天，你咋不自己上天？"

"你连这都记得。"小葵很响地吐了一口痰，大概是在洗手间。"我咋一点印象都没有，大脑一片空白……那样一只大鹅，你根本背不动。"

"祥芝怎么说？"

"把毛拔干净，炖吃了。祥芝说，从没吃过那么香的鹅肉。"

"当然香了，整天去场里吃好粮食，四百叔也不管。"我这话说得有些意味。换作是其他人家养的活物，四百叔能一扫帚拍死，大家都知道他有司马昭之心。

"我家那只，祥芝不知道。"

"废话，"我更像是自己嘀咕，"祥芝凭啥知道。"

"我还问刘荷花有没有去她家要鹅。"小葵陷在自己的话题里,有点拔不出来。"她说若是刘荷花来找,肯定就归还了,鹅毕竟是她养的。可她没来,我爸去了,让她们把鹅还给刘荷花。祥芝妈说:'鹅又不是一只,咋就该着我们还?'我爸说:'我们那只也归还。'祥芝妈说:'那就等你们还了再说吧。两只大鹅她家根本吃不了。'祥芝妈边说边把鹅扔进了锅里,锅里的水已经烧开了。我爸想抢鹅,被烫得蹦了个高……祥芝妈下手给鹅拔毛,我爸杵了一会儿,走了。"

"祥芝妈是个胖子,"我说,"那年月胖子少,祥芝妈白胖白胖的,却不饶人。"

"我爸去要鹅,这事听上去咋不真实呢。"

"谁知道。"我轻描淡写地说了句。这里有些话不好说,或者小葵能说,我却不能再说。这鹅要是别人家的,四百叔怎么可能去要。要了再去归还,这是主持公道。

关键是,他不是。

水白的脸和那件罩衫,就是我对刘荷花的印象。还有就是她的小碎步,总是急惶惶地倒腾。这不是庄稼人的走法。庄稼人讲究大步量。大洼三宗宝,臭鱼烂虾泥黏脚。下雨天黑泥有胶性,比502胶黏性不差,脚插进去根本拔不出来。所以庄稼人迈大步是有理由的。像刘荷花那样的小碎步,深一脚浅一脚,从泥窝窝里拔出来不容易,不摔马趴才怪。当然也没见她摔过,她那张阴沉的脸,跟泥都像有仇。我们在一队,她在二队。小葵家也在二队,所以他们接触的会多些。场院离西坑很近,那时西坑不臭,据说坑底有活泉,所以水是活的。夏天雨水漫漶,能跟长条坑连成一片。我们上学放学要踩着水跳跃。

就是眼下工程车停住的地方，西坑在左，长条坑在右，中间隔一条主路，工程车被我和小葵的车夹击，像是别有深意。而两个坑之间的外角，就是二队的场院，四百叔在那里年复一年看场。三间土坯房，烟囱被熏得黢黑，小土炕上有很多人温暖的回忆。从小麦上场，到最后一颗玉米归仓，要大半年的时间，四百叔日夜坚守在这里。那时到处都是活水，大雨过后，连车辙里都是小虾米的黑眼睛。刘荷花家就在西坑边上，夏天她经常在西坑洗衣服。坑边上长了芦苇，她洗的衣服就晾晒在年轻的芦苇头上。芦苇身上攀着燕春苗，开的花是紫粉色的。衣服上面飞着黄蜻蜓，蜻蜓上面盘旋着鸟儿。有一天，我甚至看见了天鹅，张开雪白的翅膀在空中飞。我告诉小葵这个消息时，小葵却不信，她说世界上根本没有天鹅，天鹅都是癞蛤蟆想出来的。她就是这样可恨。我没有往近前走，遥遥地看着那些芦苇和蜻蜓。蓝天上已经没有了白天鹅，刘荷花分明也是看见了的，仰着脖子循着天鹅的身影看出去很远。她新洗的衣服像蜻蜓的翅膀一样轻薄，有风吹过，像云彩一样柔柔地飘动。

  我喜欢偷偷看她，但不敢往她跟前走。我怕她会吃人。

  她的故事在罕村流传。很多女人见了她都会剜一眼，吐口唾沫。她是跟李招待下放到罕村的。李招待年轻的时候偷摸去当兵，大军进城时又偷摸离开了部队，据说就是被做皮肉生意的刘荷花迷住了。后来他们被一家机械厂遣返，回到罕村时，儿子都十八了。这些都是大致的说法，更具体的情况谁也不知道。李招待是地主出身，十六岁时偷摸出去当兵，参加的是国民党的队伍。后来在解放战争中成了被俘人员，才勉强被人们接受。大家都对他跟刘荷花的事感兴趣，村里流传着许多有关他们的故事。儿子李班固是一个小白脸，很俊俏。但俊俏管啥用呢，我就没见李班固跟人说过话。因为细瘦，他比他爸肩背还躬，脸埋得还深。与人走对面，总像做贼一样绕开。

这一家厉害的就是刘荷花。她在场院干活，归赵四百领导。天上日头白花花，别的女人都在炕上扯闲篇，钉鞋底，吃甜瓜。她一个人用木掀翻场，那样大的场院，摊晒几万斤粮食，一眼望不到边。阳光散发出的热气氤氲蒸腾，放着七彩的光，皮肉都似能被熏化。她也不怎么会干活，总有木掀戳地的声音，这让炕上坐着的人嘲笑，疑心她把场板翻掉了一层皮。场的表面就是一层松开的土，均匀铺上陈年麦壳，洒上水，用碌碡压紧实，用手一摸能摸出光面，等太阳晒干，就成了一块好场板。有时候家里的烙饼牙碜，就会有人说，是刘荷花翻的场，她把土都翻到麦里了。

四百叔喜欢女人是出了名的。他没有别的缺点，就是喜欢女人。他用鼻子一嗅，就知道女人香不香。对喜欢的女人他就说是香的，大家都说，他的鼻子比狗鼻子好使。不香的女人他不待见。不受待见的女人都很悲惨，就像狼群中的猪崽子，只有挨撕的份儿。当然，女人也喜欢他。他睡的那个小土炕上，女人们经常躺得横七竖八，靠着四百叔满是油渍麻花的铺盖，闻着老旱烟呛鼻子的油污味，像在家里一样滋润。他的衣服脏了有人抢着洗，破了有人抢着缝。但四百叔不喜欢刘荷花，他从不招呼她来屋里歇着。当然，刘荷花也不主动进来。休息的时候她就躲得远远的，靠着灯笼一样的麦秸垛，屁股下坐把三股叉，两只手搂着膝盖，望远处的天空。远处其实也没多远，四周都是各种灯笼垛，把偌大的场院围起来，只留出巴掌大的一块天空，连片云彩也没有。但刘荷花就是喜欢看，人们从窗子里看到她总是仰着脖子。四百叔说她的脸太白，毒日头也晒不黑。她咋就不能晒黑呢！就有女人出主意，说她还是晒得少，每天晌午都让她去翻场，看她还会不会一副骚气样。她们管她的白就叫骚气样。四百叔很是听得进这话，哪天太阳大，就给她分派活儿，那些活计循环往复，怎么也干不完。也有人跟四百叔开玩笑，问他敢跟她吊膀子吗。四百叔的枣核脑袋摇得像拨浪鼓，说她是妖精，不属于人类。"怕是膀子没吊完，精血倒被她吸光了。"便有人笑话四百叔胆子小，她若真能吸精血，李招待早没命了，还能生出李班固那么好看的儿子？这儿子怕是罕村最好看的吧！四百叔没话说，就用斧子砍木头。木头顺茬才好劈，四百叔故意横着砍，木棍子在空中乱飞，成精似的。四百叔生气的样子也招人喜欢。女人们围着他嘻嘻哈哈，还有人去捅他的胳肢窝，四百叔浑身都是痒痒肉，摸一下，人就躺地上打滚。脸上的皱纹朝上堆，粉红色的牙龈暴露出来，显得特别可爱。场院里整日欢歌笑语，像永不落幕的戏剧。

  太阳越大，刘荷花越要翻场。岂料她不但晒不黑，还越晒越白，只不过白里似有洇湿的胭脂红，看上去比同龄的女人年轻太多。这让四百叔很愤慨，他的无名火经常蹿出来。他找到队长说，场里不要她，这哪是人，纯粹是妖精，让她去洼里干活吧。队长嘿嘿地乐。场里的活计再累，也比去洼里轻省。大洼离村庄十几里，别说干一天活，走个来回都很辛苦。刘荷花像木偶一样扛着锄头下地了。去洼里干活的都是男人，解手都不背着她，不把她当女人。他们胡说乱骂，有的话其实就是针对她的。不管别人说什么，刘荷花永远是一副面孔对人，仿佛世间万物都与她无关。收工后男人有马车坐，她徒步往家走。别人都吃过晚饭了，她才顶着一脑门子汗水摸进家门。

她家晚上从来不开灯，谁从她家门口过，那房子都似不存在。与黑洞洞的西坑连成了片，夏天响着成片的蛙鸣，这好似就是西坑的一部分。我们给蛙鸣编儿歌："滚嘎，滚嘎。你在东洼，我在西洼。神鬼也不怕，就怕铁钎子扎屁股呀。"有人见过李班固扎青蛙，看见有人来，他提着铁钎子就跑。儿歌传得远，村里的孩子都会唱。有时故意在刘荷花家门口唱，也没什么理由，就是对这家人好奇。四百叔不知从什么时候起改变了对刘荷花的态度。有人看见他偷偷端了一碗红糖水送给刘荷花。他自以为送得隐秘，其实都被那些女人看见了。她们嘲笑甚至羞臊他，四百叔只是嘿嘿地乐，上下提溜裤子，扎帐篷了自己都不知道。那天场院里来了两只鹅，听说是刘荷花家的鹅，他不单允许它们进来，还专门抓来黄豆投喂。村里各种传言很多，四百叔改变立场是大事。"你就不能说说你爸？"

"说了他也不会听，我妈天天骂他没出息。"

晚上他在场院跟人喝酒打赌。有人说他喊不出来刘荷花。四百叔已经醉了，踉跄着奔出屋，趴在她家篱笆墙上，野猫一样喊："刘荷花，你出来吧！刘荷花，你出来一下啊！"起初油腔滑调，后来便掺杂了几分凄惶，像被抛弃的弱小生灵，从内心渗出无助和哀伤。四百叔穿一件白市布做的大裤衩，脏得看不出本来面目。两只小腿像被烟熏过一样长满了汗毛，光着的黑脊梁在夜色中冒着油光。赤脚穿一双破布鞋，那鞋面横宽，像小蒲扇一样。四百叔的脚异于常人，有些像鹅掌。他从不提鞋帮，而是在脚底下趿拉着。那鞋便像自由本身一样无羁绊。有时挂在脚趾上,有时先于脚抵达前方,这些情景我们都见过。没有比四百叔更好玩的人了。四百叔喊一声,大家笑一阵。再喊一声,大家再笑一阵。黑夜里无数只晶亮的眼睛闪动着,像鬼火一样。喊着喊着四百叔或是入戏了,或是酒醒了。他的尖鼻子淌出了鼻水,眼窝也湿润了,那些哀伤或凄惶被扩大,四百叔成了天底下最可怜的人,连一点小小的愿望都无法满足。瑟缩中四百叔呜呜哭了,那栅栏在他的手下簌簌地抖,发出了很大的声响。起初,大家以为是四百叔摇动的,后来发现是他在打摆子。他的虾腰整个附在栅栏上,若不是两只手借些力,他连站都站不稳了。他的声音也抖动得七零八碎,一句"刘荷花"喊出来,牙齿都要敲碎了。人们这才慢慢聚拢了来,发现四百叔就像个发光体,几步以外都能烤灼人。奇怪的是那家人,谁都不吭声,从始至终都没动静,就像死了一样。

3

小格子窗中间是块毛玻璃,大概也就一尺长、半尺宽。小葵的脸映到乌涂的玻璃上,被浊黄的灯光掩去了两腮,只剩下扁平的鼻子和一对大眼睛。那个十五瓦的电灯泡,在我家无比珍贵。我妈出去拿尿盆,也得先把它灭了,怕它着的时间长,憋了。它经常憋,我们对着电筒的光再给它换上钨丝。它的周身落了厚厚一层草木灰,因为倚在夹山墙上,掀开门帘堂屋可以借些亮。我妈不容许别人擦,她说灯光暗一点，省得晃眼睛。这是假的。她觉得这样能省电。那时家里没电表，但有为国家节约的意识。

　　小葵的大眼睛一圈一圈地转，我就知道她找我有事。我出溜下炕，来到了院子里。我妈在身后厉声说："黑灯瞎火干啥去？"我说解手。只有这样说，我妈才不盘问。我若说小葵找我，我妈一准跟出来，问小葵找我啥事。她是个好奇心很重的人，把我们看得紧。小葵把我拉到了院墙外的拐角处，这里有一个碾盘，空气中飘着牲口粪便的臭味。天黑之前这里有一头驴，戴着捂眼围着碾盘转了半天，白色的蹄子把碾道敲得叮当响，在我家听得真真的。小葵拍着圆鼓鼓的肚子说："猜我里面装的啥？"我懒得猜，这有什么好猜的。"鹅肉。"我斜眼看她，说得百无聊赖。小葵是有这毛病的。她妈烙了粘火烧，她吃进了肚子还让我猜。她吃了新鲜的东西总会让我猜。好吃的东西她也分给我，比如一块糖，她就咬下去一半，再把嘴里的吐出来，在手上比大小，然后把小的那一半给我。那两只鹅上天的事在一个傍晚就传遍了，我爸我妈都听说了。他们边喝粥边说："可惜。"他说，她也说。我妈是在学我爸。可他们两个的"可惜"不在一个调调上。"刘荷花要是能上天就好了，省得在罕村遭罪。"我爸说这话时塌着眼皮，嘴里的老咸菜咯吱咯吱响。我妈奇怪地看了他一眼，那眼神时至今日我都记得，含了幽怨和责备。"四百叔也这样说。"我急着插话。"你让鹅上天，你咋不自己上天呢？"我学他说话的口气。"那两只鹅是咋回事？"我爸严厉地问。若是平时他这样严厉我会害怕，但此时我顾不上。我连说带比画，它们突然起飞，像飞机一样越飞越高，然后又突然往地上降落，像演电影一样。我很得意这个比喻，这是我第一次把生活和电影相关联，觉得这种关联很高级。"你们没追它们？"我妈疑心我们把鹅追惊了。鹅跑起来会转圈，一会儿就能把自己转蒙，然后干出傻事。我赌誓发愿说没追。我们确实没追。鹅是自己跑起来的，然后突然打开翅膀。"那时天上正好飞过一群大雁，它们肯定以为自己也能飞那么高。"这是我想象出来的，若干年以后，大雁变成了天鹅，一排天鹅在天上飞过，这样的情景都入梦了。时过境迁，我已经记不清这是真实的还是想象的。人的记忆能随时出现偏差，这一点我体会很深。我觉得刘荷花家那两只鹅有理想，那种振翅高飞的愿望不是所有家禽都有的，这是我想向父母表达的观点。只是现实不是它们想象的样子，落下时把脖子戳断了。当然，它们也许是自杀。

"鹅戴着顶针？"我妈问。

"戴着。"我肯定地回答。空中那亮闪闪的小圆点，我以为是铁箍。但他们都说是顶针，那就是顶针在反光。祥芝说那是老白铁，此刻我觉得顶针比铁箍更重要。

我妈盯问我是不是看见了，我心一慌，说看见了。事实是，我真的看见了，只不过以为那是铁箍。

"给鹅戴顶针，造孽啊。"我妈开始收拾碗。几个白碗摞在一起，把筷子搭在上面，两手一端，去了堂屋。"刘荷花净出幺蛾子，这下连顶针也找不回来了！"她说得怒气冲冲，其实是在惋惜。她的意思是，顶针找不回来也是巨大损失。

我妈是个忒能算计的人，家里有一瓢白面，她能做得顿顿不重样。把白薯面、棒子面、高粱面混搭，一次她只搁一把，当破面。

想起那只鹅，情不自禁就要流口水。那鹅要是让我背回来，我家也可以炖一锅肉，连汤一起喝——那是多大一只鹅啊！可因为胆子小，我眼睁睁看着祥芝把鹅抱走了。人家大我几岁，不单有力气，做事还从容。跟她和小葵比，我简直就是个废物。没人知道我这个晚上的忧伤，一个劲假设那只鹅如果让我背回来会如何。喝粥的时候粥都不愿意朝食管走，粥都嫌我是废物。我打量着小葵，小葵此时面目可憎。我撇着嘴说，那半只鹅大概都进了你肚子里，就像怀了身孕一样。小葵嘎嘎地笑。她每次肚子疼，就说像要生小孩。我们经常观摩女人生小孩，当然是在前期，女人疼得死去活来。真正要生了，大人会把我们赶走。小葵又拍了拍肚子，说我说得不对。她根本没吃鹅肉，圆鼓鼓的肚子里装的是——花生！

"鹅肉呢？"

"连鹅毛都没见！"

"喂喂喂，是你背走的啊。"

"我扔到了院子里，去茅房的工夫鹅就没了。都怪我蹲茅坑的时间有些长……许是被黄鼠狼拉走了。"

"那得多大的黄鼠狼？"

她拉着我便走，一点也不纠结鹅的事。这也是我佩服她的地方，我还在纠结呢！她边走边说，从生产队粮库门前过，发现那门没上锁，她推门进去，一下就摸到了花生口袋，上面已经被人抠出了窟窿。她吃了几粒，又吃了几粒。摸黑吃花生的感觉很特别，因为谁都看不见你，就像穿了隐身衣，所有的花生只属于你一个人。好大一只口袋啊！要是能扛回家，后半辈子都够吃了。她一路走一路放屁，空气里都是臭花生的味道。

她说:"我们快走吧,去晚了说不定就有人关门了。"

老实说,花生比鹅肉有吸引力,鹅肉再好吃,也无从下嘴。要拔毛,要生火,吃到嘴里有个漫长的过程,那个过程太煎熬。哪有花生这样简单,生的熟的都香喷喷。

花生就在前边,这让我因激动而心跳如鼓,觉得是对我没吃到鹅肉的补偿。我情不自禁地把一只手臂搭在小葵的肩上,另一只手摸了摸口兜,庆幸两个兜都不算小。我觉得今晚不单要自己吃饱,还要把两个口兜装满。回家还不能让爸妈知道,他们可不希望我当小偷。熟花生比生花生好吃很多。不能炒,动静太大,但可以在灶里埋。每天做熟饭以后灶里都有余火,偷偷埋几粒,空气中会有炭火烤熟的香味。如果问我在灶里埋了什么,我就说花生皮子。

嘿!

我先去了趟茅房。说真的,我有些紧张。这差不多是我第一次当小偷,脊背上毛茸茸的。小葵在外边等着我,一个劲地催。茅房里黑咕隆咚,我小心地抚着墙,用脚探索茅坑的位置,免得自己掉下去。小葵说我懒驴上磨——屎尿多。她说得对。

走上"丁"字街,对面就是那幢老房子。老木门足有四指厚,已经歪斜了。门楼上的朱漆小人还剩半边脸,顶上像头发一样长着瓦楞子草。这东西肉墩墩的,大模大样地在风中招摇。若是白天,能看得很清楚。这里过去是李招待的家,他十六岁那年就是从这里偷摸跑出去当兵的。等他回来,几十年过去了,父母早已入土,房子变成了仓库,堆积着数不清的各种粮食,眼下成了我们心中神秘之所在。我和小葵走在老砖砌的甬路上,悄无声息。谁都不会知道我们有这样的夜晚,与花生密切相关。准备迈上五步花岗岩台阶了，离花生越来越近了。忽然听到屋里似乎有动静，窸窸窣窣，吭吭哧哧，嘿嘿呦呦，分不清是人还是动物。突然传出一声凄厉的叫，很短促。我吓了一跳，扭头就往回走，被小葵一把拽住了。小葵听了一会儿，高声喊了句："谁？"回头对我说："肯定有人在偷花生，被耗子咬手了。"小葵素来比我有主意，凑到门边推了推，门板发出了细微的惊叫声。小葵凑近了端详，说："这门没上锁，是从里面拴紧的。我找你的工夫他们进去的，是谁呢？"她拉着我走到台阶下，天似乎更黑了，我伸出手看了看，什么也看不到。"这叫伸手不见五指。"我话音未落，天上忽然打了一个炸雷，一阵风打着呼哨吹过，五分硬币大的雨点瞬间就砸了下来。我俩不由分说撒腿就跑，小葵边跑边嚷："秋天打雷，遍地是贼！"她是喊给仓库里的人听的，她就是疑心那里有人在偷吃花生。因为他偷吃，影响了我们吃。

小葵的大长腿充分显示出了优势，不一会儿就见不着影了。

插门的声音把我妈惊动了，待我走进堂屋，我妈不满地说："吃棉桃拉线儿屎——去了这半天。"我轻手轻脚回了西屋，摸黑找到枕头，拉开被子躺下了。

外面的大雨哗地连成了片。似乎只是一瞬，榆树的影子晃到窗上，月亮从云层里闪出，露出多半张洗干净的脸。这天气可真是怪道。我爬起来，从那块小方玻璃窗朝外望，大雨有点刻意，把我和小葵浇回来拉倒。没吃到花生怪馋得慌，可我又想，没当成小偷也挺好，我还是个好人。假如吃了鹅肉，现在也该变成屎了，吃与不吃其实没那么紧要。

我自己嘟囔着，睡得特别踏实。

4

"李班固坐的车有半条街那么长。他当年是小白脸，英俊得很。"祥芝说话时仍有些漏气，她的豁唇是找对象前修补的。村里人说，祥芝运气好，补完豁唇就嫁到了城边子上，下雨天脚下都是硬板路。不用踩泥。一桶水40斤重，我能搬动。若放到饮水机上，就得靠双臂举起，我看了眼自己的麻杆胳膊，有些泄气。再看祥芝，腋下一抡，就像耍个枕头一样。掉个儿，桶底朝天，撕去封口，准确与饮水机对接，一气呵成。她眼下也成了水桶腰，脸黑得像生了一层铁锈。她年轻的时候白得就像水豆腐。"我是看孩子看的，"她对着穿衣镜里的脸解释道，"看孩子的人都跟云游僧差不多，中午人家睡觉他不睡，越没用的人越早起。不管是伏天还是腊月，他想去哪儿，你就得跟着去哪儿，你没看过你不知道。"只是她更胖了，更壮了。胖子都有把子力气。我羡慕地看着祥芝，一下就想起了当年她抱鹅时的情景。人家也是女孩，只比我大几岁，一只死鹅我摸都不敢摸，她就那样抱在怀里，鹅头在臂弯处耷拉着，一晃一晃地摆动。

我一直用她家的桶装水，可不知道每次来送水的是她儿子，年龄大的是她老公。她老公又瘦又高，顶着颗小脑袋，看见他我就想，这脖子可真省力气。今天她儿子去了丈人家，老公在家疏通下水道，她开着三马车出来了，没想到来的是我家。"真是缘分啊！"祥芝高兴得不得了，汗津津的脸上都是愉悦。"以后你家的水我包了，顺便来你家串门聊天。没水了你就直接给我打电话。"拿出手机先调出二维码加微信，然后又添加电话号码。还让我拨过去，看有没有输错。我突然想起祥芝没上过学，可这一切她运用起来很熟练，一点也不像不识字的人。我想起了小葵，紧致的皮肤胖胖的脸，就像跟祥芝不是一起长大的。骨子里，我觉得自己跟祥芝更亲近。祥芝戴着大金链子，那链子粗得不可思议，用麻花结彼此勾连，弯腰时发出清脆的抖落声。就凭这声音，里面就是实心的。扛着水桶进来时，她简直让我手足无措。我想接她的水桶，她躲了我一下，说我搬不动。这话让我心生寥落，觉得自己还像小时候一样没用。祥芝也像小时候一样瞧不起我。有一次我们一起去背柴，祥芝鄙夷地说："瞧，你背得都不如老鸹叼得多。"

那金链子晃眼，让祥芝增添了许多豪气。

坐在沙发里，她比画着李班固的车标和车的长短。我则在想小葵的电话，真是巧，说曹操曹操到。都说活人怕念叨，果不其然。望着祥芝强壮的身子，我简直有种宿命感。我搬到这个小区七年了，一直就用这个牌子的水，祥芝从没亲自送过。

"他发财了啊。"我心不在焉地搭话。那款车是加长版的凯迪拉克，应该是房车。我在祥芝的比画里判断出了这一点，这让我生出一点点优越感。在罕村听说了李班固的名字，我心里就觉得异样，说不清为什么，总觉得有些不真实。不是李班固不真实，而是这件事本身欠真实。

我原本已经放下了这件事，被祥芝轻易提拎了起来。

"就是人又干巴又瘦。"祥芝把我倒的热水倒进了茶渣罐,自己接了杯凉水。她说喝凉水才能养人,热水烧开了营养就流失了,人跟植物是一个道理,需要微量元素。祥芝的话好有道理,而且她跟小葵一样学识渊博,我又要自惭形秽了。她的眉毛文过了,眼皮割过了。我清楚记得她小时候的肉眼泡。她们都有变化,只有我这些年像入定的老僧一样。整天忙忙叨叨,却不知忙个啥。我不禁摸了下自己的脸,感觉上边都长砂粒了。"他在罕村待了两天,晚上就住在车里,吃干面包,喝自带的水。他用的是军用水壶,他没当过兵啊!"祥芝狐疑。

"军用水壶哪儿都有卖的,这不能说明什么,"我说,"他车停哪儿?"

"就在我家外面的空场处,车屁股甩在外面。"

我明白了,就是那天我和小葵说话的地方,不远处的墙上爬着倭瓜藤,开着大朵的黄色谎花。几天过去,还是灿烂一片,但已经是新的谎花了。这些谎花永远不结果。

"他为啥来罕村?"

"你不知道?他要投资臭西坑,建荷花塘。"

"哦?"我吃惊,有点做作,"真的呀?"

"都动工了。"

这我知道,我只是想确认。

我内心有些寥落,说不清为什么,我不觉得这是个真实消息。虽然四百叔早死了,李班固家的房子也成了臭西坑的一部分,我还是觉得不真实。有个成语叫"不计前嫌",可有的时候,还是计前嫌的好。

我是这样认为。

祥芝告诉我，李班固自己开车进了村。据说提前来踩过两次点，却谁也没发现他。都多少年了啊，走碰面都难认出。他走的那年二十九，现在都快七十了。说要把臭西坑建成荷花塘。现在正在搞美丽乡村建设，所以书记李学智举双手欢迎。但有个条件，光整治臭西坑不行，还要把周围的整体环境一并整治了，包括李班固家宅基地那一块，都成垃圾山了。以荷塘为中心，建成一个集休闲、健身、娱乐于一体的综合项目，争取能做成全镇的标杆。投资一百万指定下不来，至少要二百万……李班固居然答应了，他看上去真不差钱，说加一百万就加一百万。可他也有个条件，要给荷花塘立块碑，他请书法家写好字，刻在石头上，就立在荷塘的东南角。李学智起初不乐意，说东南角不就是你家吗？你这是有啥想法吧？差一点就谈崩了。可村里人说，管他有啥想法，把臭西坑治美了就行，那里光出产苍蝇和蚊子，一到夏天就臭气熏天。别说立块石碑，立个牌坊都行……"后来找着你妈了吗？"说没有。怪可怜的，一个大活人就那样消失得无影无踪。李班固是个急脾气，签了协议就来监督开工。他说他在南方育了荷花种子，今年必须种进水塘里。

"他倒还来。"我对着空气说。

"他必是对罕村有感情。"祥芝说话文绉绉的，看来这些年没少学文化。

我看了眼窗外，国槐深绿色的叶子密密匝匝，花尾巴喜鹊往来穿梭，不时从窗前掠过。那些喜鹊越来越肥壮，肚腹圆滚滚。它们喜欢站在树梢上往远方瞭望。或者在我家窗前开会，讨论的声音总是很热烈。春天时都还是瘦小的，被花猫追得在甬路上跑。前段时间有只野猫来觅食，我喂了它两条小鱼。结果它每天都来。我在卧室，它就在窗前一刻不停地叫。我在厨房，它就用两爪挠玻璃窗。有一天，一个不注意，我开窗的时候它窜进屋里，吓了我一跳。我往外轰它时大概伤透了它的心，嘴里说"人类怎么那样"，头也不回。

"为什么呢。"我对自己说。

"有钱呗。"祥芝接话很快。我不记得她小时候如此健谈，大概是这些年卖水练出来了。"有钱跟有钱也不一样，小葵有钱也不会修公园。"

"她做啥？"

"放高利贷，钱下崽儿快。"

我有点吃惊，觉得这样的事不可能是寻常人所为，小葵家有产业。

"几十年前的一只鹅她都还惦记，你以为她是大方人？"大概看出了我的疑惑，祥芝着重说那只鹅。小葵背回家去后，被四百叔提拎走了。"他说养鹅不容易，他要送给刘荷花。谁都知道他是黄鼠狼给鸡拜年。"

我赶忙说，小葵惦记鹅不是真的惦记鹅，她是怀疑自己记不住事，老糊涂了。"你咋知道四百叔把鹅提拎走了？"

"她老糊涂？"祥芝咯咯咯地笑，"她"字格外加重了语气。那眼神中带有谋略，她看着我，好像我已经被小葵卖了。

"我妈看见了。他去我家要鹅，我妈没给，然后我妈就在后面跟着他，看他要干啥。我妈回来说，赵四百一辈子不干人事，他把鹅送给刘荷花，刘荷花要倒霉了。"

"倒霉了吗？"

"刘荷花不是失踪了吗。"

我想了想这其中的关联,往事实在是太久远了。

"你这样跟小葵说的?"

"我又不傻!"祥芝抢白了我一句,"她问我那只鹅去了哪里,我说还能去哪儿,我们炖吃了。得好牙口才能嚼得烂,那鹅实在是太香了……'你没吃着吧?'我说她。"

"你咋知道她没吃着?"

"她能吃着才怪!"我这才发现祥芝说话带着情绪,声音又粗又高,像在挥霍一股子蛮力。我赶忙说:"那样大的一只鹅,四百叔也不能掖起来、藏起来……他当真会送给刘荷花?去她家了还是去了哪里?小葵也纳闷。"

祥芝说:"她纳闷是应该的,也许她并不知情……转天,就是转天,我妈记得真真的,赵四百用场院的锅灶炖了只大雁,说是只瞎眼雁,撞杨树上掉下来摔死了,场上的女人都跟着喝汤。我妈回来说,啥大雁啊,腿那么粗。跟那只鹅的味道一样。"

"啊!"我惊叫了一声,这样的说法闻所未闻。"他没有送给刘荷花?"

"也许是没送出去。当年我妈就是这样说,你以为刘荷花会要一只死鹅吗?"

故意有了转折。我相信这就是转折。祥芝妈的感觉是对的。你只要对一件事情有怀疑,那怀疑十有八九是对的,这不只是一个人的人生经验,也是定理或定律。我心里咕哝,激动得简直要发抖。那鹅其实一直被我惦记,从小时候到现在,我每年都会想起。回罕村的时候,去臭西坑的时候，跟邻居闲谈的时候，我会试探地提起那只鹅。鹅的背后隐藏着一个人，她的去向让我着迷。我的生活中没发生过大事，这件事就是最大的事。只是很多人都不记得了。岁月就是漏勺，湮没的记忆始于一点一滴，而后汇成江河，大脑就如同酒后断片，我回村已经找不到能谈这件事的人了。可那两只鹅和一个人，我到死都不会忘记，真的。我的心突然抽搐了一下。那么久远的事，要说完全可以当把戏听。可是不行。它就不是把戏，而是活生生的一幕戏，扯皮带肉地牵连其中，挑起你所有的神经，不能回落。"既然没送出去，按道理，他自己家吃了才对。那么珍贵的一只鹅……他为啥要谎称大雁？刘荷花到底是在哪个砭节上失踪的？"我突然变得语无伦次。

　　我担心地看着祥芝，唯恐她闭嘴，可又怕她觉得我居心叵测。都是罕村的人和事，她有忌惮很正常。早年间我爸我妈也这样，他们关起门来研究这个事，我曾在门外偷听。他们也看见了赵四百，他那晚从我家门前过。不等别人问，四百叔就高调地说，鹅是自己摔死的，应该还给刘荷花，养大一只鹅不容易。"他还能干啥好事。"我妈鄙夷的口气从门缝传出来，就像三九天尖细的冷风。当着我们的面，她提起四百叔从来都很恭敬。正是薄暮时分，我爸在园子里翻地，我妈抱了柴火想烧火做饭，亲眼看着四百叔提着鹅脖子一晃一晃地走。我爸前些年去世了，我妈的脑子出了毛病，一天到晚出现环视幻听。有时候她会莫名其妙地指着门口说："看，谁来了？"

　　罕村的夜晚从那以后开始不宁静，经常出现各种各样的响动。李招待像夜游神一样到处走，他怀疑刘荷花就在这村里，被人藏了起来。他使用各种声音跟她联络，学猫叫、狗叫、鸟叫，或假意大声咳嗽，能把小孩子惊醒，烦躁地大哭。

他们年轻的时候就这样对暗号。村里人解释。

"你不会记错吧？"我两眼盯紧了祥芝，但神情大不以为然。印象中场院的那个草房像个情报站，出入的人都像女特务。她们头上扎着各色头巾，拿着扫把、杈子之类的道具，干起活儿来心不在焉。只有喝汤时才心无旁骛，只要有汤喝，她们不想别的，她们的眼里只有汤。但祥芝妈不一样，她是有见识的人，头天刚把一只大鹅吃到肚里。我知道四百叔手巧，他曾经捉了一窝田鼠给女人们炖汤。剥了皮的田鼠像小肉棍在锅里浮游，四只脚都像在划水。

祥芝说，她妈念叨了那只鹅一辈子。每次家里炖鸡、炖鸭，她妈都要怀念那只鹅。有一回，他们特意买了只大鹅炖在锅里，她妈坐在炕上吸着鼻子说，一闻就不是当年那个味道。

他们问哪个味道。

她妈说，刘荷花家那只鹅的味道。

我突然想起鹅曾经戴的顶针，问祥芝记不记得。祥芝说："你真以为那是顶针？鹅戴的是戒指！刘荷花有很多老底货，她自己不敢戴戒指，给鹅戴了戒指。她可真是狗长犄角——竟出洋（羊）相。"

"不对！"我突然有些激动，大声说，"鹅戴的是顶针，飞起来的时候我们都看到了！我，还有小葵，我们都看到了……"

祥芝鄙夷地说："你还能有我清楚？"

一想到人家抱着鹅回家，我一下没了气焰。

"如果是戒指，那戒指应该是金的！"一道光从我脑子里闪过，金的才能跟那个老旧的时代及刘荷花的背景相匹配。可祥芝不屑，说那戒指是铁的,就是个铁戒指。我看着祥芝,想种种可能性。即便戒指是金的,也没啥。那年月没人把金银当回事。

"刘荷花找铁匠专门打了两个铁戒指。"

"你当年说过,是老白铁。"

"我说过吗?"

"那戒指还有吗?"

"早找不着了。那年月,谁把这当回事。"

一场小霜雪提前来了。街道上、柴火垛上、屋瓦上铺了薄薄一层。这到底是雪还是霜,我和小葵争论不休。喇叭里又在喊刘荷花,说生产队的花生是留着来年做种子的,咋偷的咋还回去。一连喊了三天,声音越来越高亢,仿佛刘荷花就在哪里藏着,成心不出来。大人孩子都很气愤,你偷青捋穗可以,丢人现眼可以,咋能偷种子呢?来年不单我们吃不到花生,也不能上交国家,据说这也是战备物资,打仗用得着!三天前的早晨,有人发现路上掉了许多花生,于是寻根溯源,这边连到了仓库,那边连到了刘荷花家门口。于是刘荷花偷花生种子就成了板上钉钉的事。再加上她不去上工,便有了畏罪潜逃的嫌疑。当然,没人看见刘荷花偷花生,她家还有两个男人呢。只是没人怀疑两个男人,他们都胆子小。如果说他们家有一个胆敢偷花生种子的,那就一定是刘荷花,她的破坏力相当于几吨炸药,村里人都这样说。所以高音喇叭里一天到晚喊她的名字,三天的时间,把村庄都喊得喧嚣了。

还有一个说法,刘荷花偷花生的时候被人发现了,仓库里留下了打斗的痕迹，甚至一个人的脑袋被打出了血，那血染红了麻包的一角，当然是很小的一角。麻包里装的是红高粱，所以不怎么显眼。但这些都没有花生种子丢了重要，打斗的对象是谁，染红麻包一角的是谁的血，都没人关心。大家只关心刘荷花去了哪里，她有什么理由让大家来年吃不上花生。

你以为藏起来就没事了？村里人愤愤不平。

中午放学回来，我们拐到了刘荷花家门口，顺着路线细细检索一遍。这是小葵的主意，我想不起来做这样高妙的事。"说不定我们能捡几个花生呢。"我们的细胳膊上都挎着大布兜（书包），低着头，在地上仔细寻找，家家的烟囱都在冒烟，街巷上空无一人。我俩一个在左一个在右，草根底下，土包后面，都寻遍了。小葵还真捡到几个，里面只有一个花生仁，是又瘦又小的瘪子，就像人家不要的。小葵当即剥了放进嘴里，吧唧吧唧吃得特别香甜。

我也找到了几个，但我没有声张，悄悄放进了兜里。

这个行为是对前一个晚上没吃到花生的弥补，我们心里都惦记。小葵抱怨我胆子小，让一个大雷给吓跑了，而忽略了她跑得比我快这样的事实。她说如果再坚持一会儿，说不定就能看见刘荷花扛着口袋出来。花生像雹子一样从口袋的一角往下落，我们跟在后面捡，真是又得便宜又不担风险。"那样她就不会暴露了。"我的意思是，花生都让我们捡走了，就不会有人发现刘荷花的偷盗行为。小葵骂了句狗屎。这是她的口头禅。她说不用别人发现，我们就是目击证人。"可我们是跟她做斗争，还是做捡花生的'落后分子'呢？"我认真地问。小葵又骂了句狗屎，说我们两下都做，哪样都不耽误。就我是个死脑筋。

　　我就怕小葵骂我死脑筋。我疑心自己的脑袋里装满了花岗岩。

　　二队的社员都围着刘荷花家的篱笆墙，朝那屋里喊，刘荷花，把花生种子交出来！可那家人一直没动静。他们不上工，也看不见他家烟囱冒烟。他们完全就是一副死猪不怕开水烫的架势。气愤的人群把篱笆墙推倒了，冲到了刘荷花家的院子里。屋檐上挂着一排锄镐农具，都被他们胡乱摘下来扔到了地上。院子里有个水缸，他们丢进去好几块砖头，边丢边骂："坏分子，没好心！"水溅起来，像七彩碎珠子。突然，那扇木门开了，李招待弓着腰背出现在门口。他是高身量，像芦苇一样细瘦。溜肩膀上长出一根细脖子，像鹅一样有弧度。他的上颚和鼻翼部分都像山包一样隆起，这让他的大牙分外突出。两只大眼珠子也像猫眼一样黄绿黄绿的。"刘荷花一直没回家，不知道她去哪儿了。"他哭唧唧地说，肩膀一抽一抽地抖，像个受了委屈的孩子。人群一下没了气焰，对这样一个人，气焰有什么用呢？人们喜欢刘荷花嚣张的样子，那样斗起来才来劲。有人问，李班固呢？他闪躲一下身子，似乎是想让大家看清他家的堂屋。堂屋黑乎乎的，没有后门，也没有后窗。有人闯了进去，又嗷地窜了出来。原来李班固在房梁上悬着，脚底下有一张小饭桌，刚好被蹬翻。

　　李招待进屋把儿子卸了下来，李班固一下就睁开了眼，只是脸被憋得通红。脖颈上一道细红的勒痕浮在表面，还没来得及朝深里走。他干呕了好一阵，挣着脖子对围观的人说："我们没有偷花生种子。"

　　"你妈呢？"

　　"她也没偷。"

"她人呢？"

"不知道去哪儿了。"

人群轰地发出一阵笑，有人鄙夷地说："你连你妈去哪儿了都不知道，咋知道她没有偷花生种子？"

她偷了花生种子也会卸到家里一些，这是花生掉了一路的根由。人们轰地一下往里挤，门框都快被挤歪了。柜子、缸、瓮、被窝里，能翻的地方都翻遍了，确实没有看见花生的影子。但翻到了刘荷花的两件小衣服，据说是睡衣，团在一起都不够一握。别人都穿粗布衣，光着腚睡觉。她居然穿睡衣。就冲这点，她也是坏人。

5

小葵带我吃了两顿饭，介绍我时叫我王科长，而省略了我的其他身份。我以为她会对闺蜜、发小之类的时尚称谓感兴趣。这些称谓我一听就要吐，我已经做好了呕吐的准备。我不知道她为什么要这样介绍，小葵的路虎管接管送，我也乐得什么都不问，省心。

"我们如果不是那天在罕村遇上，你指定想不起我。"喝了点酒，我装促狭。不装促狭便觉得有些对不起小葵的车，那车不是国产的，是进口原装的。

小葵乐意在酒桌上讲这一段。说我们许多年不见，突然在村里被一辆工程车拦在两边，然后车也不要了，手拉着手没完没了地说话。

小葵撒谎了，我们根本就没手拉手，从头到尾也不是没完没了地说。我们有些隔膜或疏离，分手时没要电话，也没加微信。我原本想提醒她，可她的话细密，没有给我时间。后来我想，戳穿她不是明智之举，小葵又要说我死脑筋。"这就是缘分。"小葵捏了一把我的腮，肥厚的带着荧光的手指传递着绵绵情意，我的心差点化成一汪水。她每次都是微醺的状态，大眼睛水汪汪，特别深情。"我经常念叨你，不信你问她们。"

那些人都连忙帮腔，一听就是假的。

"你怎么不少喝一点？"

"都是好姐妹，不喝攒什么局啊！"

小葵的酒局档次比较高，都在荫蔽处的私家菜馆，统共也就两三桌，往来穿梭的服务员年龄都很小，都像小明星。小葵的朋友也很有意思，她们都很少吃东西，怕胖。但爱拍照，拍菜，也拍人。然后便是发朋友圈，你给她点赞，她给你点赞。一顿饭闹哄哄，没个安静。

"纯属浪费，"我在车上批评她们，"爱拍照就应该去周河公园，那里有美景，夜晚比白天还漂亮。"

"你就是缺乏熏陶，"小葵说，"公园有情调吗？有氛围吗？"

小葵有固定酒友，但也有一两个新加入者。如我这样的不速之客，在酒桌上很少说话，就闷头吃菜，估计过不了多久，小葵就把我开了。

"你跟李学智有联系吧？"

小葵晚上十一点给我发微信，我都洗漱后上床了。奇怪，在一起的时候她不说，就像在一起的时候也不加微信。我这样想，内心有些警觉。

"他总躲我。电话不接,短信不回。明天你跟我回村找他一趟。"

我想了想才反应过来。一点红酒我就上头,耳朵眼儿里总似有蝉在叫。李学智当选了罕村的支部书记,这之前一直当村委会主任。因为跟书记闹不和,在村里不得烟抽。现在好了,一肩挑了。"他为啥躲你?"这是第一个问题。还有第二个问题。"你找他干啥?"当然,这只在我心里冒了一下头。

"有点事。"

"不是大事。"

我关了台灯。懒得想小葵的"不是大事"是什么事。人到中年万事休,休想有什么事再烦扰我,神仙二大爷也不行。我闭紧了眼,脑子不由跳转了一下,还是小葵的问题,但我坚持不问她。我跟李学智很少联系,有次他来城里开会,一起吃过一顿饭。但乱哄哄的,有很多人。

回去后他曾给我发过一条短信:"我经常梦见你。"

我没回。

你当还是青春年少的时候啊,啥都信。

我爱看小葵驾车的样子,有种从容和自信。胖脸称得上精致,浓妆也显得淡若无形,她是得了真传。她不喝酒的时候从不用司机,她说喜欢开车,开快车。小葵左手握方向盘,右手闲着。两个宝石戒指扣子一样挂在左手无名指和中指的指骨节上,她有时会在脸上贴一贴,感受清凉。"好好开车。"我提醒。回罕村不需要理由,即使没有事,不找李学智,也是要回去的。路上我跟小葵商量先回家看妈,被小葵果断否决。"必须先找李学智,免得他出门找不着。"

"你昨天有没有跟他联系?"

"我?为什么?"

"告诉他我们去找他啊。"

"是你找他。"

我偏头看窗外,杨树都很粗壮,叶子都很浓密。它们错动起来整齐划一,就像在接受检阅。奇怪,我一个人开车的时候从没有这种感觉。

小葵看了我一眼,说:"甭不好意思。"

"闭嘴。"我说。

街道上有许多人,都一顺往街里方向走。他们从各家各户踅出来,有点扶老携幼的意思,因为有人背着孩子。难道谁家有红白喜事?在我的印象中,只有红白喜事才会这么热闹。村里人就喜欢看出殡,我妈也喜欢。听见哪里有消息,放下活计就走。死人的日子也是节日,吹拉弹唱一响,更有了庆祝的意思,乡亲们都把生死看得淡。祥芝家门口停了两辆警车,是我们上次说话的地方。一下停两辆,证明此处不单有事故,还很严重。"臭西坑能有啥事?"小葵叨咕着摁下车窗,不时用发面饼样的小手跟人挥一挥。把车开出去一段,停在了岔路口,下车朝臭西坑的方向走。那里戒严了,我们根本进不去。"要是昨天来就好了,"小葵懊恼地说,"李学智说这两天没空,我以为他糊弄人呢。"

"你说他不接电话,不回短信!"

小葵鬼魅地笑了下,伸过手来摸我的脸,说后半夜回了。

我弟弟保全走了过来。他说看见了小葵的车,没想到我也坐在车里。"这里啥也看不见,先回家吧。"我问发生了什么事。保全说,清理污泥的时候往深处挖,发现了一个头盖骨,被人用铁锨甩了出来。工人说不吉利,坐地起价,被李学智叫停了。"这涉及人命,不报警犯法,"保全模仿李学智的样子摇头晃脑地说,"要是做考古发掘,村里还得花很多钱。"

"这也是李学智说的?"

"这是我说的。"保全谦逊地回答。他喜欢看电视里的纪录片,比别人多些常识。"村南打井的时候就挖出过古墓,那一季的小麦耽搁了不少。"

那里是汉代墓葬,除了几件陶器,还发现了一个灶坑,里面有草木灰和栗子壳。汉代人就知道把栗子烧熟了才好吃。

小葵问:"咋会有死人?"

保全说他也不知道。头盖骨昨天就挖出来了。有人以为遇到了古墓,翻检了半天,只找到了一些破烂儿。烂泥塘里能有啥,这些年常有人扔死猫、死狗、死小猪,全村的人都往这里扔。李学智昨天报的警,只来了一个警察看情况。今天又多来了几个,听说是县里的公安。他们问,这些年村里有人失踪吗?咋会没有。大家好歹一数,就数出来五个。有人问头盖骨是男人的是女人的,警察没表态,想是他们也不知道。那几个警察都年轻,没多少经历的样子。

新翻上来的土堆在西坑沿的东边,像山一样雄伟。都是黑色的胶泥,像发酵了的粪肥,散发着一股腥臭味。它们堆起的尖角有点像金字塔。"除了警察,还有谁在里面?"我问。

"李学智在里面,李班固也在里面。还有施工人员。"保全说。

我踮起脚尖朝那里看,却什么也看不见。"李班固的房车呢?"我想起了祥芝的话。

"房车就来过一次还是两次,停在警车的位置。他这次是背个包来的,你都不知道他吃啥喝啥。"

"罕村没人管他饭?"

"他不吃人家的,"保全说,"李学智想请他去饭店。村南小饭店红焖猪蹄挺好吃的,李学智生拉硬拽他都没去。他的包下面吊着一个军用水壶,他喝水倒是挺勤的。"

"有没有听他说些啥?"

"他身边总是围很多人,我连边儿都沾不上。"保全说。

保全小我四岁。李班固走的时候他只有六七岁,他说他记得李班固的样子,又瘦又高,像时下电视里的年轻演员,有玉树临风之像。这样的人跟我心中的李班固,根本就是两个人。小那几岁也许就是缘由,保全还不谙世事,而我已经懂了难堪和疾苦。李班固和他爸李招待是1979年秋天走的,当时叫"落实政策",李招待单位派了辆BJ130来给他们拉东西,结果他们俩啥也没带。李招待背了个挎包,那挎包是浅粉色皮革的,很旧。李班固则端了个碗口大的圆镜子,那镜子的边棱上有水红色的涂层,像是绸缎缠上去的。那面镜子被李班固搂在怀里,谁往跟前凑,里面就能映出谁。结果大家都闪躲得远远的。那镜子里就只照见了几棵快要干枯的榆树、远处场院的三间草房和他们中间的一条坑坑洼洼的土路。镜子如果能收纳灵魂,这些景物应该还在里面。那一年是刘荷花失踪的第三年,村里人说,她要是死了,连三周年都过了。

怪可怜的。来是一起来的，走却不能一起走。

时过境迁，村里人才想明白，包和镜子都是刘荷花的。也就是说，那爷儿俩只带走了属于刘荷花的东西，其余的都丢下了。爷儿俩一前一后上了车，李招待进了驾驶室，李班固跳上了后拖斗，靠在了车篓子上。他们就那样一里一外，没看家，没看人，没看树，也没看村。面无表情，纯粹的面无表情。但大家都看他们，看李班固的小白脸及李招待的大龅牙。他们坐定以后都自觉拔了下身板。BJ130拐了个弯，扬起了一股烟尘，突然朝前一窜，上了通往主路的那道土坎。大人孩子追着那汽车的影子，咧拐着嘴朝远处看，终于看不见了才收回目光。嗨地叹了一声，没人说啥，各自低头走了。

大家都明白，人家是去过好日子了。

长着白毛霜雪的早晨，是刘荷花失踪的第三天。我和小葵在上学的路上，为这一层白膜是霜还是雪争论不休。路上都是杂乱肮脏的脚印，广播喇叭里还在喊刘荷花，让她把花生种子还回去，别影响明年春种秋收。否则，全体社员都将面临吃不上花生的恶果。众所周知，花生属于油料，也是国家战略储备物资，偷了种子，枪毙的可能都有。调门越来越高，声音越来越寡淡，不像开始时那么义愤填膺。那一股子气泄了，就少了力道。喊出来更像是在应付差事。

"她会不会像鹅一样飞走？"小葵那两天也走心。吃完午饭，老早就喊我上学。布兜襻挂在脖子上，她摇晃着肩膀走路，里面的铅笔盒哗啦啦地响。这是我们班的第一个新铅笔盒，里面装着一支新铅笔、一块新橡皮、一把新小刀，她总有办法让它发出声响，吸引我的注意力。铅笔盒是她大姐夫给买的,她们家终于嫁出去一个闺女,她爸她妈都趾高气扬。她一路上都在说花生种子,实在想弄清楚刘荷花背着它们去了哪里。

我则心不在焉。我觉得大人都在演活报剧,秘密他们全知道,独瞒住小孩。

"鹅摔死了,"我咕哝,"不摔死就没以后的事了。你说呢?"这才是我关心的。我不知道刘荷花有没有吃到鹅肉,如果吃到了鹅肉,她还会不会偷花生种子。我对能吃到鹅肉的人耿耿于怀,说真的,我有些嫉妒。原本我离鹅肉最近,却眼睁睁看着鹅肉被别人吃到嘴里。那种后悔一汪一汪地袭来,有时真能让人悔青肠子。

小葵翻了我一眼,她对鹅不感兴趣。小葵神秘地说:"我们那晚如果堵住刘荷花,她也许就不会失踪。"

我愣了一下,问:"哪晚?"

"她偷花生那晚,"小葵说,"如果我们进去把她捉住,我们就是两个少年英雄。"

"她会是偷花生的人吗?"

"你真是死脑筋,连这都想不明白!"

"你咋知道仓库开着门?"我突然觉得愤愤不平,"你自己也吃到花生了!"

她奇怪地看了我一眼,说:"我也想让你去吃,可天上打雷,你没那个命呀!"

我想,如果能见到李班固就好了,就能知道有关刘荷花的更多的事。这些年，我每每走到臭西坑，都能想到刘荷花洗的衣服晾晒在年轻的芦苇头上，斑斓柔软。那些芦苇不知什么时候都消失了，连影子都没有留下。我还会想起李班固，勾着头的小白脸，模样俊俏。他一点也不像李招待，也有人说，他只是他妈的孩子。这话我到成年才想明白。我从没听他说过话。有一次，他扛着锄头低着头走路，差点撞上我，结果他吓了一跳。他吃惊的样子让我印象深刻。那是我仅有的一次近距离打量他，他嘴里发出了一个短促的音节，然后便逃开了。他的额上都是汗，慌里慌张。他总是慌里慌张。眼球越过一杠一杠的抬头纹往上挑，头垂得越低，眼球挑得越厉害。但那只是一瞬，倏然把眼皮放下，那眼仁就不知去向。那是夏天，他刚从玉米地里钻出来，贴着墙根走，白布褂子上落着黄色的玉米花。我当时还在想，他准是去搒麦猫玉米了。这些玉米都是在小麦还没抽穗时种到垄背上的，所以叫"麦猫"。等小麦收割了，它们就齐刷刷地长高了。社员就犯怵钻这样的玉米地，玉米叶子割脸，里面闷热得透不过气。那时正讲"小垄密植"，植株间连空当都没有，老鼠钻进去都困难。最厚的一垄草保准给他留着，所以他收工回来得晚，都晌午了。

　　他们家一走就再没消息。几十年来，村里有多少人生老病死。现在他突然回来种荷花，让人想不通啊，想不通！

　　小葵让我先给李学智打个电话，约下见面时间。我不耐烦地说："你不告诉我什么事怎么约，总得需要个理由吧？"

　　"你约还需要理由？"小葵哧哧地笑。

　　我最见不得她这副嘴脸，把脸扭到一边。可心里在想，我确实需要见一下李学智，我想了解一下李班固这个人。

保全说:"小葵姐是想卖地砖吧？这里建公园用得着。找他的人可多了，都开着高级小汽车。"

小葵假装没听见，在手机里翻找东西。

我顿觉醍醐灌顶，吃惊地看着保全那副老实相。

"现在还只是清淤，"保全说，"那些老泥需要晾晒，这样荷花才能存活。这也是李班固说的。所以臭西坑要翻个底朝天。自从三十万到账，李班固说什么，李学智信什么。"保全不好意思地笑了笑，又说:"大洼里几百亩荷田，种荷花如果那么麻烦，还不把荷农累死……他现在肯定没空听电话。挖掘机还在操作，他连电话铃声都听不到。要想找他，得赶中午吃饭时间。"

"他们的项目，"小葵慢吞吞地问我，"你们单位要审批吗？"

6

"现在不比过去。该审批的项目，一刻都不会耽搁。不该审批的项目，天王老子来了也没用。村里建公园不归我们管，通过镇政府报备一下即可。所以，现在的公章没啥神秘的，谁都休想假公济私。"我带情绪说话，脸上是能感觉出来的僵硬。

"我就是随口一问，你着哪门子急。"小葵云淡风轻地说。

在家里落座还没有五分钟，小葵又来提拎我，说就候在我家门外。我让她进来坐，她说哪有时间，事情办完了再说。我心里的气顶到了喉咙口,但嘴里说:"那就等一会儿吧!"

房子是我爸建的,装的玻璃窗明晃晃。当年这是村里第一幢装全玻璃窗的房子,有个词叫"全明",意思是从外看到内无死角。这是一场"住宅革命",打破了小格子窗花里胡哨的格局。所以我刚出现在院子里,我妈就看见了。"看看是谁来串门子了?"她从炕上爬起身,苍白的头慢慢转过来朝向我。"你爸来了。"她说。

保全说,妈的脑子越来越糊涂,晚上有时能吓人一大跳。大家都坐着聊天,她突然说这个来了那个来了,坐满了一炕,都是已经死去的人。

"我是谁?"我两手撑着炕沿问她。

"王云丫,"她没好气,"你真当我老糊涂了,连闺女都不认得。"

我讨了个没趣,落寞地坐在她身边。我过去回家她远接近迎,给我往炕上端好吃的。那些好吃的不知攒了多长时间,有些都发霉变味了。现在,她连想念都忘了。我摸了摸她的后脑勺,那些头发像雪一样白,却像钢丝一样硬。她打年轻的时候就是这样的发质。好像,她也没年轻过。

"有时连我也不认识,"保全说,"管我叫大兄弟,说:'你是哪儿的人?'我说:'我就是这儿的人,这里就是我的家。'她说:'哦,那就是我来串门子了。'"

"你还记得李班固吗?"我问。

"刘荷花的儿子。"她想也不想就说。

"他来修荷花塘了。"我看着她的脸。她的眼睛直通通的,不知望向哪里。

"他来找他妈了。"她面无表情。

我吃了一惊,看了保全一眼,保全说她一天到晚说胡话。

"他妈在哪儿?"

"就在罕村,变成了一只鸟、一只耗子,或一只萤火虫,在哪个旮旯藏着。反正没出这个村。"

她神志清醒时从不谈这个话题。

"快别胡说了!"保全怕冷一样抱着膀子,说,"人都是猴变的,没听说能变成其他动物,您比科学家还能耐。"保全转向我,说李班固是有备而来,还拿来了设计图纸。保全从手机里调出一张模糊的图片给我看。"荷塘四周留有台阶,说可以让大家近距离接触水和植物。他家宅基地就建娱乐场所,让全村的老人都可以到那里玩。"

哦,我应了声。想,是小瞧人了。

我妈插话说:"请人家吃个饭。做好吃的,别委屈人家。"

保全说:"人家是大老板,请吃饭不是我的事,我请也请不来。"

"就说你是王大方的儿子,他不会不来。"我妈从鼻子里哼了声。

保全看了我一眼,我轻轻摇了摇头。

我问保全村里人都说些啥,有没有人觉得他回来得突兀?保全说,村里人现在都被这个项目吸引了,都想怎么才能参与进来挣点钱。当然也有人说闲话,说他这时候来,分明是判断赵四百已经死了。

"这是哪儿跟哪儿。"我陷入了沉思。

"人家是做大事的。"保全说。

我妈说:"就是他害死了刘荷花。"

"谁?"我又惊了一下。

保全说:"快别瞎说了。回头公安找您麻烦。"

"我不怕,"我妈说,"我活了这么久,怕过谁?"

"您有啥证据这样说?"我问。

我妈闭紧了嘴,又不搭腔了。

"真是人老嘴不老。"保全无奈地笑,说这几天都不敢敞大门,怕人来串门子,怕妈说出不当说的话。听说李班固回来后,她就总胡说八道。

我坐炕边上,无言地看着母亲。她偏头呆愣着,嘴里不住地咀嚼,眼里空无一物。但沉积岩样的记忆落到了大脑深处,说出来的应该是记忆牢固的。只是这样的记忆于她是种病态,混乱而又杂芜,也许就是那颗心生出来的?只是时间久了,自己也分不清了。我不忍让她沉陷。她没病的时候,从不说人是非。

电话又响了。我条件反射样站起身,告诉保全我要出去。我妈说,快去快回,别耽误吃饭。弟妹提了一条肉正好进门,说小葵姐在外等。我坐上车扎好安全带,小葵说,村里又没电子眼。我说:"你扎安全带就是给电子眼看的?"

"德行,"小葵说:"我是想让你舒服一下。"

我终于笑了笑。"从小到大,你可没少使唤我。说,现在去干啥?"

小葵说:"他爸是叫李招啥吧?"

"李招待?"

"那是李班固的爸。"

"他们是一个李?"

"你成心吧!"小葵瞪了我一眼,皱着眉头说:"李学智的爸是倒插门,他们的根不在罕村。"

"李兆山。"我终于想起来了。

"瞧,还是你记得!"小葵喜气洋洋地说,"唉,当初你们家不同意这门婚事,李家实在是太穷了。锅漏了都买不起新的,等焗锅的上门。这在罕村都是笑话。不过,三十年河东三十年河西,现在李学智的衣品不比你差,他开的木器厂效益很好。别小看村干部,早不是当初了。"

"你停车!"我猜到了她的用心。

"好了好了,不干你事,"小葵伸过手来拍我的腿,"好朋友两肋插刀,我不用你插刀,你就跟我做个伴,旁边有人好说话,就算我求你了。"

我把白眼还了回去。

高中毕业那年就是有媒人提了那么一嘴,没有小葵说得那么严重。李学智上门找我父母,这才成了轰动的新闻。我爸没正眼看他,跟我妈一递眼色,把他晾在了屋里,他俩去撸高粱叶子了。李学智帮忙去撸高粱叶子,我爸我妈又抄起锄头去后园子耪小白菜了。李学智慌忙把高粱叶子撸完,也跟着去了后园子。我父母都是循规蹈矩的人,李学智这样抖机灵,休想在他们面前赢分。除了李家穷,李兆山的倒插门身份也让父母忌惮。为啥倒插门?除了穷,还说明你在哪边都没势力。这是大事,没势力就会挨欺负,这跟落后就要挨打是一个道理。挨欺负的人什么样,看看刘荷花一家过的什么日子就知道了。这话是我爸当年说的,我记了一辈子。

若问我和李学智之间是啥状况，也没啥好瞒人的。三年高中，他是班长，我是副班长。我们通力合作，高中十三班啥都能在全校争第一。但有一样，那所乡办中学没有好师资，连续几届没有高考上线的。否则……否则后边的话就不用说了，因为说了也没用。

所以，现在有机会进大学校园，我的眼睛都不够用。有一次出差住复旦大学附近，晚上我一个人溜进校园，犄角旮旯看了个遍，又在大礼堂的台阶上一直坐到半夜，坐得周围的空气都潮乎乎的。身边的孩子来来往往，没有一个问我是谁，为啥坐到这里。人生总有关键几步，你不跟上就费周折。

在三岔路口拐了弯，车子险些刮到路边戳着的碾砣上。小葵下来查看，用手摸了摸漆皮，问我听到声音了吗？好像还是刮了点。

我说："你问碾砣。"

小葵说："就问你。"

"这要是把车刮了，得卖多少地砖啊！"我故意气她。

"这也是为家乡做贡献，"小葵撇了撇嘴说，"你以为只有你境界高？"

"没有几步路了。"我转了话题。前边的路像鸡肠子，我建议她把车靠墙根停下。这是张姓人家的祖宅，土墙头上嵌着玻璃碴，两扇木门呈朽腐色，落着一把锈迹斑斑的锁。这里已经久无人居住了，尽可以把车往门口贴。小葵的胖脸出油了，粉底像湿了的泥子糊到了墙上。看得出她有些焦虑。

酒、烟、饮料、食用油、化妆品，小葵一箱一箱往下搬。路虎的后备厢是个小型储藏室。从外表看，每一件都价值不菲。我不愿意伸手,这是属于小葵的。可小葵说,就算咱俩的,当年你还差一点嫁给人家呢!

"你再说!"我喝了一声。

小葵翻了我一眼,说怎么连个玩笑都开不得。

"你是太会开玩笑了,"我冷冷地看着她倒腾,说,"这能起作用?"

"有啥办法呢,死马当成活马医吧。"小葵伸着脖子找门口,她好像是踩过道儿了。"我又不像你,是公家人,捧铁饭碗。我们这种人自己找食吃,可不就死乞白赖,一天到晚看人家脸色,帮不帮忙全凭人家的心情……话说回来,咱家的产品又不是不过硬,外环的地砖都是咱家供应的,质量绝对可靠……有钱为啥让别人赚?我知道你们都看不起生意人,我是说……"

"不谈境界了?"一会儿厌烦,一会儿怜惜,我都要起冷痱子了。"你是企业家,别自毁形象。"

"什么形象!"她说。

"外环的盲道也是用的你家的地砖?"我突然想起了经常看到的情景。

就像我肚里的蛔虫,她赶忙说,盲道的地砖是别人家的。就像剃头削鼻子,那些地砖表面都有凸痕,好便于盲人踩踏辨识,这才几年的工夫,都被踩踏成粉末了。"盲道两旁的大块地砖才是我家的,我可以拍着胸脯说,只要不是故意破坏,那些地砖都完好无损。人在做天在看,做事得凭良心,我们都是有良心的人。"

一阵风吹过,小葵的一绺头发掉了下来。我看着她往耳后捋了捋,猜度她的良心长什么样。

"你怎么不直接送到李学智家?"我打量着那堆豪华物品。

"他家离村委会近。"

是这样。

旁边还有个小超市,门前有很多人打牌和下棋。得佩服小葵思维缜密,她什么都想到了。

我还是帮忙把东西提了进去,边走边说:"你得做两手准备,人家都开始清淤了,你若晚来一步,这些岂不都打水漂了?"小葵说:"你太小瞧人了,我就是想看看他们……买卖不成仁义在,谁让都是乡里乡亲呢。"我停下来看她,不知她是不是转眼就把刚才装可怜的样子忘了。她走前边去了。因为手坠重物,整个身体绷紧了,高跟鞋托着柱子样的小腿,每走一步,地都似在颤动。除了多长了些肉,这心眼儿和路数跟小时候一样。可小时候喜欢她,哪天见不着就想。她把嘴噘成喇叭花挡住鼻涕过河的样子都是可爱的。不像现在,看她的眼神多少有些不怀好意。从情感来说,我愿意理解她,做实业的确不容易。没有他们纳税,哪有公务人员的工资福利。但她这样的做派,总让人感觉不舒服。我自嘲地笑了下,人可真是奇怪的物种。情绪一忽一变,比风还快。她的目的告诉我或不告诉我,有什么分别吗?那都是她的事,与我不相干的。我只负责把东西帮她提进去,不用说话人家也知道,来送礼的是她,不是我。我整理了一下情绪,迈步往前走。铁门中间挖的小门虚掩着,小葵踹了一脚,那门就自动开了。小葵的身形只比那门窄一点,侧身进去的时候有些费力气。我不由得又笑了。院落房子都显古朴,一看就是二十世纪的产物。这样的话说出来就像新闻导语，过去有纵深感，现在一转念，距二十世纪也不过才二十年，感觉自己都像一辈古人。眼前一暗，堂屋关着后门。拐进屋里，房间顿时就亮堂了。

东西被放到了墙柜上，李学智的母亲很着急，她腿脚不方便，在炕沿坐着，慌得一个劲地摆手，说不能要这些东西，不能要。他父亲看上去硬朗，也慌得在地上转，用两只手拍屁股，不知说啥好。小葵说，这是学智让她送过来的，他今天忙，没空过来。话说得就像学智媳妇。学智爸顿了一下，无奈地说，李班固多事，建啥荷花塘啊。

"这不是好事吗？"我稳稳地坐到了炕沿上，看学智爸洞若观火。

学智爸说："要说不是坏事。可他攒俩钱也不容易，自己应该好好生活。"

"他发财了啊，有房车。"我说。

学智爸给我们倒水，我们一再说不用，他还是倒满了两个玻璃杯。"谁知道。这些年一点消息都没有，他在外都干了些啥，咱们哪知道。"

"他有钱投资是真的。"我说。

"这咱们哪知道。"学智爸又重复说了句。

"他跟年轻的时候相比，变化大吗？"我问。

小葵暗中掐了我一把，怪我多嘴。我装浑然不觉。学智爸坐在一只小圆凳上，跷起二郎腿。"岁数大了，哪有不变的。"学智妈插了一句。她两手撑着身子蹭了蹭，靠到了隔断墙上。她有一头浓密的白发，像故意染成的。她年轻的时候也是漂亮女人，眉眼间透露出显而易见的聪慧。没有哪个姑娘愿意找倒插门，这是掉身价的事。想起当年父亲还拿他们类比，说他们两边都没势力，顿觉内心荒凉。他们都没有见到李班固，只是听说他有钱。"他来种荷花是因为做梦，他总梦见臭西坑，臭西坑上边飞着……"学智妈说。

"你瞎说啥。"学智爸打断她。

"是……天鹅？"我小心地问。

学智爸突然垂下了头，用力摇了摇。

"您这里是四队，"我绕开了那个话题，拣轻松的说，"中间还隔着三队呢。"

学智爸认真地回想，说当年李招待一家原本是要落户四队的，但因为那个小房子盖在了臭西坑旁边，那里是二队的地盘。罕村人不欺生，落在四队也许就是另一种活法。

我情不自禁地看了一眼小葵。

"学智说，他是来帮助建设新农村的，"小葵适时地插话，"现在这是热门，中央都提倡呢。"

学智妈说："村里人就爱说闲话。他不来大家都把他忘了，他一来就啥都想起来了。"

"他会不会真的做梦了？"小葵扑闪着两道长睫毛，一副贴心贴肺的样子。"梦中都想着建设家乡，这就是乡愁啊！"

"那时候西坑不臭。坑边长着很多芦苇，总有鸟儿在那里飞。"这些情景深入骨髓，直到地老天荒都不会忘。我在臭西坑上看见过白天鹅，小葵却不信。她说世界上根本没有天鹅这回事，天鹅是癞蛤蟆想出来的。那时候的小葵就有惊人的想法。

"年纪大了都爱做梦。"小葵假装端起杯子喝水。

"你说得不对，"学智爸说，"年纪大了都不爱做梦，做梦是因为惦记。对了……"学智爸转向我。"他跟学智打听你爸来着,学智告诉他,王大方已经走有二十年了。"

我心里一跳,成串往事在脑子里放电影。我爸胆子小,在生产队里基本属于透明人,他没有我妈刚性。但有一样,他不会欺负人,私下示好也是有可能的。他尤其不会像四百叔那样趴在人家篱笆墙上去叫嚣。现在想,这有多不堪。但那时大家都当是笑话,觉得好玩。没人站在刘荷花一家的角度想问题。后来我还想,若我真把鹅抱回家,我爸妈也不会炖在锅里,而是等天黑透了把鹅送出去。对,我爸妈就是这样的人,他们自己活在夹缝里,也能体恤别人。想到这些,眼里立时盈了水汽。人生苦短,谁都能活出一堆故事。学智爸说得对,做梦是因为心里惦记。那么,李班固就是心里惦记,他惦记什么?

年轻的时候,我曾想过刘荷花就在哪里藏着,只有他一个人知道真相。因为电影里经常这样演,负伤的战士藏在山洞里,老乡给送饭吃。刘荷花怎么就不能藏起来?

这样她就可以逃避劳动。我高中毕业那年,也参加了一段时间的集体生产劳动,那种想逃避的愿望一直都有,地里的那些活计非常磨累人,我干活的时候经常会想起刘荷花。

"那时候西坑的水清亮,刘荷花经常在坑里洗衣服,在芦苇顶上晾一片,估计李班固对西坑印象深。"我回忆道。

"有啥用,"学智爸说,"他在这村没房子没地,建多好他也落不下脚。"

"也许他有情怀。"小葵说。

我差一点说出"情怀是啥",关键时刻闭紧了嘴。

"刘荷花因为啥失踪？"我只想问这一句话。

"想不开呗，"学智妈说，"要搁现在，可不至于。那时的两只鹅……啧啧，搁谁都会有寻死的心……"

"死要见尸啊。"学智爸说。

我说："臭西坑挖出个头盖骨，也不知是谁。"

学智爸说："有人说是刘荷花，不可能。"

我问他为啥这样肯定。

学智爸说，刘荷花是个高调的人，性子死硬，不会自己偷摸寻死。她若是想投水，也得拽个垫背的。

我原本坐得稳，身体情不自禁摇晃了一下。遥远的往事只剩下一团缥缈的烟雾，什么都看不清楚。可越是这种状况，越是让人遐想。

小葵说："听说西坑边上要建公园？"

学智爸看了眼柜子上那些东西，都光彩照人。学智爸忽然变得警惕，说："建啥公园，我咋没听说？"

他顺带拧了下身子。

7

三天是个大词。死人要停三天。结婚要热闹三天。遇到什么事情人们也经常说，给你三天时间。仿佛没有什么问题是三天解决不了的。从罕村回来，李学智的电话追到了我家里，话说得一点都不客气。"给你三天时间,把那些东西统统给我拉走!"把我闹蒙了,哪些东西?旋即想起,指的是小葵送的那些。我告诉他这不关我的事。他强硬地说:"咋不关,谁让你陪她来?"

这算什么逻辑?我奇怪他咋不给小葵打电话。他哗的一声笑了,说:"你陪她来,你傻。"我说:"我是傻,这不用你说。"李学智这才正经起来,说:"你劝劝小葵,别打村里的主意。他们是做大买卖的,这点麻雀肉不够塞牙缝。再说,村里的这个工程怎么样,还不确定呢。"我说:"有啥不确定,不都开工了吗?"他特别不耐烦,说:"你把我的话转告小葵,其余的甭问。"

气得我原地转了三圈。转念想了想自己的行为,居然跟小葵去给学智送礼,没有比这更荒唐的了。眼下被教训纯属活该。我给李学智把电话拨了回去,说:"我不跟小葵联系了,有事情你们自己解决吧。"

说完这话,我把手机关上了。

我做了一个梦,梦见有只鹅从小葵家的屋子里飞了出来,长着圆滚滚的肚腹和杏黄色的嘴。院子里摆着饭桌,饭桌上摆着黑、黄两种筷子,两种筷子飞起来打架,也不知是什么意思。星期天的早晨总会赖一下床,我把下巴放到枕头上,想了下那个梦,分明还是小时候的景象。土坯墙上嵌着小瓦,左边一块,右边一块,就像小燕子飞起来的翅膀。那鹅从屋里冲出来,掠过饭桌朝西南方向飞,原来身上的羽毛都被拔掉了,只剩下了两只翅膀。我在梦里想,刘荷花家就是西南方向,它是赶着去上刘荷花家的餐桌了。

我那时想过,刘荷花家的鹅又活了。当然,不知道四百叔在场院的锅灶里熬大雁汤。那大雁是不是鹅,除了四百叔没人知道。这样瞒天过海的事四百叔做得多了,他这一辈子,就是三十六计也难囊括。他提着鹅送给刘荷花,刘荷花却失踪了。与刘荷花一起失踪的还有仓库里的花生种子,时过境迁,这样的故事显得拙劣,但当年所有人都深信不疑。我长出了一口气。这里有一段空当无法衔接,四百叔到底有没有见到刘荷花?刘荷花到底有没有收到那只鹅?我突发奇想,鹅不过是摔晕了,它在四百叔手里清醒了,然后扑棱着翅膀驮着刘荷花绝尘而去。那时我正读高中,一接触到这个成语就让人喜欢,而且马上定义到了刘荷花身上。四百叔当然见到了刘荷花,这样的事情发生在一刹那,四百叔眼睁睁地看着那只鹅脱身而去,然后一骑绝尘。

只是……那些花生种子去了哪里?

大喇叭里每天喊刘荷花去还花生种子,没人留意四百叔在做什么。

还没容我洗漱完毕,祥芝已经进门了。她估摸我星期天会在家,特意过来串门。她还带来个三岁的孙子,说儿子媳妇今天去赶集了,要买些麻刀来修墙。这些词都让我好生奇怪,在埧城生活了几十年,我也不知道还能赶集,大集在哪里?买东西不都去超市吗?

那个三岁的孩子是个闲不住的,来到陌生地方大概很好奇,这里那里看得没完没了。我的心一个劲提着,怕他把什么东西打坏,伤着自己。祥芝倒是很放心,在沙发上坐舒坦后就摆开了长聊的架势。

"你最近没有回罕村?我不回去不行,我爸老糊涂了,可就是知道找我,见天说,祥芝几天没来了?其实我前脚刚走。我妈去世他都没这样找过,要不咋说得养闺女呢……我又给他去送油条了,他就好这一口,泡在豆浆里,又当饭又当汤……挖出来的头盖骨,也不知是谁的。这些年大家都往西坑倒垃圾，扔过死猫、死狗、死小猪，差点把西坑填平了。真是造孽啊，谁想到那里还藏个人呢……这些年村里总不太平，经常有年轻人去世。那谁一家，哥三个，在四五十岁的年纪，人都没了。还有那谁一家，哥四个，已经走了俩，老娘都还硬朗呢，白发人送黑发人……大家就寻思，过去罕村不这样，死的都是当死的人啊。这样的话你传他也传，必有人当真……若是水干见底，那人说不定早被发现了，也不至于光剩一块头盖骨……别的骨头没找着，清出来的淤泥像一座山，也不好找别的。公安说，有这一块骨头就够了……"

"荷花塘修得怎么样了？"我关心这个。

祥芝说："还那样呗。我特意过去看了看，人影鬼影看不见。工程车不见了，挖掘机不见了，那些工人也不见了。我上次回去还热火朝天呢，李学智的脸都晒红了，像坐了金銮殿的猴屁股……他说荷花种子很快就要到了，再过些日子，臭西坑就旧貌变新颜了……"

"哪有这样快。"我拽了靠垫塞到身后，感觉李学智忒心急了。"工程为啥停工？"

祥芝犹豫了一下，还是没有挡住说话的欲望。"村里说啥的都有……左不过李学智被人骗了……李班固给村里统共打了三十万，拉电，雇挖掘机，把臭西坑翻了个底朝天，钱花得差不多了，李班固却没影儿了……"

祥芝的豁唇修复得特别好，眼下只落得一条白印记。若不是说话带一点鼻音，我都把她幼年时的情景忘了。

屋里哗啦一声响，我跳起来跑了过去。原来孩子把桌子上的笔筒打翻了,各种圆珠笔滚落下来,撒了一地。孩子看见我,后退了一步,坚定地说:"不是我干的。"

三天是个大词,没有什么问题是三天解决不了的。保全跟我这样说,我特别纳罕。保全说,这话不是他说的,是李学智说的。那天警察走了,李班固就消失了。他原本蹲在臭西坑西边的堤坝上,那里有一棵榆树。大家的注意力都在警察那里,没人留意他。谁也不知道他是咋绕过去的。李学智说他三天以后会回来。可过了三天,人没回来,手机也打不通。李学智说,再等三天。几个三天过去了,村里开始有风言风语。李学智坐不住了,带人开车到北京跑了一趟,才发现李班固留的地址是假的。

关于李班固的猜测也多了起来,老街的人都去臭西坑祭拜。嘴里不说啥,心里默念的估计都是一件事。我问保全有没有去,他说没有。"我们家没有啥对不起刘荷花的。"

我吃惊地说:"你咋这样说。"

保全说:"村里都这样认为,就是看破不说破。"

我说:"那时你还小。"

保全说:"这话是妈说的。我问咱家去不去祭拜,她说我们对得起刘荷花。我说咋个对得起,她想了想才回答,我们没有欺负过她。"

"她有病。"我说。

"她经常说胡话,"保全笑了,说,"也有不糊涂的时候,谁知道呢。"

那天祥芝东拉西扯了一上午,并没有新鲜信息让我感兴趣,我坐得腰酸背痛。她大部分时间都在骂小葵,说她钻钱眼儿里出不来,这些年的宗宗件件,祥芝如数家珍。"李学智把她送的东西都给提拎到福满家去了。福满给李学智送过去,又被李学智退了回来,他们像搞对象似的来回送,可把村里人乐坏了。"

祥芝打了个长长的哈欠。

"就赖李班固,搅起了多少是非。"

孙子在她腿上睡着了,她费力地把孩子抱了起来。"那个铁……戒指,"我赶紧说,"还有吗,能不能让我看看?"

"你还是不相信?"祥芝蹙起了眉毛。

我赶忙说不是不相信,就是有点好奇。

"它是铁的,不是金的!"

祥芝抱着孩子费力地站了起来。"不像你想的那么值钱!"

8

村里一连三天喊捐款,说过了三天二维码关闭,想捐也捐不成了。村民们很踊跃,很多户人家都在第一时间把钱捐了,不捐的只有几户。为什么捐款?我问保全。保全说,大家都愿意把臭西坑快些建成荷花塘。那里挖出了死人,得把邪气压一压。

保全问我捐多少,我说傻子过年——看街坊。保全说,村委会的人捐五百,一般群众捐两百。

"你一般得了。"

"小葵捐了五千,她这两天一直在村里。"

"还修公园吗?"

"荷花还没种呢。"

我知道荷花还没种。李班固联系不上,不知是暂时联系不上,还是永久联系不上。他原来说得好,在南方培育了荷花种子,有青毛节、小舞妃、粉喜、桃白、玉碗、天女散花。他还说了许多品种,李学智闻所未闻。那天警察穿着胶靴踩在泥里,指挥挖掘机这样那样挖,说这里要是种荷花,荷花得开脸盆那么大。原想能挖出其他证据,却只挖出了一些花生,挖掘机一扬,那些花生散落得到处都是。那些花生看起来完好,但用手一摸就破,里面是股黑水。警察说,是这臭西坑封闭得太严实,才没让那些花生腐烂。保全说,即使是一个头盖骨,警察也应该好好研究。可研究了又当如何呢。警力有限,不可能放在无头案上。当时有个小警察就是这样说的。奇怪的是李班固,他一直没往近前来,只远远望着,像不相干的人。警察撤走了,他就不见了。他只能朝西走,坡上坡下栽满了毛白杨,毛白杨的空隙处住着罕村的先人,坟头比人都高。那不是一个去往大路的朝向,得在河堤上绕个大弯。谁也不知他去了哪里。罕村种荷花的声名传出去了,镇里想组织人来参观。李学智说,没有李班固,荷花照样种。他们是新班子,该有新作为。

保全再一次问我捐不捐款,我这才明白他不是征求我的意见。因为小葵捐了,他觉得我也应该有所表示。

"不捐。"我说。

保全说："我也觉得你没有捐的必要。"

小葵从城里请了一位农业专家去指导种荷花。时令不等人。从施肥到下种，都严格按照程序进行。水从周河引过来，为了净化水质，岸边还种了芦苇和菖蒲。这有点像我小时候的坑塘，如果刘荷花还活着，她会到坑塘里洗衣服，晾晒到年轻的芦苇头上。

老年的芦苇头上会长芦花。小时候听过《鞭打芦花》，那是一个有关亲爹后娘的故事。将芦花絮到孩子的棉袄里，厚却不暖和。亲爹一鞭子抽下去，芦花像长了翅膀一样飞了出来。各种各样的民间故事早年充斥着我们的耳朵，但刘荷花这样的不算。

有一晚，小葵大概又喝多了酒，躺在床上给我煲电话粥。"王科长。"小葵叫完自己先笑了，说："王八蛋才想叫你王科长。"我这才知道，我们上级主管部门帮扶包保了罕村，美化街道、绿化村庄、种荷塘、修公园都成了包保任务，这才是名副其实的建设美丽新乡村。但具体操作和落实都交给了小葵的公司，他们只去花钱的。我没问这是小葵自己搭上的关系，还是李学智把项目给了她，听得出小葵很开心。好吧，她开心就好。我问她怎么想到要给村里捐钱。她说买荷花种子就需要这么多，她要买就买好品种，将来那一池荷花就是风景，跟南京玄武湖似的，能吸引远处的游人来参观。"种子我都是一颗一颗地选，那时罕村就真像大花园了，"她抒情地说，"等开花了我们俩先去合个影，然后镶在一个大相框里，等将来老了做念想。我们都是有贡献的人。"小葵喜滋滋，好像明天就能合影一样。我赶忙说："我没捐款，我没贡献。"小葵说："我捐就等同于你捐，我俩谁跟谁，还不都一样？"

我说:"不一样。"

"德行。"小葵说。

"你没捐钱?"我听出了弦外之音。

"跟捐钱一样啊。"

"五千块钱的种子,荷花开出来就跟麦穗子似的。"我脑子里映出那片池塘,其实没有多大面积。

"就你死脑筋,"小葵说,"你可以这样想,五千块钱的种子有三分之一是假的,三分之一不出苗。"

"你的钱是不是也只花了三分之一?"

"喂喂喂,过分了啊。"

我们两个都笑了,心无芥蒂的样子。

"你觉得挖出来的那个头盖骨会是谁的?有没有可能是刘荷花的?"

小葵愣了一下,说从没想过这个问题。"爱是谁的是谁的,"小葵说,"死了那么久,是不是她的都没那么重要了,王云丫。"

"那一晚你想当少年英雄。"

"哪一晚?"

我不说话了。小葵那边传来了粗重的呼吸声。"我困了,"小葵说,"睡了啊。"

"那只鹅……你当真记不得去向了?"我有点居心叵测地问。

小葵一下急了,说若撒谎出门让车撞死!

我说:"那一晚真让人纳罕,我们去仓库想偷些花生……到底谁在里面呢?"

"哪晚?"

"鹅脚上有只戒指,你记得吗?"

"那是顶针。"小葵冷冷地说。

9

水、土壤、肥料、种子都是好东西,它们拼命进行光合作用。芦苇和菖蒲也是,它们很快就长出了模样,毛茸茸的小雀子在上面飞。一抹彩虹在空中弹跳,小葵在朋友圈晒成果,将其命名为"我的荷花塘"。她还约很多朋友来看荷花。李学智截屏给我发过来,李学智说:"荷花塘什么时候成她的了。"

"也不是你的。"我说。

"原则上是属于李班固的。没有他前期的想法和投资,那里也许永远都是臭西坑。"

我问他荷花长什么样了。他说每天都去看,许是肥大了,叶子越长越厚实,可就是看不见开花的迹象。一个骨朵也没有。

"许是没到季节。"

"别处的荷花都开了。"

"叶子也好看。"

可李学智说,光长叶子不行,荷花必须开花,乡里的领导要邀请县里的领导来赏花,还说明年争取搞个荷花节。"要是光长叶子,那得叫荷叶节吧?"

"能长叶子也不错。"

说完这话,窗外有汽车的喇叭声,我一下醒了。十几分钟的午休,我居然做了那么复杂的一个长梦,曲折委婉。

事实是,荷花一直也没有出苗,它们一点也不理解李学智的心急如焚。周围都铺上了小葵家的地砖,那公园就像城市的公园那样有气魄。全村人都去出义工。保全说,村里人从没为集体的事那么积极过。地砖一直铺出去很远,若不是有那些坟挡着,就铺到大堤底下去了。

转天是休息日,我开车回家,把车停在祥芝家门口,在坑边上正好碰见了李学智。我有点不好意思,如果知道他在这里,我就不过来了。

李学智也讪讪地,手里碾着一块土,有粉末从他手里飞出来,他好像正在观察土壤。他穿了一件蓝条格的短袖衫,黑红的脸膛上架了副水晶眼镜,看上去特别像干部。

"干得不错,"我像来视察的领导那样假意轻松地打招呼,"这里干净多了,荷花还没出来?"

他说摸上来几颗种子,那些种子泡殍囊了,根本没有发芽的迹象。

"别着急。也许今年它们把发芽的事忘了。"

"就怕永远忘了。"

"你那么在乎?是不是领导真会来视察?"

"方案都定了。出来一小部分也好啊!"

我问李班固到底咋回事,他说他也没弄清楚。第一次开房车来,穿戴像个大老板。第二次就不知道是咋来的了,他的行踪很神秘,跟人很少说话。第三次就是最后一次，他刚好赶上警察出现场，跟谁也没打招呼，悄悄地来，悄悄地走，然后人就失踪了。

"听说他提前踩点了。"

"那都是听说。"

"你报案有结果吗？"

李学智摇了摇头。出现场时公安就说这案子没法破，因为破了也没意义。他当时告诉公安，李班固在坡上蹲着，四十年前他妈失踪了。一个公安惊叹了声："四十年啊，就更没意义了！"

"会是刘荷花吗？"

"我知道你对真相感兴趣。"

"DNA 检测做起来很方便。"

"我从那天起就再也联系不上李班固，他确实是失踪了。"

"你去忙吧。"我朝李学智摆了摆手，一个人朝臭西坑走去。当然现在那里已经不臭了，水引了过来，堤岸是新的，那水显得怯生生的。小葵正好发了条朋友圈，她站在柳树下，器宇轩昂。她穿了大红的裙子，裙摆被风吹了起来。背后就是一池水，荷叶中间开满了花骨朵。小葵说："这是我的荷塘，荷花就要开了！"

10

这是三年前的事。三年后的今天，臭西坑依然没能长出荷花来。

因为荷花忘了发芽，人们也就把它忘了。李班固家房基那里成了小广场，安装了许多健身器材，一群老头老太太没事就去那里晃悠，那个秋千架，有人上去就不下来，一坐就是几个钟头。池塘边栽了许多银杏树，秋天一片金黄。我们的主管单位确实很有实力，他们为建设美丽新农村做出了巨大贡献。只是，来年撒了种子，转年又撒了种子，荷花一直没有踪影。那水里映着菖蒲、芦苇和银杏的影子，可看上去就是怪怪的。大家都觉得，那里就应该是荷花盛开的地方。

有人装了瓶水去化验，是不是这里的水不适宜种荷花。但一直没有下文。

三年的时间里，我再没见过小葵，也没见过祥芝。即便是回罕村，也再没听见她们的音讯。我甚至没见到小葵发微信，一查，她把我屏蔽了。至于她有没有把我拉入黑名单，我懒得检验，就随她去了。

有一次，在酒桌上遇到一个刑警，他讲了一个好玩的故事，说邦均那边有个池塘叫哑巴坑，所有的青蛙都不会叫。桌上的人都起哄，说这个传说与乾隆有关，大家都知道。乾隆去东陵祭祖时从这里过，住在附近的行宫里。坑塘里的青蛙不叫，乾隆很寂寞，说："朕今天就想听蛙鸣，你们叫一个给朕听听。"青蛙这才集体叫出了声。

大家让他再讲一个。做刑警的人，该有许多故事。这回他讲了一个真事。他说接到报案，地里埋了尸骨，一碰骨头就成粉末了，只剩一个头盖骨。有趣的是，发现了一枚戒指，是铁的，在坑塘的泥地里埋了许多年，居然不长锈。拿回来检验，成分是镍。你们知道镍这种元素吗？大家都等着听他的答案。他说，镍是近似银白色、硬且有延展性并具有铁磁性的金属元素。早期它被当作上好的铁使用，也有人把它当作银子,做首饰。2017年,世界卫生组织癌症研究机构公布了致癌物清单,镍在一类致癌物清单中。"过去的人怎么死的都不知道,"他举起酒杯说,"家里有那种老物件的赶紧扔了吧,那玩意儿要命啊。"

大家纷纷表示没有。祖上一穷二白,哪里有钱买首饰。

我问,是不是还挖出了花生?

他马上端着酒杯过来了。说那个村子真是奇怪,没有一个人配合。我问谁不配合?他说村委会不配合,当事人也不配合。我问谁是当事人。他说那家人在改革开放初期搬到了北京,据说当时正在给村里投资建荷花塘,后来公安想联系他,死活联系不上。北京朝阳警方反馈说,这个人独来独往,又得了晚期肺癌,不知去了哪里。

我在路上就给祥芝打电话,问当年那只鹅戴的铁戒指,真的找不到了吗?祥芝很抵触。我赶忙说,那是个危险元素,如果还在家里,就快扔了吧。"当年四百叔戴的戒指啥样?"我又问。祥芝不知在忙什么,语焉不详。但最后送过来一句话:"你去问小葵吧。"

我又给李学智打电话,质问他为啥不配合公安的工作。李学智装死,半天不吭声。我恼了,大声说:"你这书记当得不合格!"

李学智说:"别纠结了。大家都想把过去的事忘了。"

"真相呢?"

"没有真相。"

李学智干咳了一声。

我告诉他李班固当时就是肺癌晚期。他不解地问:"你听谁说的?"

我说:"你早知道?"

"荷花又没出苗,已经是第三年了。"李学智语气低沉,我被触动了,宽慰说:"事不过三,再种一年,也该出来了。"

难言之隐

1

我没想到王永利买了赵顺德的房子,与郭文礼家成了东西邻居。我哥买房子当然不关我的事,所以人家问也不问我。张圣文问赵顺德房子要多少钱,赵顺德说少于七万八不卖。张圣文张口就说:"我给你八万!"

王永利回家指着张圣文说:"你这个二百五,就你这个二百五……让我说你啥好,两千块钱是大风刮来的?"

王永利盖了两层大房,都在前街,给了两个儿子。他原本跟小儿子一起住,小儿子的宅院阔大,还特意盖了厢房和倒房。可晚辈人长起来,再大的房子也显得窄憋,何况还要带着老妈。我妈原本有自己的房子,是祖上留下来的宅院,改革开放后翻修过,柁木檩架也软,逐渐成了危房。王永利觉得,翻修翻盖都不值得,就把宅基地置换了出去。他那时当着书记,也算以身作则,不多贪多占——虽然后悔了很多年。置换来的宅院给小儿子在村南开了电气焊店铺，还引得大儿子觊觎，大儿媳总拿这事敲打公婆，说一碗水没端平。这一波操作，各方都不满意。他自己没了退路不说，还连累了老妈。我妈初始跟着他死心塌地，还给我唱山音："我就一个儿子，不跟着他跟谁？"但时过境迁，娘儿俩都悔青了肠子。王永利没想到他很快就不当书记了，这意味着他高不成低不就，很快就成了跟我妈一样的老人。

这年头，就是人老得快。我妈说。

那时候年轻人喜欢往村外搬。村南是条省道，在道路两侧盖上二层小楼，楼上住人，楼下经营买卖，梦想这里能成为商业一条街，灯红酒绿，吸引五乡八村的人来消费，不用再在土里刨食。当时上级政府也这样宣传，对两边的建筑做了规划，还给那些想做生意的人家提供了贷款。有一段时间，家家都是财大气粗的模样，道路两侧灯火辉煌，家里霓虹闪烁，楼下停着各种汽车，罕村成了全县发展的楷模。但直到那些外墙的瓷砖都失了颜色，那条街也没繁荣起来，光剩下日渐黯淡的牌匾，被那些年的风雨吹变了形。能经营下去的，除了小卖铺、早点铺，大概就属小侄子的电气焊店铺了。其余卖家具、服装、烟酒、鞋袜的，开网吧、按摩店、饭店、咖啡店的，无一例外都倒掉了。很显然，外乡人不被吸引，村里还是那些人，过往的还是那些车辆，也许增加了些，但没有谁愿意在罕村停下来，那些投资就都成了笑话。

那些笑话与王永利有直接关联。他当了几十年的大队书记，赶上了两拨发展机遇，但最终都走进了死胡同。我妈没了家，只得跟着儿子走。王永利给自己买房子肯定不在计划内，算迫不得已，所以张圣文一直没有好声气，她买房子的那番操作就是证明。她是个情绪化的人，善于赌气。我妈也唉声叹气，说自己成了累赘，人没死，房先没了，当初咋就鬼迷心窍听了王永利的劝说呢？王永利盖的那两幢房子俗称"万年牢"，他那时正八面威风。房子都是面阔七间，厕所留在室内，装修的材料、家具都是名牌。他不止一次说："房子是给儿子盖的，但哪个宅院都有我住的地方，本质上房子还是我的。"事实证明，"本质"也就那么回事，关键时刻发挥不了一丁点作用。他盖房时给自己留的地方，等儿子结了婚，孙子长大了，就都被挤占了。很多想法就只能跟着变，他给自己买房子，也是变化之一。

说这一大坨话，并不是我的本意，我不喜欢说这些。说到底，家里家外的事并不与我怎样相干。当初我劝妈留下自己的房子，我妈说："我就一个儿子，早晚也得跟着他。你一个出嫁的人，就不要管娘家的事了。"王永利也信誓旦旦地说："我就一个妈，有我住的地方就有妈住的地方，你有啥不放心的？"

我确实没啥不放心。我有啥不放心的呢？那时张圣文跟我妈还油里调蜜，经常端着砂锅穿过整个村庄来送汤。乡村用砂锅的人原本就少，端着砂锅给婆婆送汤的就她一个。我闭着眼都能想象当时的情景，因为热，砂锅两边垫了抹布，张圣文小心地端在胸前，都不敢迈开步子，得鸟悄鸟悄地走才行。这情景既上过广播又上过报纸，小报记者的文笔好生了得，写得生动详细。张圣文端着砂锅的大照片被登在了我们县报纸头版，她激动得一宿睡不着觉，转天揣着报纸回了娘家。只是我妈有时咕哝，那样大的砂锅，还以为装了啥好东西，原来就是几块煮烂了的胡萝卜。

"那是鸡汤，鸡汤，你懂不懂？不懂就别乱说。"王永利叉着腰跟我妈说话，肚子撅出来足有半尺。

"大老远的就别让她送了，我又不爱喝。"

"她这人想干啥干啥，你以为她送是因为你爱喝？"

王永利打小说话嘴就臭，都是我爷爷惯的。爷爷的下酒菜是一叠咸菜，上面点了两滴香油。王永利闻着了味，就把咸菜碟顶在脑袋上，不让别人吃。我爷爷捻着胡子笑。这样的事情有很多，早些年我妈当笑话说。我则记着王永利从大海碗里夹了咸菜，去爷爷的碟子里蘸汤，放到嘴里以后幸福地说："真香。"那时候我都记事了，他已经很大了。

我比王永利小十二岁，我八岁那年爷爷就去世了。这样算起来，我家吃咸菜的日子可真够长的，从他小的时候吃到我记事的时候，还不算完。咸菜分装在一个碟子和一个海碗里，碟子里放香油，海碗里不放香油。我打会拿筷子起就被告知，不能去碟子里夹咸菜，那是给爷爷下酒的。

我就自觉地从不往那里伸筷子。王永利偷着摸空也得往那里伸一下。有时候就是筷子头伸到那里蘸一下，再放到嘴里唆滋味。后来我问我妈，瓶子里有香油，为啥不往大盘子里也滴两下呢？我妈说，半斤香油吃一年，这是你奶奶定的规矩。如果提前把香油吃完了，这日子就过漏了。过漏了日子在家里遭骂，在外遭人笑话。

唉。

张圣文说："不多给那两千，房子就被别人买走了，有几家盯着呢！"

她经常这样自说自话,我猜,多花两千块钱她也心疼。毕竟时过境迁,她家的日子不同以往。我不知道她手里有多少钱,但花一个少一个是真的。

我妈随他们搬入了赵顺德家的宅院,这是五年前的春天的事,院门口的一棵榆树长了很多榆钱。那是一个浅胡同,这边三家,对面三家,离主路很近。也许,这就是张圣文说的有几家盯着的主要原因,村里人越来越看重交通便利。当然还有别的原因,她跟儿媳妇互不待见,很难在一个屋檐下看彼此的脸色,到了多住一天都难容忍的地步。我一向觉得,中国的婆媳问题是世界上最复杂的问题,比巴以冲突复杂。我不知道这样打比方对不对。我曾做过一个梦,梦见自己去联合国上班,专门化解巴以冲突。然后,我就被吓醒了。我是一个见着问题绕着走的人,这样大的事情我可解决不了。王永利的房子居中,他家养鸡,左右邻居都跟着闻味。我回家看妈,郭文礼的老婆正在门口坐着。北风呼呼地吹,雪花纷纷地下,路的上空并行着一掐子电线,几只缩头小麻雀落在上面,叫声特别凄凉。她把四方脑袋缩在棉服的帽子里,坐在一块大石头上,仰脸对我说:"二姑娘回来了?你妈越来越不行了。"

说得我心里咯噔一下。但一看见她那张灶灰样的小脸,我就宽了宽心。"六婶子,您还好吧?"我声音很高,但像西北风一样缺少温度。

"好着呢,"她说,"早晨吃了两碗面条、两个火烧夹肉。你妈可吃不了这些。"

我想象着她在翻着眼皮说这话。她的眼睑鲜红,像在眼睛下边割了一条血口子。她的声音和表达都让人心里不舒服。"雪越下越大了,您快回家吧。"我嘴里这样说,心里却在想,能吃上火烧夹肉才怪。

"没有多大的雪。"她努力地仰脸朝天上看,小脸在帽子里若隐若现,雪花想落上去也不容易。眼睛估计也老花得厉害,她使劲蹙起眉心打量。"竟说没边儿的事,"她咕哝,"这天会下大雪?"

我已经拐进了胡同,从倒车镜里看她扶着石头站起身。棉服的帽子挡眼,她把帽子朝后一推,露出里面浅驼色的绒线帽,像小帽盔一样扣在头上。她的腰已经弯到了九十度,可仍习惯两只手背到身后,叠起来,顶在屁股上。她就那样一撅一撅地走进了自家水蓝色的铁门,然后传来了铁门关闭的吱扭声。我又朝倒车镜里看了一眼,那块石面被蹭出了光亮,边缘由浅往深里走,中间部位就像一块湛蓝的玻璃,泛着毛茸茸的光。那是一块青石,从它与地面所处的关系看,已经在这里很久了。王永利家的大门是酱红色的,院子中间是条红砖砌的甬路,两边都是鸡舍。那鸡舍也像住家一样顶上有瓦。听见外边有动静,鸡们都从铁丝拧成的窗子里探出脑袋观瞧。有一只鸡扯起脖子跟我打招呼,吓了我一跳。

"养的都是下蛋鸡,怎么还有会打鸣的?"我高声问。

王永利从屋里出来了。披着棉袄,里面穿了件鸡心领的灰毛衣,光头是新剃的,头皮白生生地刺眼。六十几岁的人,居然一根黑头发也没有。

"大冬天咋还剃头发?"我表示纳闷。

他过来接我手里的东西,顺便训斥那鸡:"叫什么叫,过年杀了你吃肉!"那鸡脸一暗,嗖地就把脑袋缩了回去。它长了鲜红的鸡冠子,低着头,小圆眼不住往上挑,一副不服不忿的样儿。

王永利这才回答我为啥剃头发。他说做梦脑袋掉了，血从腔子里朝外冒。他找老五叔去解梦，老五叔拿放大镜翻《易经》，建议他剃个光头，就把梦破了。

　　我笑了下。想我做梦梦见自己是联合国专员，专门调解巴以冲突。"《易经》里是这样说的？"我忍住笑问。

　　"都是闹着玩的，"王永利有点不好意思，"纯粹是为了解心疑——老五叔不糊弄人。"

　　"许是理解并发展了《易经》理论，"我并不想多谈，"他身体还好吧？"

　　从鸡舍到窗下有三四米宽的水泥板，显然是当初的水泥标号不够，毛楂楂的。西墙根下有棵柿子树，被几块砖砌出了个方形围子，那树已经很老了。黢黑的枝杈伸到了灰色的瓦垄里，但还有几个柿子在枝头挂着，红得打眼。地上污渍斑斑，都是柿子摔下来留下的痕迹。雪花还在飘，落到地上就化了，那水泥地就更显污浊。见我看那树，王永利说："开春我就放了它，太脏了，春天还长树虱子。"

　　"千万别，"我说，"你打些药呀。"

　　"这院里养着鸡，哪敢轻易打药，"他张开塑料袋看，"这都买的啥？"

　　"超市抄来的，乱七八糟。"我有点心神不宁，看了眼窗玻璃，奇怪屋里咋还没动静。我妈八十多了，眼好使，耳朵还尖，老远就能听见我的声音。若是过去，她会早早倚着门框等我。

2

"妈跟张圣文又吵了一早晨,大概累了,现在睡着了。"

又!我注意到了王永利说话的语气,以及他的表达方式。我没说话,急忙挑门帘进了屋里。我妈虾一样弓着身子,朝里躺着。雪白的头枕在胳膊上,嘴里发出一串消薄的呼噜声,嘴角淌着涎水。她脸上的褶皱已入化境,一点也不像自然生成的。横向纵向深入纹理,但极有规律。鼻梁骨那一段是光滑的,还有耳垂。她有一副大耳垂,是有福相的人。

她跟张圣文总吵架。用王永利的话说,张圣文自打到了更年期,脾气就越来越差,眼下已经十多年了。"你不理她就是了,你跟她吵,你吵得过她?"王永利越来越容易犯方向性错误。事实是,我妈自打得了老年病,才吵得毫无顾忌。隔着时空,我都能看见王永利的大眼珠子像弹球一样滚动。他有次打电话给我,说张圣文越来越见不得妈了,一看见她就要犯心脏病。"这可咋好,连我都要犯心脏病了。"他不知道,我赶紧翻包,找了几颗速效救心丸塞进嘴里。这种压力给谁谁也受不了。他受不了,张圣文受不了,我也受不了。他受不了可以说,我能跟谁说呢?王永利自打不当村支部书记,就把自己封到了一个坛子里。想法和见识越来越让人不敢恭维。他不当书记不是因为犯了错误,而是因为到了年纪,业绩平平。过去村支部书记可以当几十年,现在情况变了,大学生村干部来了,都有股子闯劲。他也是个能上不能下的人，虚荣心强，觉得没脸见人。他一下子养了两千多只鸡，死伤大半，就像不养白不养，养了也白养。好歹活了几百只，他对它们也没好声气。看哪个不爽，就一刀宰了。"早知道这样，这个书记不如不当。"这是我妈当悄悄话说的，唯恐让王永利听见。"当书记工资低，净出瞎力。表面上人模狗样，脱了马褂啥也不是。一辈子的好时光搭进去，真是没啥好图许的。"她那时还住在小孙子家，一会儿清楚，一会儿糊涂。小孙子干电气焊，回家吃饭时手和脸都是黑的。我妈追着人家问："你是谁？咋来我家吃饭？"一家人都说她是装的。后来终于搞清楚了，这也是一种病，而且越来越厉害。王永利年轻的时候做过买卖，搞过土方工程，也做过包工头，最多的时候带领两百多人，在城里盖高楼。他是被当时的乡长当作能人请回来的，那时罕村乱，分成几个帮派。他理顺关系平稳开展工作也费了不少气力。那时他是乡政府的红人，又当代表又当委员。后来就不行了。人的时运总是一段一段的。过了那个时段，他就往下坡走了。关键是，他没认识到事物的发展规律，觉得是被谁抛弃了。他像旧时的姑娘，大门不出二门不迈。这一点跟张圣文正好相反，张圣文是在家里一刻也待不住，得工夫就往外跑。他过去摆得平罕村几千号人，现在连张圣文和老妈也摆不平了。

"老娘们儿家的总往外跑啥？不知道的还以为在外边咋着了呢。"我妈总把这话挂嘴边上，她不知道这话有多得罪人。"你就不管管她，由着她在外疯跑？"她越来越不耐烦王永利，觉得张圣文出去疯跑都是王永利惯的。

"云丫来了，云丫来了。"老妈慢慢睁开眼，缓慢绽开的笑脸那真是如花朵般明艳啊，但转瞬就消失了。像石子落在水面上，麻雀飞过屋檐下，月亮躲进云层里，只是倏忽一瞬。都不容我把笑脸提起来，配合好。她爬起身，眉头早锁成一道沟壑，那里黑洞洞，进深能有一厘米。我的心一直往上提，半天也没放下。她抓住我的一只手，拉我在炕沿坐。她先朝窗外看了眼，又注意了眼门口，确信门帘没动，才虚着声音说："张圣文把我的东西都偷走了，嫁过来这么多年也没发现，她还是小贼。"

"她都偷啥了？"我问。

老妈想了想，想不出。她拍打自己的棉袄口袋，又把手插了进去，抓一把出来又张开，那手心里除了掌纹什么也没有。她说："我也想不起来她都偷了啥。我这口袋过去都是满的，现在啥也没有了，都空了。你说她都把啥偷走了？"

我把那只手掌朝回拢，手便成了一只拳头。"咱啥都没有，"我说，"您没啥东西可丢。张圣文不是小贼，她是您儿媳妇。"

"我这口袋原本是满的，"她说着又不耐烦地拍了拍，"你说得不对，我过去这里装满了顶针、戒指、手镯，现在啥也没有了。"

我把她的衣袖往上捋，老金镯子窝在粉色秋衣袖子里，明晃晃。手上除了大拇指都戴了戒指，有金有银，有铜有铁。老金镯子是我姥姥陪送的。金戒指是我买的，白铁圈是她自己捡的，戴长久了居然也被磨得圆润光滑。有段时间，凡是圈的东西她都戴手上，不知怎么那么喜欢首饰。"您啥也没丢。镯子在这儿，戒指在这儿。多年不做活，顶针早就没了。"我拍拍她的手背。

"你说得不对，昨天我还缝扣子了。"妈打断了我，抻了下自己的衣服，那上边是拉锁。她在上面找扣子，找扣眼，用指头从上往下戳，没找到。妈颓然地晃了晃满头白发，无助地说："不戴顶针干不了活，打小就是这习惯……这脑子里老过火车，咣当，咣当，咣当……你别听张圣文的，她一句实话也没有。"

"瞧瞧，又来了，又来了！"王永利在外头嚷，"她一天到晚这样说人家，搁谁谁也受不了。"

"她给您熬过鸡汤，"我理了理妈脸上落下来的头发，耐心地说，"您还记得吗？那时您住老宅，她端着砂锅要走遍全庄来给您送鸡汤……"

"鸡肉呢？"她说，"我从没见过鸡肉长啥样。我倒是见过煮烂的胡萝卜，烂得像屎一样。她吃肉让我喝汤，你以为她有多好心。"妈从鼻子里哼了声。

这都是多久之前的事了，难为她还记得这么清晰。

王永利在外又要嚷，我赶忙大声说："汤才是最好的，汤营养价值高，肉不好消化！"

我知道这话等于白说。别说十几二十几年前，就是现在，村里也没人觉得汤比肉重要。况且乡下煮汤不容易，烧柴就像烧大腿。我妈是明眼人，凡事瞒不了她。"就是焯了鸡肉的水，放两块胡萝卜煮烂了冒充鸡汤，冲那股腥气我就知道咋回事。"

我拍了拍妈的脑门，奇怪那里都记了些什么。

院子里咣当一声响，啥东西落在了水泥地上。我到了堂屋门口，推开塑料布糊的风门子，见王永利把一口袋鸡饲料从里间扔了出来，被一同扔出来的还有把桃木锨。他说买来的饲料要兑麦麸和鱼骨粉。我说，就在这地上兑？他说，就在这地上兑。我说，地上应该铺块塑料布。他说，鸡不知道好歹，不懂干净。我抬脸看了看天，还阴着，但雪已经停了。我朝屋里指了指，说妈病了，你们别和她一般见识。

"我倒没啥，"王永利边搬起口袋往地下倒鸡饲料边说，"她说啥我听啥，但儿媳妇不行。儿媳妇又不是她养的，哪能天天听她骂。"

"妈病了。"我无奈地说。

"她原先也那样。"王永利用那把桃木锨来回搅拌鸡饲料，空气里是一股死鱼的腥臭味。"她从不管别人的感受。一早起来又去敲郭文礼家的门，她总去敲郭文礼家的门，张圣文就不喜欢她这样。"

"不敲别人家的门？"

"不敲别人家的门。"

"然后呢？"

"人家开门一看是她，就又把门关上了……你知道张圣文那个人，她要脸。"

世界上没有比张圣文更要面子的人了。她打年轻的时候起就想干一番事业，那时的事业是当干部的太太。别笑，村支部书记也是干部。王永利当书记不久，张圣文突然失踪了。原来是去北京割双眼皮了，她说要给王永利一个惊喜。那时还没跨世纪，割双眼皮还是新生事物。一家人的注意力都在王永利身上，若干年以后回味，才知道她的思想有多超前。结婚时我妈给我做了两床被子，让我夹在后车座上驮走拉倒，连桌喜酒都没办。张圣文的双眼皮吓了我一跳。那时别说在我们村我们乡，在我们县她都是蝎子拉屎——独一份。她的单眼皮过去也不难看，割双眼皮就更好看了。只是我妈看不入眼，说那双眼皮就像肚脐眼。但我妈那时也是两面人，当着张圣文的面，从不把不好听的话说出口。她那时经营老宅的两块园子，后院种菜，前院种庄稼，地里连一根草刺也不让长。王永利馋了会让我妈烧火烤玉米。大锅里添上水，我妈用铝盆焖上米饭，将嫩玉米连同皮子一起埋进灶里。王永利坐炕沿上抽烟，抽上三根烟，灶里埋着的玉米就冒出香气了。

同样的方法，我妈还给他埋花生，埋土豆，埋白薯，埋青豆角，埋萝卜。总之，他想吃啥我妈埋啥。天底下大概也没有王永利这样的人了，一把年纪了，还贪小时候的一口吃食。他对我说，那也是解压。村里的烂事堆积如山，他年轻没经验，在这里吃口东西就像到深山里访道参禅，别有一番滋味。我觉得，那时王永利的觉悟和境界都到达了一定层次，再上一步台阶，他就与众不同了。这也影响到了我，我甚至觉得我妈这个宅院有点像禅房，她和王永利都是修行之人。当然，这些想法都是一闪而过，我在城市想起家乡的时候，这些场景会对我产生吸引力。我心急火燎地盼下班，匆忙收拾一下，骑车就往家赶，几十里地风驰电掣。气喘吁吁跑回家，正撞见我妈探头从灶坑里往外扒东西，花生、白薯都扑鼻香。

我咽了口唾沫，做梦都梦见过她要让我尝鲜我不尝，这些东西不是给我预备的。

"我给你重新烧。"我妈是铁杆"保皇党"，我从小就知道，王永利在我们家的地位相当于太子，有时候我甚至想喊他一声"殿下"。

"不用，"我说，"我不喜欢灶灰味。"

这是假的。

庄稼地里出生的孩子，没人不喜欢灶灰味。

我妈不管真假，把白薯放嘴边上用力吹，把花生放簸箕里使劲簸。我妈总说王永利是做大事的人，不像我，就会死读书。吹干净和簸干净的白薯和花生用小瓷盆装好，上边盖上干净屉布，专等王永利来吃。

"王永利就是坏，"我妈说，"整天鸡鸭鱼肉吃腻了，就靠我这园子打牙祭。"

那时王永利名气正盛，别说在我们村我们乡，在埧城都是名人。村里今天搞个企业，明天搞个捐款，媒体记者就爱往这里跑，好吃好喝，还有的拿。厂里做残的衣服、生日蜡烛、一箱鸡蛋或鸭蛋，都是好东西。村里也办了份报纸，是周报，王永利每周都在头版占显著位置，不是在村东视察，就是在村西指导。村里还培养了两个小记者，每天骑着摩托车，脖子上挂着照相机到处跑。那时村里有个风尚，谁家做了好事会主动联系记者。比如，哪家媳妇给婆婆洗脚，会叫记者上门拍张照片。后来洗脚的人多了，就没人给拍照了，也就渐渐没人再洗了。当然，这些新闻只能登在二版或三版，头版永远是王永利的，除了《罕村周报》的套红报头，就是王永利深入群众的大照片。我妈为这个儿子骄傲，你哥干啥了，你哥又干啥了。见到我，我妈三句话离不开她儿子，抬头纹里都要开出花来了。

这样的光景有十几年。从我女儿一岁多，到小升初，大约就是这样一段时间。王永利风生水起的日子，我超省心，把自己吃成了一尊"胖佛爷"，裙子的袖口撑得紧绷绷，没有一条裤子能放进柱子样的两条腿。那时我很少回家,王永利和张圣文都忙,我妈比他俩还忙,连说句话的工夫也没有。我也乐得逍遥自在,打牌,跳舞,旅游,经常很久都想不起回罕村。有时过年都不回去,跟同事一起去海南逍遥。村里大大小小的企业有十几个,养猪、养鱼、养鸭形成了良性循环,市长要带队来参观,县委书记、县长走马观花地来村里检查。进村的路新铺了柏油,路两边栽了木槿和海棠。两边的墙和房山刷得粉白。有一户人家的房子实在破烂,村里出钱把墙给长高,把破烂房子遮上了。再回家来,我都快不认识这村子了,连我妈都喜气洋洋,像是要办喜事把村庄嫁出去一样。张圣文没在村里任职,但哪个场合都少不得她。在会议室,她突破重围挤到近前给市长倒水。在企业,她在县委书记身后接下言,抢着给市长介绍情况。村里的企业她常去溜达,没有啥事是她不知道的。市长果然对她说的感兴趣,来到羽绒服厂,市长就跟她一个人说话。问她往哪里出口,产量多少,工人工资多少,张圣文张口就来,有些情况是真的,有些情况是她现场编的。她就有这本事,啥场合都不怵。没人在乎真假,只在乎她说不说得上来,能不能恰如其分。比如,工人工资她就给抬高了。市长脸上笑出花来,说罕村人比城市的人生活得好。张圣文每说一句,都要先夸一声政策好,没有好的政策,就不会有人民群众的幸福生活。市长对她很感兴趣,问她是做啥的,她没敢说她是王永利的老婆,而说是村里的普通社员。市长说,社员的称呼早已过时了,你应该说自己是村民。大姐,你是个好村民。

　　后来,大姐就成了官称,村里村外的人都这样叫。小报上发表通讯,题目就是《大姐张圣文》。

原想日子就这样过下去了，就像芝麻开花——节节高，这才是客观规律。王永利获得的荣誉贴满了一面墙，后来他搬走了，奖状就被小侄媳妇扯下烧了。人这一生不知道会遇见哪些坡坎。几年后企业开始走下坡路，一家接一家地倒掉了。村办企业干了这么多年，除了债务没啥积累，村里总有人告状，说王永利贪腐。那段时间我非常担心，他万一有事，那才真是天塌了。罕村从车水马龙到门可罗雀，有人说，是因为张二百死了。他是罕村人，在外贸局当局长。当年他跟王永利一拍即合，企业都是他支持发展起来的。他经常从企业拿钱给上边送礼，这都是公开的秘密。有一年，流行立体喇叭录音机，村里的采购员一下就买了十个，用手推车给他送家去。他死之前，已经跟王永利分道扬镳。也有人说是经营不善，罕村风气不好，大队的办公室常年支着酒桌，隔壁的储藏间里各类酒水堆得小山一样。王永利的肚子像吹起来似的往外鼓。他还喜好赌博，有时连续两三天战斗在牌桌上。

王永利从心里头崇拜张圣文，他心思活，但嘴笨。张圣文见啥人说啥话，一张嘴能把死人说活，而且富于联想，像小说家一样。村上也有人对媳妇好，但像王永利那样的不多。我妈把他挂嘴边上，他把张圣文挂嘴边上。

张圣文总说，自己多半辈子活在了王永利的阴影里，如果给她片天地，她会比王永利成功。如今，她早走出了王永利的阴影，一天到晚不着家。

3

"又去敲人家的门干啥?"

我把扑克牌从褥子底下摸出来,一张一张地数。妈的褥子底下总压着一副扑克牌,几十年如一日。夜里睡不着觉,她自己跟自己玩十三点。左手是一家,右手是一家。脑子好时还让王永利给我打电话,就因为她想跟我玩牌了。

妈自打搬过来,就剩一件事可干,偷着摸空去敲邻居家的门。不管早晚,也不管白天黑夜,有时上完厕所也能拐过去,一边敲门一边喊黄美丽。王永利听见了,会把她带回来。没人知道郭文礼老婆的名字,偏她记得,也不知是如何在记忆里留存的,最起码,我、王永利、张圣文我们三个人都不知道。或者年轻时曾知道,也早忘了。关键是,黄美丽从没给过她好脸色,更别说请她进去坐一会儿了。

因为她去敲门的事,王永利和张圣文伤透了脑筋。好言好语劝过,高门大嗓嚷过。王永利甚至随手锁上大门,把钥匙放在一个隐秘的角落。任何方法都难完全阻止她,我妈总有办法溜出去,把那两扇水蓝色的门拍得山响。

我跟王永利探讨过,她为啥敲门,黄美丽为啥不开门。原因不外乎两点:历史过节和现实处境。王永利全无用心的样子,眨巴眨巴眼,几句话就把过去的事交代清楚了。有生产队的年月两家交好,我家是一队,他家是二队。郭文礼经常来我家喝酒,喝多了就回去打老婆,有一回打断了三根肋骨。两家交恶是因为一棵树,我家盖房子少根檩条,郭文礼踊跃献出了园子里的一棵榆树。当时也没说价钱,我爸觉得那棵小腿粗的榆树顶多值十五块钱,他不想白用人家的木材。房子支起来了,屋里还没亮白,我爸正在给房顶上瓦,郭文礼找上门来要六十块钱,把我爸气得差点从房上跳下来。这样久远的事,当年确实闹得鸡飞狗跳,半辈子过去了,难道还被黄美丽记挂着?王永利非常怀疑。我的记忆跟王永利不在一个点位。昏暗的油灯下,郭文礼坐在靠墙的小躺柜上,一心跟我爸探讨咋样才能不挨欺负。他在二队挨欺负,主要是因为穷,干啥啥不行,一堆儿子都衣不蔽体。我爸也挨欺负,因为成分高,肚子里还有点墨水,说的跟想的都和别人不一样。他们俩同病相怜。我爸在精神层面略高于他,所以从来都是他到我家来。我清晰地记得,他的两个大鼻孔又薄又圆,像两根小烟囱,吹出的气让油灯的火苗乱窜。那时已经有电灯了,但经常停电,每晚盼来电就像小孩子盼过年一样。我爸坐在灯影里,滔滔不绝地给他讲革命道理,甚至从延安开始讲起。当时的信息非常有限,那些道理都是车轱辘话,我爸来回说。

"我家为啥老管他酒喝?"我问王永利。

"交好呀,"他答,"爸在村里没朋友。"

想一想,这可真是件荒凉的事。

"黄美丽是谁?"我把五十四张扑克牌码整齐,两只手配合着插均匀。其实原本不用这样插,已经很均匀了,这都是下意识的动作。牌已经很旧了,边缘处都是黑的。

她朝东指了指,说:"郭文礼家的,你六婶子。"她两手垫在脑后，眼睛直望屋顶，不知想起了什么，嘴角牵动了一下。"美丽个屁。"她突然冒出来一句。

我险些笑出声。"我们玩拉驴车吧。"我拍了拍她的膝盖，把一句玩笑咽下肚，我没心情说笑话。

她爬起来，把叠好的铺盖往前㧐了㧐，把身子斜靠了上去。过去她能玩捉娘娘或吹大话，赢了牌高兴得像个孩子，身上的每一个细胞都很雀跃。现在她只会玩拉驴车，两人朝一个方向码牌，遇到相同数字的就收走。我特别感谢扑克牌，它消除了多少人的寂寞啊！刚玩两把，烦恼却上了眉梢，她把牌朝前一推，气鼓鼓地说"不玩了，我敲谁家的门了？"

"六婶子家。"我看着她，一点也不想隐晦。"一早又因为这个跟张圣文吵架了？"

"我没吵。我跟她吵干啥，她又没碍着我。"妈垂下眼帘，睫毛像一排小刷子，又浓又密。我心想，她看上去一点毛病也没有，还会说谎呢。

可如果没有说谎，这才是最让人担心的。

"您吵了，"我说，"以后别去敲六婶子家的门，张圣文不喜欢您这样做。"

"我爱干啥干啥，用她管？"妈立起眉毛，豪横地说。

"别敲六婶子家的门，"我提高声音重复道，"敲人家的门不好！"

"她不让我进，"我妈说，"我又不偷不抢，她凭啥不让我进？"她直视着我，皱着眉心，神情中都是执拗。

"那是人家的家，人家有权利不让您进！"

"我偏进！"她说。

"您不能进。"

情绪在我心里冲撞，我降低了声音，几乎是在哀求。

"谁说我进了？请我我都不去！"

我叹了口气看着她，就像看一件残破了的珍宝。几年前她还会做活计，给花生剥皮，把辣椒串成串，剥玉米，摘豆荚，一干就是半天。她的眼睛也好，穿得上绣花针，孙子的衣服、鞋袜破了，她都用绣花的方式缝补。只是这样的机会太少，衣服、鞋袜要么穿不坏，要么穿坏了就扔了。

小侄子家出门就是大街，右拐不远处就是桥头，像赶大集一样热闹。妈每天到那里坐，是为看人。为此她特别愁下雨天。虽然在孙子家她也是住最小的一间房，只能放一张单人床，她还是不愿意搬到这里来。"人都是越走越往上，哪能越走越往下呢？"她看着屋顶上裸露的房柁嘀咕。这都是老架构，是二十世纪七八十年代的产物。她有她的逻辑，所以忧心忡忡。搬到这个宅子来，就像跟着王永利和张圣文被流放到了西伯利亚一样。或者，她觉得这种流放是源于自己，自己成了儿子的累赘。

她确实老了，兜不住任何外来的气，我不忍再雪上加霜。

"一次都没进去过？"我小心地问。

"一次都没进去过。"她仍很愤懑。

这也许就是个结，我想。结在那儿就永远是个疙瘩。就不能解开？

我把目光转到了门上。这房间就像一间暗室，是两个大间隔出来的，床靠后山墙，伸手就能摸到房门。那是三合板拼成的，上边是一个正方形小窗，贴着不知名字的一位女影星的海报。王永利和张圣文搬过来很匆忙，只扫了浮尘，很多家什都是人家遗留的。这若在过去，怎么可能。张圣文是讲究人，内衣都要去王府井买，一盒擦脸霜一百多，顶我半个月的工资，我记得真真的。村里很多人家的日子是水涨船高，唯有她家像黄河之水。这落差，真像从天上落到地下。倒退若干年，罕村人都不相信他们会过这种日子。后来也有人说，企业如果再支撑两年，王永利也会转正，到乡里当乡长，到县里当企经委主任之类。因为很快就有了相应的政策，但王永利啥都没赶上。罕村在时代大潮中，其兴也勃焉，其亡也忽焉。就像河流在拐弯处把一尾鱼丢在了岸上，它没能再找到适合的水域。我第一次来时很惊讶，这破旧的房子却能让王永利和张圣文住得心甘情愿。与这里比，小侄子的房子就像宫殿一样。也正好说明，他们住在宫殿里有多不舒坦，张圣文一刻也不想留在那里。

　　为了配得上这破旧，王永利不知降下了几个身段。衣服都是儿子穿剩下的，布鞋上都是鸡食嘎巴，鞋帮上蹭着鸡屎。他住在小儿子那里时就想养鸡，不光为挣几个钱，我猜，他是实在腻歪得厉害。前边的桥头就是村里闲人的聚集地，打牌，下棋，闲聊，有时能聚三五十口人，像赶大集一样热闹。王永利却一直不出门，除非迫不得已，他从不往人跟前凑。他就想跟哑巴牲畜打交道。只是小儿媳妇啥都不让养，养狗不行，养猫不行，养鸡就更不行了。那是个厉害角色，嘴和手都厉害，把小侄子管得就会一门心思挣钱。她叉腰站在门口说："您想养鸡也行，先让王东胜跟我离婚。等我走了，你们爱养啥养啥。"

　　王东胜是我哥的小儿子，我妈的小孙子。从小捧手心里怕摔了，含嘴里怕化了。他和媳妇从初中就开始谈恋爱,小侄媳妇最善于一剑封喉。

  人有长久的记忆,有时那些记忆属于潜意识,不拨动的时候就隐身在烟尘里。你能记住什么或不能记住什么,很多时候不取决于记忆本身,而取决于你是什么样的人。不是吗?听说王永利买了赵顺德的房子,我总有些不安,心里常常会泛起一种哗啦啦的声响,就像月光下的海水,无风无浪,但就是能起波澜,却想不出因为什么。真的想不起吗?那种不安会在茶余饭后浮上来,就像水波纹一圈圈扩大,却转瞬遁迹无形。既构不成事件,也构不成谈资。可它就那样偶尔浮现一下,就像云遮月一样。现在明白了吗?似乎仍是不明白。又似乎,没有什么可明白的。有一次,我在城里遇见了张圣文,她背了一个蛇皮样的皮包,一窜一窜地往一幢建筑里走。我喊住了她,问她去那里干啥,她说听课。我在外墙体上掠了一眼,没往下问。"妈没事吧?"我问。"傻了,"她说,"坐块石头上跟隔壁的六婶子吵架,不是傻是啥。"她匆忙看了眼手机,说快要迟到了。我围着那楼转了转,没看见有任何标识,但隐隐看见二楼的阳台上有很多人,还有人不断往上走。我拦住一个人,问上边是干啥的。那也是一个年龄大的女人,腰像水缸那样粗。"听课,"她说,"到这里都是来听课的。"

  后来,我弄明白了我妈跟黄美丽吵架的事。胡同口的那块石头朝阳,我妈一早就去那里坐着。春天的八九点钟,太阳从东河堤那边升起来,光华沉落在这块石头上,连我都能感觉到暖洋洋。可黄美丽出来说:"这是你家的石头吗?你起来,该我坐了。"

  我妈说:"这石头也不是你家的。"

黄美丽说:"你咋知道不是我家的?这石头就是我家的。"

我妈眯起眼,把拐杖抱在胸前,顺主路朝远处看。这是村里仅有的一条通天路,能看到村前一线穿上跑的车,那是条国道。我妈就是一个能打远儿的人,几十米外就能看清我的车牌号。至于黄美丽说的那些话,根本连西北风都不如。这时候的她,神情中一定有几分傲岸和蔑视,我想象得出。她是有这种毛病的,对看不惯的人和事,脸上轻易就会露出傲岸和蔑视,多少年前就这样。只不过,这种傲岸和蔑视保持不了几秒钟,像鱼一样转脸就忘了,我甚至怀疑她能不能记起七秒之前的事。"你喊一声,"我妈充分显现出了一个病人的智慧,得意地说,"你看它答应吗?它答应你,我就承认这石头是你家的。"

黄美丽受辱般大叫起来。她找王永利告状,说:"你妈傻了还欺负我。她打年轻时就欺负我,有她这样欺负人的吗?"

王永利逼着我妈回家。这也是我想象出来的,一定是这样。他不愿意跟人打交道,哪怕是黄美丽这样的女人。他只会管我妈,而且从来没有好声气。"冰凉,怪冷的,一块石头有啥好坐的,她居然跟人家抢。"王永利事后奚落般对我说。

"她病了,"我试图解释道,"她不病会主动把石头让出来,这才是她的做派。"我妈确实是一个凡事替别人着想的人,天底下的妈似乎都这样。这与她的傲岸和蔑视不在一个基调上,但确实是她一个人的做派。我从来不敢抱怨王永利,连我妈也从不抱怨他。

"病了也不能抢人家石头。"王永利振振有词,话从嘴里说出来,就像板上钉钉。

4

我是一点一点看着我妈丢失记忆的。从丢三落四，到半天想不起眼前的人是谁。我不敢往深处想，那种感觉会让人崩溃，因为我姥姥就是得了这样的病。王永利总说她事多。别人扫地，她嫌人家扫不干净；别人洗衣，她嫌人家洗不干净。"瞧，水里还都是沫儿！"她突然出现在人家背后，能把人吓一跳。别人开灯，她跟在后边关灯。她连看电视都嫌费电，人家上个厕所，她也把电视给关上。"谁受得了这样的人，除非是神仙！"王永利气得手抚胸口，我疑心他也到更年期了，跟张圣文一样。此刻他们都不像一把年纪的人，而是像未经世事的小青年。"你跟她着啥急，她是一个有病的人。"我嘴里安慰着，但心里缭乱，我也不是神仙哪！可王永利说："不是我跟她着急，是家里人都跟她着不起急。你知道她一早起来干啥了吗？把尿盆直接倒在了韭菜上，张圣文气得把一畦韭菜都翻了。"

我听着，拿着电话的手有些抖。他专门晚上打电话，打我家的座机。座机一响，我就心惊肉跳。这年头，连骗子都不打座机了。我知道，张圣文非常容易变得情绪化。而这种情绪化也传染给了王永利，他俩真是越来越像了。真不知那些年他是怎样当的书记，他也是当了几十年干部的人哪！也许是生活越发不如意，他对世界和自己都难以把持，除了给我倒苦水，似乎没有其他路可走。再早些时候，张圣文还有口头禅："咱村里有厂子那会儿……"那是他们一生中的高光时刻，成了荣耀和资本，沉沉烙在张圣文的脑子里，她讲的时候脸上会出现迷幻和沉醉的表情。而现在，怕是连回忆都没了，沉霾太厚，他们担不起来了。

把尿浇到韭菜畦里固然不好，但我想说，妈当年就是这样的浇法啊，你们少吃韭菜了吗？你们觉得肥料比尿就干净吗？但这话不能说，会让人发疯。我只能说你们想想办法，把韭菜割掉，让它重新长。买的韭菜还打农药呢！可她非要翻菜畦，张圣文愿意上演极端戏码。"你给云丫打电话，让她管管妈！这日子没法过了。"她一定是这样说的，她说啥王永利做啥，王永利连脑子都不过。这时候的张圣文是真实的张圣文，一点都不掺假、一点也不虚饰的张圣文。早年端砂锅的张圣文，早成了张电影胶片。

窗外是王永利搅拌鸡饲料的声音。哐哐哐，哐哐哐，能感觉到他特别用力。我妈这个时候神情安详，就像以往正常的时候一样。我把脑袋伸过去，用最小的声音问："张圣文对你好不好？"

"好个屁。"她话接得非常快。

我抓牌放她手里，赶紧哄她玩。这个话题危险，不该随便挑起。其实我是想测试下她的记忆力和感受能力，看她的脑子里都能储存什么。当然，也想知道她是不是受了委屈。

她一张一张投入地抓牌，像佛爷那样安静。我看着她，心里也逐渐安宁。她用食指蘸了吐沫再去捻牌，头也不抬地说："我是去敲黄美丽家的门了。"

"为啥？"我有些吃惊她主动提起。我也看着牌，装出不是刻意打听的样子。

"我就是想串个门子。就是普普通通串门子，过去他老上咱家串门子。"

"黄美丽来咱家？"

"郭文礼，他经常来。"

"他早死了，"我说，"骨头渣子都该烂没了。您别去他家，现在那里是黄美丽当家。"

"我知道，这点事我能不知道？"

"那就别去敲她家的门，黄美丽不喜欢。"

"她凭啥不喜欢？"我妈说，"我又不偷又不抢。"

"那也不行，"我说，"咱就在自己家待着，不挺好吗？"

"憋得慌，"我妈说，"一家人谁都不理我。王永利不理我，张圣文也不理我。走对面都不理我，我咋待？"

"黄美丽也不理您，"我狠了狠心说道，"您去人家家里到底想干啥？"

她大概也很难回答，身子朝后一仰，躺在了被子上。我趁势说："以后别去敲人家的门，敲门人家也不让进，进去干啥？黄美丽经常在门口坐着，您让我哥搬把椅子，您也去门口坐着，跟她说说话。不要去人家家里，现在不时兴串门子了。"

"啥时兴不时兴。"她舔了舔干燥的嘴唇，愠怒又在脸上浮现。"我就是想去她家串个门子，她凭啥不开门？"

"不开门就对了，"我说，"人家咋不上咱家来串门子？"

"她来我热烈欢迎，"我妈说，"她啥时来我啥时欢迎，不信你让她来试试。"

不用试我也知道，我妈说的是真话。她见谁都觉得是亲人，很多年前就这样。街上来个收废品的，她也恨不得把人让到家里，给人家倒杯热水喝，骨子里她是个热情的人。我把她的手握到掌心，她的手冰凉。手背上的青筋是黑紫色的，都要蹦到皮肤外边了。这可真是一双劳动的手，掌心都是厚厚的老茧，一辈子干人家两辈子的活。其实，她出生在大户人家，小时候穿绸和缎。一生的命运将这样终结，也让人不知怎样唏嘘才好。我知道说啥也不管用，索性啥也不说了。我把牌码整齐，重新给她放到褥子底下。我问："您一个人还摸十三点吗？"

她看着屋顶，嘴咕哝了一下，却没有回答我。

暖气片是热的，屋子里是一种臭烘烘的气味。夏天会更臭，如果是阴雨天，那些吃了鱼骨粉的鸡都特别能拉，顺便就在鸡舍里发酵了。那种鸡粪直接用到秧苗上，会把秧苗烧死。一家人都反对王永利养鸡，"家财万贯，带毛的不算。"这道理不懂？我妈首先反对。她觉得我哥有钱，完全可以当"大少爷"。他年轻的时候也这样称呼自己，说下半辈子啥都不用干，钱也够花了，可以像少爷那样活着。那时还是二十世纪九十年代，钱金贵。后来每五年或十年一个档，钱一档比一档毛，我妈哪知道这些。我的两个侄子也反对，他们一个干电气焊，一个养大车，都觉得老爹犯不着养鸡挣钱。有两个儿子在，能让老爹缺钱花？话说，王永利哪会花儿子的钱，脸面上也过不去。更何况，儿子还不一定能当得了媳妇的家，都是明摆着的。张圣文尤其反对。她希望王永利能跟她出去"干事业"，那种"干事业"的感觉体面又有成就感。王永利嘴上支持她，心里却是明白的。张圣文的事业不怎么靠谱,他们卧室窗台上摆着一溜瓶瓶罐罐,张圣文的"事业"是吃出来的。她说如果不吃那些产品,她就尿不出尿,就犯心脏病。她一再动员我们买给我妈吃,也为此结了很深的怨。

别觉得这是过去的事。就是眼下,当前。隔着窗玻璃就能看见,那些瓶瓶罐罐是深绿色的,看着很高档。几十年间,不知换了几拨,它们也在与时俱进。王永利当书记那会儿,她心思不在这上头,有一搭没一搭地搞。王永利不干了,这就成了她的事业和追求。我从没见过有谁像她那样执着,就像一台永动机,有生死与共的架势。过去我见过她用过的白色玻璃瓶和茶色玻璃瓶,看上去很简陋。我从没支持过她,但总在留心观察。

天就像睁开了一只眼,神情黯淡地打量着王永利的世界。这样一个院落,宽有十二丈,长有二十几丈。高处黑色的瓦垄和长树虱子的柿子树,彼此在屋檐底下勾搭。盖着石棉瓦的鸡舍里,那些咕咕叫的母鸡,有的在生蛋,有的在长久孕育。潮湿的水泥地上堆着小山似的鸡饲料,王永利那颗光头白晃晃,像天上太阳投落的光影。我又看了一眼窗,上边的缝隙被塑料布糊着,窗里悄无声息。我知道我妈没睡,她在想事情。她的脑子混沌一片,也不知还能想起啥。

"我来撑口袋。"我走到了屋外。

王永利说不用。我还是把他手里的口袋抢了过来。一人撑,一人用铁锨往里装,省事多了。这原本就该是两个人干的活儿。很难想象那些鸡能吃掉这样多的东西,架不住嘴多日子长啊!"还剩多少?""数不过来,"他说,"总有千八百只。""一天能捡多少蛋?""更没数,天气冷了那东西光吃不下蛋。"我心想,分明是不想说。"糊了窗户也不行？"我又问。"糊了窗户也不行。"他嘟噜着脸回答。

我朝鸡舍看了一眼，铁丝窗外都糊了塑料薄膜，不远处留出一个通风口。我进来时，一只母鸡就是在通风口里跟我打招呼。王永利心思通透，这些活计都干得精巧。虽然我十分小心，但那些拌了鱼骨粉的鸡饲料还是落到了手上和胸前的衣服上。王永利说，你在城里闻不着这个味。我说，小时候没少闻，掏鸡粪，看鸡蛋，都要把头伸到鸡窝里。王永利说，有鸡蛋吃的日子都是好日子。我默默把口袋撑到最大，没接他的话茬。家里年年养鸡，吃鸡蛋的记忆却屈指可数。那些鸡蛋都要拿到小卖部或大马路边上去卖，好换几个油盐钱。有一次，我问我妈："生日时为啥只给我煮一个鸡蛋？"

我妈说："你别跟你哥比，他多大你多大？"

我俩的生日都在八月份，只隔一天。我心想，这样说我哥应该多吃几个，他都像门框那样高了。

"为啥做那样一个梦？"我看着他的光脑袋，眼下有细小的汗珠和浮沉，特别显眼。他梦见脑袋掉了，从腔子里往外冒血，这似乎不是好玩的事，即使是在梦里。

"谁知道，"他说，"总不做好梦。有一天梦见老宅子里有一院子死尸，我一个一个扒拉看，都不认识。"

我不说话了。

王永利赋闲的这些年，练出了做饭的本事。蒸出的雪花大馒头宣腾腾、软和和，这些我都见识过。他说张圣文的牙齿不好，也爱吃软和的，所以他们就爱蒸馒头、包饺子，也适合我妈的胃口。"我干点啥？"

我站在厨房门口问。那厨房小得根本装不下两个人。到处油腻腻、脏乎乎,似乎他从来不清扫。"不用你,这点活不够我一个人干的。"他在案板上揉面,煤气灶上的大铝锅已经冒热气了。"平台上铺的是屉布?""用的嫩白菜叶子,家里有的是白菜。""我就爱闻白菜味,浸到馒头里有股清香气。天晴了,我跟妈到外边溜达一圈。""去吧,"他说,"别走远了。"

我回到屋里,我妈正在翻我的包,从包里抻出一个塑料袋,里面有条花花绿绿的丝巾。"这是啥?"我妈问。"手绢。"我灵机一动扯了个谎。我拿过"手绢"快速卷起来,放到了大衣的口袋里。她巴巴地看着我,说:"咋藏起来了?我不要。"我说:"知道您不要,所以得藏起来。"这是朋友送给我的生日礼物,我拿来是想送给张圣文的,但现在我改主意了。我把妈的一对棉靰鞡从墙根下拿过来。"我哥蒸馒头呢,咱出去溜达一圈,回来吃饭好香。"

出了大门,我妈自动就往黄美丽家门口走,我在后头跟着,离两步远。她的棉服是酱红色的,领圈落了一层头皮屑,头发雪白。大耳垂上挂着金耳环,每年都让我拿到金店去清洗,她可是干净人,甭看生活在乡下。可她养的儿子不爱干净,妈总跟我抱怨王永利两口子都邋遢。她微微躬着腰身,手里牢牢抓着拐杖,每一步走得都有根。我摸了摸那条丝巾,光滑水凉。那是条好丝巾,送出去多少有些舍不得。如果倒退几年,肯定给我妈围在脖子上,她喜欢漂亮的衣饰。脑子没病的时候妈不愿意拄拐,嫌不好看。可她现在已经忘了,还有漂亮这回事。"咱们去你六婶子家串个门儿。"我妈头也不抬,就像在说我的心里话,还是吓了我一跳。她把话说得平实,就像原先的那些过节根本不存在。这么快,难道她全忘了?这样想,我身上就汗毛直立。

"人家开门吗?"我诱导着问。

"开,"她说,"你爸跟你六叔有交情,他老来咱家。"

"他来咱家干啥?"我问。

"聊天,喝酒。他酒量不行,一喝就多。"

"喝多了回家打人。"我说。

"她也该打。干啥啥不行,还又馋又懒。做女人不能那样。"

我不禁驻足,说:"我也那样。"

我妈不屑,说:"你比她强,你识字。是个女人都比她强,她连双鞋都不会纳。"

我心想,我也不会纳。但我不想再引她往下说。没想到她对六婶子的评价是这样的,过去从没听她说起过。此刻她脑子停在了很多年前,看来也是选择性记忆。她徐徐地走,脚步很笃定。她是个自信的女人,眼下也是。这一点我不随她。我忐忑地跟在后边,眼前不时出现幻觉。这是我妈。这不是我妈。这要是我根本不认识的人,多好。我妈还在家里坐着,等我玩牌。她能玩吹大话、拉驴车。赢了牌身上的细胞都在雀跃。我真想永远陪她玩下去,天不遂人愿哪!我边走边有点犯迷糊。天空越发亮了,太阳突然划出云层,让我有点不适应。我每次来几乎都能遇见六婶子,除了她说的话我不爱听,我也从没用心对待过她。关于我妈的话,她说的其实是实话,我只是不愿意接受。想起这一点,我很是内疚,对自己说,你咋会跟老人一般见识,未免太小气了。门口前边是一个小慢坡,我妈已经攀上去站到了门边上,手举了起来,刚要拍门,大门突然开了。我紧走两步,站到了我妈的身后,她显然受了惊,朝后趔趄了一下。六婶子的一张小脸从门后探出来,警惕地问:"你要干啥?"

我一下蒙住了。关键时刻我真没我妈的脑子好使,她说:"云丫回来了,她说想来看看你。"

"她来时就看见了。"黄美丽丝毫不放松警惕,俩小眼瞪圆了盯着我。

"您该做饭了吧?"我赶紧搭话,竟有些惶恐,仿佛面对的是个大人物。"我哥搬过来好几年了……我一直都想过来看看您……"当面说谎话不容易,一句话说得磕磕绊绊,我觉得耳根子都红了。我的手在口袋里抓着丝巾使劲搓揉,但我告诉自己,这不是送礼物的时候。

"做饭倒不急,"她说。身形明显放松了,门缝开大了些,我妈拄拐就要往里走,被她用身子挡住了。"家里没盐了,我正要去买盐。"她出来后转身拽门拉吊,把两扇大门关得严丝合缝。

"您快去买盐吧。"我半边脸孔堆出笑,左腮连同眼睑都在突突跳,自己都能觉出假得不行。这样被人拒之门外的事,还真没遇到过。本质上,我也是个脸皮薄的人。我不动声色地朝外用劲拉我妈,手从衣兜里抽了出来,那丝巾像冰一样冷。

六婶子急匆匆走了。两手叠在屁股上,一撅一撅地往前拱,像头拉犁的牛。

"她儿媳妇应该在家,我们进去看看。"看她拐过街角,我把手放在大门上,轻轻一推,那双扇门板就错开了。我还是有些不甘心。

我妈意外地说:"六婶子不在家,我们进去干啥。"遂从慢坡上缓缓朝下走,我急忙跟了上去。

5

　　馒头锅揭开了盖子，蒸汽把王永利都快淹没了，厨房里像是放了个烟幕弹，我怀疑锅里的水放得太多了。他一个快速转身，把铝锅放到了身后的菜墩子上。他的脸被熏得红扑扑，在幽暗的光线里，一边一朵带血丝的红，他原本也有些赤红脸。感觉中他应该有个双下巴，肚子能撅出半尺开外，稳稳托住那铝锅。那影像一闪就过去了。他走出厨房，还原了标准体型，六十大几的人了，身材还健硕挺拔，原先那些虚浮的肉都不知去了哪里，也不知这些年他经历了怎样的煎熬。我用张圣文的眼光看他，他的确是罕村男人中的翘楚，虽然整天跟臭烘烘的鸡打交道，身上邋里邋遢，但骨子里却有一种坚硬的东西在抵御俗世或世俗，让张圣文在他面前能活成一个小姑娘，要多任性有多任性。这就是书里的人物啊！我感叹。因为用白菜叶做屉布，所以不用担心粘连，我说："把锅盖盖上吧，等大嫂回来再吃饭。"

　　王永利说："馒头出锅她就回来，准着呢。"

　　果然，我刚放好碗筷，馒头刚端上桌子，张圣文就回来了。她穿得像个棉花包，一蹿一蹿地进来，像踩着节拍一样。圆桌有些倾斜，我妈坐到了低的那一边。盛熬白菜的盘子太满，菜汤溢了出来，曲曲弯弯地朝我妈那里流。谁都没注意，张圣文进来就看到了，赶紧拿抹布来擦。她进屋脱了棉衣服，里面是一件莎兰的毛衣，胸前是一排晶亮的假纽扣，配着曾经流行的小翻领。"王永利，你知道我今天多有收获吗？"她高兴的样子不像装的，是真遇见好事了。肥胖的身子在那里扭，腹部的肉颤颠颠地弹抖，像在跳迪斯科。"我从没有像今天这样有成就感——赵顺德被我拿下了！"

"不气人的时候也可爱着呢。"王永利扭过头来对我说。此刻，王永利不像一个丈夫，倒像一个自得的父亲，对女儿忙不迭地褒奖。

我们一起看着张圣文扭，她像一朵烂漫的花，让这间简陋的充满水蒸气的堂屋顿时有了色彩和灵动。炉子里的火正旺，水壶吱吱响，空气中散发着一股潮湿的煤焦子味，像都在配合她演出。她的插灰短发像猪鬃毛一样厚实，曾经割过的双眼皮底下波光潋滟，一点也没有传说中的人老珠黄。这让我恍惚，仿佛这不是张圣文。我妈看了一眼就把脸扭了过来，不耐烦地说："该吃饭吃饭，不想吃就别吃。"说着伸手去抓馒头，我赶紧抢先一步，把馒头掰了一块给她。

"您吃您的。"王永利歪扭着身子朝向张圣文，不知怎样表达一个观众的热忱才好。

他忘了吃饭，就那样忘情地看着他老婆，脸上都是笑。那笑容温暖而又慈祥，我敢说，我和我妈从没享受过这待遇，他就像大朵向日葵，从没让我们做过一回太阳！我看一眼张圣文，又看一眼我哥。看一眼我哥，又看一眼张圣文。感叹人家这才是恩爱啊！严先生从没这样看过我。严先生是我丈夫，来之前还在跟我怄气，说我从不把他的家人当家人。"婆婆都没来你这里住过，是不是你这个当儿媳的失职？"当时在讨论要不要接婆婆来家里住。我觉得婆婆不来住是不想来住，没必要死乞白赖。可严先生却觉得源于我不曾深让。这些年都不曾深让，所以婆婆一直没来。

"老人的想法很诡异，她嘴上说的不一定是心里想的。"

"要猜闷你猜，我嫌累。"

"女人哪有心口如一的？除非到了你妈那个时候。"

这简直是戳心窝子啊。我大吼了一声："严森林！我妈到了哪个时候？"

开车到半路上，我还在想这句话，要说这话也没多大毛病，我妈是到了这时候，可就是听不得。尤其是，他不能说。

这让我想起了赵顺德的媳妇和婆婆，好得滚一个被窝。她婆婆跟她婆婆的婆婆就好得滚一个被窝，这些我打小就听说过，就像传奇一样，在街巷流传。当然，这情景我没见到过，但人家关系好总是实情，否则也不会成为街谈巷议，罕村人的口味也刁着呢。赵顺德就是这房子的主人，跟我哥年纪差不多大，经营过木材生意。他没盖过宫殿样的大房子，但眼下的日子该比我哥殷实，因为他还在做买卖。过去做大买卖，现在做小买卖。据说，他婆的两房儿媳也跟婆婆好，比着赛地孝敬。这在村里都成稀罕事了，大家都说，他家门风好。

我关心眼下的赵顺德被张圣文拿下了什么，以及怎样拿下。我说："快坐下先吃饭吧，菜都凉了。""我不怕凉。"张圣文说着收了神通，在我妈身边坐下，先给我妈夹菜，一夹就停不下来。是因为她的嘴停不下来，滔滔不绝地说她这几天的经历。我妈一再说："别夹了，我吃不了。"张圣文还是夹，我看得出，她其实还很亢奋，动作都是出于下意识，这源于旁边有台摄像机。我想，这台摄像机就是我。

当年我妈不让她送鸡汤，王永利说，她这人想干啥干啥，你以为她送是因为你爱喝？

有些话真能让人记一辈子。关键是，不是想记一辈子就能记一辈子的。

"你看看，妈的碗都满了。"王永利貌似责备，其实有几分炫耀。他得意地瞥了我一眼。我一笑，取过碗来往自己的碗里拨了大部分。

张圣文缩了一下脖子，这才把菜往自己嘴里送。

赵顺德原本不相信青蒿丸这款产品，可架不住张圣文天天往他家跑，进家就给他干活，还给他妈洗脚。王永利插话说："我都不舍得使。"他的意思是，不舍得让张圣文干活。张圣文最大的特点就是不爱做家务，从年轻的时候就这样，她是个外场人。"青蒿丸是一款最新产品，你知道屠呦呦吗？"张圣文问我，我惶惑地点了下头。张圣文说："赵顺德不知道屠呦呦是谁。我说你整天走南闯北，连屠呦呦都不知道？她获了诺贝尔奖啊。哈哈，他连诺贝尔奖都不知道。"张圣文笑得咕咕的。

我说："她发明的好像叫青蒿素。"

"青蒿素是提取液，提取完的材料制成了青蒿丸，这都有分子式。"张圣文话说得非常溜，如果站在讲台上，她能有教授的范儿。"你不接触就不了解情况。书里都有，我拿给你看看。"说完就要站起身。王永利说："先吃饭。"张圣文又一缩脖，乖乖地坐下了。她这一缩脖的动作非常孩子气，难怪王永利觉得她可爱。"开始我也不信。"这是她说话的技巧，每次接触新产品她都是这个路数。"但经过一段时间的验证，我不单信了，而且服了。"

我过去也看过她提供的所谓的"书"，其实就是一些宣传资料，她对这一切都深信不疑。起初我还想说服她，后来我发现不可能说服，因为她一直企图说服我，把我和我背后的人际关系变成她的客户。在这样的较量中，不是比谁更有理，而是比谁腮腺发达。张圣文只念到小学三年级，但她好学，年轻时囫囵着读了许多书，记了很多读书笔记。她结婚时带的嫁妆，除了一面四方镜子，就是十几个日记本，那里面蜘蛛爬样地写满了好词好句。那年是1976年，她结婚不久就住抗震棚。夜里因为受惊吓大叫，能把邻居吵醒。

那时的张圣文是个高鼻梁、小眼睛、瘦溜身材的小媳妇，害羞而又腼腆。跟王永利出门总是一前一后走，从不并肩走，说"流氓"才并肩走。转眼过去了那么久，我都有些不敢相信，眼下这个张圣文会是那个张圣文，她们毫无共同之处。

老实说，我也不知道她到底有多信那些产品。每一次，她都能豁出命去给人家推销，也豁出命去找我做推销，甚至去我的单位，从一楼到六楼见门就进。我能有啥办法？说服不了她，我只能赌气猫在家里。单位领导被缠不过，给我打电话："王云丫，赶紧把你嫂子领走，再不领走我们要报警了！"她这样努力也没挡住那些产品在市场上消失。王永利总说她傻实在，干啥事都太认真了。

"她是太想成功了，"我说，"你信那些产品吗？"

王永利不说信，也不说不信。"我没给你大嫂带来好日子，她自己奔，我只能支持她。"

"你到底是信还是不信？"

"只要她开心。"

我怀疑，王永利总在信与不信之间摇摆。早些年他是有辨别能力的，毕竟当了一辈子干部，他还是有见识的。后来，他拿了一张宣传单给我看，上面是梅里美总部大楼，是张圣文正在宣传的产品。王永利说："骗子能有这样大的楼？"他觉得骗子就该啥也没有，有这样大的楼就没有必要行骗了。他根本想不到这楼也是骗子骗来的，或者只是骗子行骗的一个道具。他年轻的时候，人们喜欢说大话，还不兴这样骗人。眼下的他已经跟时代脱节了。

我就知道完了。与张圣文比，王永利更不会听我的。

张圣文持续不断地进攻赵顺德，就是因为他有软肋，他过去吃过梅里美，只不过，那个保健品在市场上还没流行开，公司就倒闭了。"这跟做生意能挣到钱是一个道理，你得跟对人，选对产品。青蒿丸专门预防和治疗神经疾患，获诺贝尔奖的人不会骗人。"张圣文肯定把她推销梅里美的事忘了，她从不向后看，这是她一直能够朝前走的理由。"起初赵顺德不信，看见我进门就躲，说快跟你们家王永利养鸡去，整天弄这些糊弄人的玩意干啥。我说，这是糊弄人吗？领导干部都吃这个，书里都有，视频里也有，我不给你送上门来，你都没处买去。是钱重要还是身体重要？我养鸡只是我们家挣钱，推销产品却是为了你们大家不得病。你别以为我是在搞传销，为了挣钱。我是产品推销员，是在造福社会和人类。"

王永利不安地瞥了我一眼，不知是对我不放心，还是对张圣文的理论不放心。

"开始是赵顺德吃了一点点，从三天前开始的。我回家没告诉你，是想等他真正认识了、真正买了产品再告诉你。这不，结果出来了，他说过去腿上总没劲，觉睡不沉。吃了青蒿丸，这些症状消失了，眼睛都变亮了，脑子特别清楚，记忆力明显增强了。我说，这药专门抗衰老，促进身体微循环，效果立竿见影吧？你挣多少钱有啥用，不如有个好身体。他说，你婆婆咋没吃？她过去是多精明的人啊。我说，凡事都讲个因缘，她就是吃了没吃的亏，否则哪会变成那样，再说……"她说着看了我一眼。王永利到底是我妈生的，说了句："吃饭。"张圣文就改了话题。

"上午又去敲人家门了吗？"她问我妈。

我妈用手拍了一下桌子，说："我没敲。"

张圣文说："是闺女看着才没敲吧？"

我的一口馒头在嘴里，半天嚼不烂咽不下。我妈突然朝桌子上啐了一口，原来她吃到了一块姜，有手指肚大。"辣的。"她说。

"不能往桌子上吐。"我赶忙拿了餐巾纸给她擦嘴，然后把那块姜包起来丢进了垃圾箱。"要吐到纸上，丢到垃圾箱里。记住了吗？"

王永利说："你白说，她记不住。"

"真的记不住？"我无奈地看着她，怀疑她有些故意。

"啥记不住？"我妈抬起眼眉无辜地问，两只毛毛眼里都是疑问。

"我说让她吃点产品，你们硬是不信。要是早吃些，何至到这个地步。赵顺德的妈比咱妈还大两岁呢，人家就开始吃了。啥叫孝顺，买吃的喝的不算，让她活得健康才算。"

这些话，张圣文一口气说完，像是唯恐说到哪里被掐断。王永利沉浸在饭菜里，假装听不见。她这话就是说给我听的，觉得买保健品就是我的责任。其实我很想问一句，赵顺德的妈吃的产品也不是闺女买的吧？但这话不能说，除非以后我不想登娘家门。

"六婶子为啥不开门？"我把这话扔出来，是因为早想扔出来。

说真的，我对这个问题感兴趣。潜意识里，我会觉得这里的缘由深不可测，听说王永利买了赵顺德的房子，我就隐隐不安。我心里有想法，却不适合讲出来。哪里有讲出来的必要呢。所以我只能装作闲聊抛出这个话题，想听听哥嫂怎么说。话题抛出来了，却没人应答，仿佛那根本不是个问题。或者，是个问题也不需要回答。王永利和张圣文都还沉浸在上一个话题里，他们当然希望我支持张圣文"干事业"，十几年前就这样。早些时候，张圣文希望我帮她开店，只需投资几十万，说人家开店都成了百万富翁。她只知道我不支持她，不知道我根本没那个能力。

我妈站起了身，摇晃着往外走。张圣文赶紧起来给她拿拐杖。"您又干啥去？"

6

上厕所回来，我妈乖乖脱鞋上床。上床之前先抻床单，用两只手反复拍打，她要一个褶皱也没有。从厕所出来，她并没有朝大门方向走，这让偷窥的我觉得奇怪。张圣文探着头一直朝外看，开玩笑说："瞧，她没去敲门，知道让闺女省心了。"我妈刚好进了那道风门，回了句："你咋不省心了？"

这话怼得干脆而又有力量，把我们都逗笑了。张圣文说："您都把六婶子吓着了，一敲门她就犯心口疼。她儿媳妇说，傻病也会传染，不许婆婆开门。"

我紧张地偷偷攥妈的手，被她用力甩开了。"你才傻。"我妈咕哝着进了自己的屋，拍打完床单，咕咚一声把自己摔在了床上。

"您慢点！"我小声说。

"早死早省心。"她赌气说道。

"这话不是我说的，"张圣文大概听见了，大声解释，"是六婶子亲口告诉我的。她说不是我不让你妈进门，是儿媳妇不让进。"

"她就因为这个不开门？"隔着一道门帘，我支棱起耳朵问。

"还能因为啥，"张圣文说，"小鲜亮就是这样的人，完全有可能这样说。六婶子完全有可能这样信，她们都是愚昧的人。"

我莫名舒了一口气。有关她们愚昧的话，我不止一次听张圣文说起过。头疼脑热不买药，而是"猜撞客"，或是拿了红纸让老五叔画符，在墙角烧了。这些事情我妈也干过，是在二三十年前，没想到现在还有人信。

转念想，祖祖辈辈的人都这样干……总得有人信吧？否则，就没办法流传了。

小鲜亮是她家儿媳妇的名字，就听张圣文这么叫，我从没搞清楚这是她的小名、大名还是外号。我回家来有时能看见她的身影，大多数的时候看不着。她大约只有一米四几的身高，一张扁平的脸，就像长不大的娃娃。身上不是穿红就是着绿，总是很跳的颜色。她是六婶子的第三房媳妇，前边两个儿子都被招了出去，媳妇我都没见过。小鲜亮生的两个儿子都很周正，有一个特别会下象棋，据说在罕村没有对手。有一次王永利说，这要是出生在好人家，培养一下，说不定能成为国家栋梁。

我们家的人就是这么奇怪，脑子里都有张大棋盘。

"你去她家推销过产品吗？"与其说想弄明白张圣文能不能进她家的门，还不如说换个角色，比如我。

不过我已经不想把丝巾送给她了。看到张圣文，我就知道不送出去是对的。要是让她知道，会有扯不清的官司。邻里邻居地住着，她咋会不知道。

"请我都不去，"张圣文说，"你别看她家有个好门楼，那是驴粪球子——表面光。她们哪吃得起保健品，过年都恨不得咬手指头。"

咬手指头，意思就是不买肉。

张圣文又开始叨咕别的，显然是在跟王永利说话。这个你吃，那个她打扫，是寻常夫妻饭桌上常说的话，但显得话多。我留神看我妈，她望着屋顶冥想，就像个哲人。

"还玩牌吗？"我拍了下她的肩膀。

"不玩。"她很烦躁，翻了一下身，面朝墙躺着。过去她可不是这样，玩牌比吃饭打紧。中午连午觉都不睡，唯恐我走了。现在是真顾不上了。

我也脱了鞋，在里面躺下，枕着自己叠起来的两只手。过去她会给我找枕头，找被子，现在都忘了。我们脸对着脸，膝盖对着膝盖，四只眼睛对准了看，看谁先眨眼。她一会儿就厌倦了，躲开了我的目光，闭了一会儿眼睛，突然又睁开了。

"你一个月挣多少钱？"她注视着我，目光无限温柔。

我的心都要化了，她居然还会找话说，这让我觉得意外。我在她的眼前竖起了一根指头。

"一千？"她说。

"一万。"我说。

"这么多！"她很惊讶，"花不了给妈点花。"

我差点飙出眼泪。她会花钱的时候从不要钱，虽然手头不宽裕，我得死乞白赖给才肯收。她的钱就一个用项，给两个孙子家的重孙子买好吃的。只要口袋里有钱，她就巴巴地去赶大集或去小超市，从不放过讨好晚辈的机会。这回张嘴要钱，是破天荒。我卷起身，翻包。现在包里很少有现金，但总还能翻出几张。除了几枚硬币，我翻出了两百四十元。她接过去叠起来，小心地放到了棉服里面的口袋里，满意地拍了拍。

她的嘴角露出迷人的笑，就像成了百万富翁。

"要钱干啥用？"我问。

"买好吃的，"她叹息道，"我吃不饱饭哪。"

"瞎说，"我假装生气地说，"那样多的馒头哪能吃不饱。"

"有一天我就吃了六个饺子。"

"为啥只吃六个？"

"张圣文说，你不干活，吃六个就已经不少了。"

"我哥咋说？"

"他也说不少了。"

我又拍了拍她的肩。她现在就等同于小孩子，想象力天马行空。"喏，还有点心呢，"我指了指门后的小酒柜，"饿了就垫补一下。"她朝那里看了一眼，不言声了。

"还记得郭文礼是咋死的吗？"这话我憋了半天了，一直都在等机会。我想知道她到底记住了多少过去的事。

"得疯病了。"

"然后呢？"

"跳河了。"

"再然后呢？"

她的嘴咕哝了句啥，我没听清。我小心地看着她脸上的每一个褶皱，那里藏着数不清的日子。她为啥不往下说了？

"他为啥疯？"我改了方向。

"谁知道。他就是疯了，不穿衣服，满大街跑。"

"然后呢？"

"跳河了。"

我看着她。

"他在水里漂着，不沉底。"

我看着她。这一段逻辑是对的。早上去河边遛弯，经常能捡到被人下了药的鱼。小鱼会及时浮上来，大鱼要等一宿，才能让人有意外发现。那个早上，水面上漂着的不像鱼，那人胆子小，在堤上大呼小叫，把一条街上的人都喊醒了。下去几个人，把那人七手八脚地拽上来，郭文礼已经翻白眼了。奇怪的是，他肚子里并没有多少水，他在岸上躺了一会儿，突然一个鲤鱼打挺跳了起来，比兔子还快地窜上了河堤。湿衣服被他随手扒了下来，挂在了树枝上，他就光着身子在大街上跑。时令已是深秋，老人和小孩都穿上了厚衣服，他却一点也不知道冷。他在前边跑，后边追着许多毛孩子。"大疯子，大疯子！"砖头瓦块朝他身后扔。他从我家老宅过，我也想去看热闹，被我妈一把抓住了脖领子，给薅了回来。

她还记得那一"薅"吗？我可是记得真真的。情不自禁地摸了摸后脖颈，她的指甲划着了我。

她微微蹙起眉头，把毛毛眼闭上了。就像一扇天窗，关上就关住了所有的往事。如果再沉入梦里，那些往事就根本不存在了。当然，这是我的想象，此刻她脑子里活跃着什么，估计神仙也搞不清楚。

朝左拐一个弯，再朝右拐一个弯，就是张二百家的宅院，他家外边有块空场，堆着一些木头，正准备翻盖新房。郭文礼抄起一根胳膊粗的木棒，高高举了起来。后边追着的孩子们停下了脚步。怎么那么巧，黄美丽在拐弯处迎面走来，郭文礼闪身看见了，举着木棒调转过头，劈头盖脸地朝她砸。后来有人说，郭文礼打黄美丽就是习惯，家里日子不好过，郭文礼从不在自己身上找原因，他觉得是黄美丽没用，做不出好吃的，也做不出好穿的。

她突然抽噎了一下，像是受了什么委屈。眼睛闭紧了，但我知道她没睡着。嘴巴张开了，吐出了一串气泡泡，就像小孩子在故意淘气。

白天的梦也叫白日梦，当然，这是我下的定义，与教科书上的解释无关。白日梦从来都是梦的一种，似乎又与真正的梦毫无关联。我喜欢这种毫无关联的状态，就像小葱与豆腐的关系，即便搅拌在一起，谁青谁白也一目了然。水波上坐着一个人，由远及近朝岸上飘。我在岸上苦苦地等，猜想这人是谁。这梦我小时候就做过，那人是从冰窟窿里升起来的，晶莹得像冰雕一样。有那么晶莹吗？有的。当一个白皮肤的人不穿衣服，身上挂着水，而那水眨眼就结成了冰，是有点跟晶莹的感觉类似。成长过程中有些东西令人过目不忘，就指的是这样的瞬间。眼下那人被烟雾包围，是黑黝黝的影像。奇怪的是，我看不清他的眉眼，却知道他是谁。争吵声从梦的深处碎裂，迸溅出烫人的火星。张圣文尖声说："连个午觉都睡不消停，您咋就不长记性呢……六婶子，对不起，是我们没看好老太太。往天这个时候都锁门，今天因为云丫来，大意了……您继续去睡吧，保证不让她再打搅您……还不回家，您还让不让人活！"就听黄美丽说："我忍着，忍着，忍了半天，谁想她没完没了呢！不是我事儿多，这搁谁身上也受不了。就听这门咣当，咣当……她不是敲门，是使大劲摇晃。多亏这大门结实，否则早让她摇散了！你儿子给你做了啥好吃的，这么大的劲！"王永利明显才出去，站在堂屋门口说："不好好睡觉，又去敲人家的门干啥？快把大门锁上，看她再出去捣乱！"我早被惊醒了，看了看表，已经过去了四十几分钟。我居然睡死了。我想翻身起床，又倒下了。头晕得厉害，眼花得厉害，心怦怦乱跳。我在家从没睡这么瓷实，今天咋回事，连我妈下床都不知道。她难道踩了风火轮，有这样轻快的速度。我妈小偷一样钻了进来，满面羞赧，头也不抬地说："我看看你六婶子买盐回来了没有，我就是想看看她有没有回来。"

外面一院子的怒气未消，那些母鸡咯咯咯地跟着唱和。我也想吼啊，火也顶到了脑门上，还不是针对我妈，仿佛这世界都惹恼了我。我回家从来都不是轻松的事，心总是提着。"她回不回来与您有啥相干！"我努力压着声音，"不知道人家膈应吗！"

她躺下，面朝外，把后背给了我。一定是我的冷言冷语让她伤心了。她语调平静地说:"我就是想知道她买盐回来了没有,这也不是啥罪过。"

就像兜头被浇了一瓢冷水,我打了个激灵,火气顿时消散了。从本质来说,她真是没啥罪过,她关心黄美丽没有错,是我被窗外的声音裹挟了,失了做女儿的本分。再说话时我的语气软和多了:"您不该这个时候去,大家都睡觉了……她肯定早回来了,那时还是饭前。小超市才多远,用不了几分钟。"

我妈说:"这时睡觉,黑夜去干啥……我就是想知道她回来没有,不回来的人也多着呢。"

我有些发愣。"都谁不回来?为啥不回来?"我等了一会儿,没有得到回答。我支起身子,搬了下她的肩膀,说:"您不用担心,小超市又没危险,她不会不回来。"

说完等着她的反应。她没理我,就那样躺着一动不动。墙上的一块镜子正好映出她的脸,她的皱纹堆积了起来,盛满了愁苦和委屈,这些绝不是虚词,都一目了然。我悄悄抹了下眼睛,心里喟叹了一声:我和她……才差多少啊!

7

母鸡们也午休了,世界一片安宁。这安宁让人觉得恍惚,仿佛是不真实的,不单不真实,还会让人心生惶恐和感到窒息。

玻璃窗上映着灰白的太阳，早晨的那些雪粉都不见了踪影，它们都去了哪里？它们都失踪了，就像人也能失踪一样。我爷爷，我父亲，郭文礼，以及村里的许多人，我儿时见过的，青年时见过的，都失踪了。有的我知道，更多的我根本叫不出名字。他们又去组成了一个新的村庄，有大队，有小队，有会计，有队长。我妈脑子好的时候就这样认为。"你爸又该出工了，不知他在那边有没有挨欺负。"她在晚上经常这样说。她认为这边和那边是颠倒的，这边的白天是那边的黑夜，就像地球的南北半球一样。我爸没赶上好时候，他在队里干活时因为跟不上趟，总遭人嘲弄和戏耍。要是再活几年，就不用受那个罪了。"家里的活儿想咋干咋干，想啥时干啥时干，他最应该尝尝散社是个啥滋味。"就像有好吃的没吃到嘴里，我妈提起来总替他惋惜。本质上我爸是个读书人，他就喜欢读书，任何有字的纸都收集，临走时装了半个棺材，里面就像个图书馆。他只比郭文礼多活了一年半，肝疼得整夜睡不着。他那年才五十四岁，远没有我哥现在的年龄大。这种感觉真奇怪，他还年轻，我哥却成了半大老头子，头皮上的发根霜雪一样白。我一直觉得，我爸如果活着，老宅就不会被置换，王永利就不用买赵顺德的房子，我妈就不会去敲郭文礼家的门，黄美丽就不用整天关大门……只是，我心里也存疑，生活真就是因为这些而改变的，还是原本就应该是这样的秩序和朝向。或者，这都是我一厢情愿臆想出来的，现实只是一张白纸，并没有这样那样的图画？

这些失踪的人，就属郭文礼闹得动静大，他一共走了四个月。队长连续几个晚上来我家，一只胳膊横在墙柜上，手腕朝下耷拉着，不停地摆造型。他坐在小柜子上，像焊上去的，一坐就是一整个晚上。

那时是夏天，队长穿一件蒜疙瘩白细布马甲，已经很脏了，身上一股汗油味。他带着汗油味进来，总要在门框下低个头。他一进来，我爸和我妈就不自在，端着的粥碗不知该放哪里，不知怎样招呼他才好。很显然，人家没事就不会进我家的门，就像市长不会随便进普通市民家的门一样。我爸甚至有些胆怯，目光从不敢递过去跟人交流，打在哪里都要弯回来，盯自己的膝盖。

"我从二队来。"队长从烟笸箩里摸出卷烟纸，寸把宽的卷烟纸都是我用小刀裁的，上面写满了练习题。唱《红灯记》时，他演李玉和，是个一脸正派的人。他的两根粗指头灵巧地搓动，很快就把烟卷得了，用火柴点着火，吸一口，欠着屁股往里蹭了蹭，他是想坐得更舒服。他所说的二队，其实是指郭文礼家。他每次来都说相同的话，我们都听明白了。他想知道郭文礼为啥失踪，我爸这里是突破口，村里人都知道他跟我爸是莫逆之交，经常在一起叽叽咕咕。郭文礼失踪一个多星期，连上级都知道了。全公社十三个村庄，两万多口人，就罕村出了幺蛾子，这让大队和小队的领导都很没面子。走远亲戚都要开请假条，他却敢让自己失踪这么久。"王大方你仔细想想，他能到哪儿去，为啥会失踪，他有没有提起过想干啥，你有没有发现他有啥不正常的？"

黄美丽也来我家找人，高门细嗓像家雀子吵架。她那时腰不弯，是个细瘦的人，嘴巴有点地包天，话说多了嘴角就淌白沫。她觉得我们家一定知道郭文礼的去向，却不告诉她。女人的直觉很可怕，她叫嚷的时候满脸狰狞。这里存在着危险。这个危险就是不定时炸弹，随时可能爆炸。比如，我们现在说不知道，等郭文礼回来了，他说出来咋办？这些压力我有，我爸就更大了。可那个结果是好是坏都顾不得了，眼前的事才火烧眉毛。郭文礼说一周就回来，结果一个月也没回来。我爸急得起了满嘴燎泡，他整天垂着头，脸更黑了。我怀疑，他的肝就是那个时候逐渐坏掉的。郭文礼越不回来，我们越不能跟他扯上关系。他若遇见好事则罢了，若是遇见了坏事呢？我爸可不傻，他知道留后手。

我爸牙关咬得比钢铁还硬，他就一句话：知不道。谁问都是这仨字。也嘱咐我们就回答这仨字，多一个字也不能说，免得言多语失。我年龄小，我爸左三右四地讲利害，甚至与"戴高帽""掉脑袋"联系在一起。我已经懂事了，不消他这样担心，早把这仨字记在板油上。他们原本是要把这事瞒住的，可夜里商议被我偷听了。罕村人不会说不知道，就会说知不道。那个"道"字读二音半。我发誓我就是李铁梅。

有一天，队长果真在放学的路上拦住了我，问我知不知道郭文礼去了哪里。我立刻警觉，头发根都乍了起来，果断说出了那三个字：知不道。队长就像早料到我会这样回答，没再废话，闷着头走了。

队长居高临下地盯着我们一家人，那眼神里有不屑，还有鬼火一样粼粼的光。他一来我就盼着快停电，屋里赶紧黑下来。我受不得他那一盯，躲到了我哥的背后。王永利像队长一样高大，他那年正月结的婚，越发像个大人，只是没有队长的身板宽，但也足以遮挡住我。张圣文殷勤地给队长倒水，嘴里不停地说话，她可真是个会说话的人啊！"我们如果知道郭文礼去哪儿了，早报告队长了，哪用得着您三番五次往家里来。两家过去好是不假，我也听说了。可后来闹了矛盾，就再不来往了。自打我嫁过来，就没在家里见过他。队长可以不相信别人，一定要相信我，我长这么大，从没说过半句假话。"她说谎了。我心里说，队长也许知道她说谎了。可她硬是这样说，队长可能也拿她没办法。以后的事实证明，很多人都拿张圣文的嘴没办法。她能把事情说得天圆地方，让你无处下嘴。郭文礼去京城的事，除了我爸，她是最热心的一个，她打年轻的时候起就热爱接收各种信息，而且坚信不疑。她甚至提出给郭文礼烙两张糖饼做干粮，因为郭文礼家连两张糖饼也烙不起。"走这一天路，总不能让他要饭吃吧？耽误工夫。"当然，糖饼是我妈烙的，我听见了她抱柴烧火的声音，以及擀面杖在案板上滚动的声音。我因为兴奋整夜都没睡沉，总听见院子里有人走动。天刚蒙蒙亮，外面就响起了敲门声。我爸在门口把糖饼递给郭文礼，就把大门迅速关上了。这一切做得隐秘而迅速，就像地下工作者。我爸是做了防备的。只是有一点没想到，郭文礼在该回来的日子没回来，这让他日复一日地担惊受怕。

清晨的饭桌上气氛很诡异，灶门里冒着青烟，一家人都坐在烟雾缭绕中，我看一眼这边，又看一眼那边。左边坐着爸妈，右边坐着哥嫂。他们表面平静，内心里都有波澜。因为他们都跟往常不一样。张圣文终于按捺不住了，有些兴奋地问："他走了？"我爸沉默地点点头，样子有些忧伤。不知为什么，他有点不好意思面对家里人。我猜，他是担心介入这样一件大事，他只承担不良后果？因为有那根木头的事在先。他自言自语了句："你六叔是忘恩负义的人吗？"

我哥说："他是。"

没人接王永利的话茬。张圣文激动地说："终于要有大事发生了！"

我爸的脸上这才漾出一丝笑，看得出他有些受鼓舞。

"去了就能见着？"我哥总是有疑惑。

"能，"我爸头也不抬地说，"越是大人物，越是念旧情。"

"大人物也许会到村里来，他们喜欢重游故地。"张圣文总显得有见识，她随口吟出一句诗："别梦依稀咒逝川……"

王永利说："别瞎联系，这诗是毛主席作的。"

我家像在演戏，人人都是演员。春天的时候郭文礼跟我家闹别扭，张圣文还说永世不跟他来往，没想到这么快就改变了态度。我家盖房用了他家园子里的一棵榆树，我爸说值十五，他说值六十。六十是多少钱哪，你家的树是金子做的吗！当时一个人在房上，一个人在房下，高门大嗓一顿嚷，全庄人都听得见。我爸气得差点从房上跳下来。但村里人不知道的是，过了一段时间郭文礼又来了，他张着大鼻孔走进我家院子，就像从没有与我爸吵过架一样。他拿来了一张旧报纸，那上面有一张大人物的照片。他断定他爸郭清救过这个人，他用船把他和两个随从渡到对岸，上岸时还差一点挨上追那几人的枪子。"老乡，谢谢你救了我的命。以后全国解放了，你就来找我，我叫李某某。"他说完就被两个随从拽下了船。他们又听从郭清的指引，从一个豁口直接跑进了玉米地。

郭清在青纱帐里藏了一天一夜才回家。这个事我们村里的人都知道。李某某的名字后来经常出现在新闻里，谁也没想到他与罕村有关联。

郭清临死的时候交代，啥时日子过不下去了就去找这个人，他认账。郭文礼拿来的这张报纸让我爸尽释前嫌，他也觉得这就是那个人。

只有王永利有些怀疑，说就凭这样一张照片，弄错了咋办？郭文礼说错不了，名字都对，不是他是谁。

我那时刚知道一个成语，就是乐极生悲，觉得形容我家再适合不过了。送走郭文礼，我们全家至少高兴了一个星期。可以说，都对这件事情充满想象和憧憬。生活实在太乏味，太不尽如人意，大家都想从偶然事件中寻到亮光。从第二个星期开始，都有些惴惴不安，这是我爸影响和带动的结果。他就像一艘大船，我们是挂在他身上的小舢板，他一动，我们就跟着摇。过了第三周，就乌云笼罩了。队长一上门，灾难就像长了翅膀，时刻在我家屋顶上盘旋。当年我家成分有点高，那点高让人有些说不出口。在学校填表时我总是最后一个交，将表放到最底下。不像有些同学可以大大方方放桌面上。我爸脊梁都塌了，他一定是被想象吓坏了。郭文礼的名字一下成了敏感词，再没人敢提起。本来我爸觉得这件事十拿九稳，郭文礼到北京就能见到大人物，大人物就能认下当初那笔账。以后的事，就都是惊喜。事实是，这样的事情并不鲜见。邻村就有人利用这种关系找到了省里的一位专员，那专员带了一卡车的红高粱米来救命，这是"吃食堂"那年的事。退一万步说，即使我家和村里沾不到光，大人物能帮帮郭文礼也是好的。他家的日子简直不是人过的，都上冬了，最小的孩子还光着屁股，全村都没有比他家更穷的。郭文礼在村里没人帮衬，一切都要仰仗我爸。我爸还为他代写了一封信，述说了前因后果。万一见不到人，也可以先把信递上去。

"如果见不着人，你也要快去快回，以后再找机会去见他。"我爸为这件事做了多种打算，但还是没能打算周全。他没想到郭文礼会一去不回，没想到这件事成了一个事件，让人盯上。当然更没想到郭文礼四个月以后回村时，已是晚秋。早晨下了霜雪，路边姜黄色的玉米叶子被打得透湿。郭文礼穿着褴褛的衣裳突然出现在罕村的街道上，像旭日一样耀眼。问他去哪儿了，他不说。问他咋回来的，也不说。他的眼神空洞而茫然，你搞不懂他是不想说，还是根本就听不懂别人的问话。他的大鼻孔像马一样朝天喷气，完全是一副目中无人的样子。他突然奔跑起来，像枪口下亡命的兔子。大家注意到，他并没有跑回家，而是拐过街角朝西跑，一直跑到村外，看看身后没人追赶，他才把脚步放慢。

他一回也没到我家来。这在我们家当然求之不得，只是，他难道真的忘了当初是去干啥的？连我都想问问他。

我们家的人也或真或假地把他的使命忘了。去上学的时候我妈经常嘱咐，见了疯子躲远点，他打人。疯子特别能跑，经常无故在大街上撒丫子，把母鸡吓得张开翅膀飞，它以为自己是只鸟，能飞到树上。可他并不是在追母鸡，这让母鸡们叫得很失意。可若说他无故打人，还真没这回事。

他先后两次无故落进水里。大家都说，他是去水里找东西了。可究竟找的是啥，也没人说出所以然来。第一次被遛弯的人发现，捡回一条命。第二次已傍年根儿，掉进冰窟窿后，在上面露出一个脑袋。拨楞拨楞乱动，没人想到那是个人，还以为是个啥物件。后来就被冰冻住了，被拖出来时浑身晶莹，就像一条无鳞鱼，泛着寒凉的光。一条街的人都去看热闹，我爸却把两扇木门关上了，隔开了外面三三两两过往的行人。他从储藏间里拿出来一捆麻，让我们搓麻绳。搓出来的麻绳被他用玻璃锤拧成了粗些的绳子，拉套用。

张圣文边干活边叨咕，说不用这么麻烦，可以从队里偷条麻绳，那些麻绳都是从采购股买的，又光滑又均匀。可我在打别的主意，趁大人不注意，我还是溜了出去。大家都去瞧热闹，我不想再次被落下。

但街上一片荒芜，没了人影、狗影。刚才一街筒子的人都消失了，就像被清冷的日光吸走了。

黄美丽来了我们家，这让我们没想到。她揣着袄袖进门，披了一身灰黑的夜色。那天停电，我在油灯下写作业，滋溜一声，摇曳的灯火烧到了我的头发。我闻到了头发烧焦的味道，就像过年时燎猪毛一样。我的小学班主任是个死猪心，全校各班都不留家庭作业，只有她每晚都让我们写生字，一个字要写几十遍，同学们都恨死她了。可因为她长得高大，又混又厉害，同学们都敢怒不敢言。黄美丽靠在门框上，因为离灯光比较远，她全身都在暗影里，这让她的脸很模糊，连地包天都若隐若现。我爸妈都瞠目结舌，此刻他们一定觉得黄美丽就是进宅的黄鼠狼——一点好事不会带来。我妈给她倒了一缸子水端过去，她轻蔑地看一眼，并没有把揣着袄袖的手抽出来，我妈只得把茶缸放在了炕边上。郭文礼的事情已经彻底过去了，我爸妈再也不用担惊受怕。黄美丽的到来只让这屋里多了些许别扭，我妈问："有事？"

她孩子样往墙上一靠。"这日子没法过了，你们把该我的钱给我。"

"该你啥钱？"我爸坐在炕脚抽烟。

"树钱。"她梗着脖子说。

我爸明白了。还是盖房的那根木头，此时它在我家屋顶充当檩条而不是房柁。我爸坚定地认为它只值十五块，而不是郭文礼提出的六十块。当然最后是以十五块成交的。要说这事已经结了。我爸跟我妈咬了下耳朵,我妈对我说:"躲开。"我把作业本朝里一推,手拿铅笔从小坐柜上溜了下来。那小柜子落着锁,上面的柜盖能折叠。如果前边的盖板朝外拽一下,中间就能出现缝隙,正好能伸进我的一只小手。所以这家里啥事都瞒不了我。我妈用钥匙捅开了锁,探进头去翻找。油灯就在她的头顶上方,能把小坐柜里照得分明。她嘴里发出疑问的声响,我心里咯噔一下,心想糟了。我的心扑通扑通跳,手心紧张地出了汗。我妈直起身,脸色很难看,盯住我说:"拿出来!"我乖乖地翻书包,从算术书的书皮里拿出了五块钱,我妈接过去,笑吟吟地走向黄美丽。"我家里也紧,没法多接济。这五块你拿着,买些油盐,再多也没有了。"我妈说谎了。我心想,大人都爱说谎,我就没见过不说谎的大人。白天我闲着没事儿,把手从柜缝里试探着伸进去,一下就触到了一沓钱,横竖大小我都挨个摸,挨个攥,拣了张最小的,用两根手指夹了出来,藏到了包书皮里,没想到晚上就给了黄美丽。我的发财梦破灭了,还背了污名。我恨不得往她身上踹一脚。她一定感受到了来自灯影里的敌意,接过钱就转身,一秒也不耽搁。我妈送出去,脚步走得安稳,回来却惶急,顺便捎进来根烧火棍,抡兜失火样把门帘子甩到了天上,对瑟瑟发抖的我说:"你以为我没数儿?啊?这柜子就你能伸进去手!这柜里就一张五块的!快说,下次还敢不敢?"

我这一辈子就偷过这一次钱。没捂热就交了出去,屁股上还挨了好几下烧火棍。我妈说,以后再偷就剁了你的手!以后哪还敢?我叹了一口气。

王永利和张圣文的鼾声响了起来。张圣文吹气，王永利打呼哨，他们在睡梦中也琴瑟和谐，这可真让人羡慕。我悄然爬起了身，披上大衣往外走。先去了趟厕所。厕所收拾得很干净，可也臭不可闻。母鸡发出的咕咕声都是压低声音的，似乎也怕吵醒了谁。王永利养的母鸡都要成精了，我想。我朝大门走去，担心上了锁而我找不到钥匙。还好，只是插上了门闩。我轻轻拔下门闩，从门缝里闪了出去，又把大门重新闭合好。路过黄美丽家门口，我目不斜视，行步如飞。说来惭愧，搬出来这么多年，我还是想念老街。哪次回来如果没去趟老街，就像没见到我妈一样浑身不自在。

　　如果我说想念老街甚于想我妈，怕是大逆不道了吧？

8

　　走出胡同口，我黯然地长舒了一口气。

　　那个充满鸡粪味的院落就在我身后，却似乎被我甩开了十万八千里。有时我会想，如果我的生活中没有这个院落，我会不会活得开心些；如果我和王永利之间还有其他兄弟姐妹，我会不会活得轻松些。那时他们还没有搬过来，住在小侄子宫殿样的大房子里，小侄媳妇见到我总有发不完的牢骚，公公做饭不好吃，婆婆整天往外跑。不管是做饭、洗衣、看孩子，还是打扫卫生，还不如奶奶呢。可我妈做事颠三倒四，啥事交给她也难放心。有一句话我不说，"你是干啥的？"现在的年轻人都拿不是当理说，只是我这做姑婆的不搅这浑水，她说啥我听啥。张圣文张嘴就是"咱村有厂子那阵……"她乐意回忆荣光时刻，但小侄媳妇不爱听，那时她还小，不能感同身受。"她还以为自己是领导太太呢，要八个丫鬟伺候。整天还去'干事业'，笑死人了。"小侄媳妇侧脸朝天，说话比婆婆刻薄。张圣文一看见她跟我嘀咕就不使好眼神。清官难断家务事，包拯若是遇到我家的事，估计也得愁死。如今搬出来了，又有新的麻烦出现了，只不过这麻烦改变了方向和性质，可不得不说，麻烦离小侄媳妇远了，离我近了。我气闷地想，如果我妈不去敲黄美丽家的门，是不是就天下太平了？这胡同里还有另外四家人，如果她每户都去敲，是不是就多了几宗麻烦？

　　她说不清楚，我也想不明白。可我愿意这样想，这样想似乎能让心里安稳些，能让前景透出些光亮。但有一样，我妈记得与黄美丽家有渊源，她觉得，敲黄美丽家的门理所应当。因为郭文礼经常来我家串门。她记得是因为她有病，至于我哥王永利和我嫂子张圣文，似乎连这都忘了。

　　也许他们不愿意往回想，那些已经从他们的记忆里抹去了。

　　两家要说有多亏欠，也没多亏欠。当然，这是我的想法。但郭文礼的事给我爸带来了很大的冲击，他就是从那时落下了病。当时村里也有人说风凉话，说郭文礼把我爸叫走了。"他们又一起去谋事了。"村里人当笑话说。看来，对于他们俩都做了些什么，村里人并非一无所知。

　　黄美丽都记住了什么？这才是我惴惴不安的地方。那些往事有现实意义和历史意义吗？我自嘲地问自己。如果我妈不去敲门，这些是不是都可以假装不存在？

它们已经不存在很多年了。

空气里有股烟熏火燎味，有股二氧化硫的味。原本清白的太阳也蒙了烟尘，天地间一片污浊。路东边的人家的屋檐下伸出了烟囱，正冒着滚滚黑烟。这样的空气也让人能容忍，我无端地想，又深吸了一口气。政府一直在助推清洁煤、采暖炉，但效果并不好。老百姓总有办法使用自己认可和熟悉的产品。王永利就把煤藏在了鸡舍后边，只是买了两袋清洁煤做样子。

生活中的很多小事都会让你束手无措，本质上，我也是个悲观的人。对任何束手无措的小事都怀有深深的挫败感，何况那些事情并不会因为时间的推移而消减，却能源源不断地产生出负面情绪并影响你，还不单指我妈敲门这件事。我肯定不觉得这是个事儿，敲门引发的连锁反应才是，不是吗？这就像亚马孙的一只蝴蝶扇动翅膀，在哪里引发龙卷风根本就是个未知数。就像我哥买这个房子，他不会想到我会为此不安，如今这种不安终于有了结果，证明我的直觉是对的。可我能做些什么以改变这种状况呢？除非接她走。我的心跳了一下。努力仰脸望天，让水样的阳光照射过来，这是晾凉了的白开水，温暾可人。高远天空中的这个太阳，亘古轮回往复，只为照耀这一件事，是谁赋予了它责任和使命？它不觉得厌倦和疲累吗？如果有一天它停止了运转，天、地、人、植物、动物又当如何？我起了一身鸡皮疙瘩，恐惧让悲凉加重了成色，仿佛这一切就等在不远处。哎，这就是庸人自扰。我朝前走。新修的水泥路敦厚平直，比原来的路面高出了十几公分。电线杆上刷着白漆,也是簇新的样子。这些都是建设美丽乡村的新成果,我在埙城有所耳闻,市里某个有实力的行政局帮扶罕村,罕村甚至要造荷花塘,做人造景观。

这些很多年前王永利都搞过。好歹也是接待过市长的村子,与左右邻舍不一样。长条坑里养过荷花,两边是芦苇,水里的荷花能有脸盘大,明艳照人。进村的路铺油漆,两边栽景观树,甚至花大价钱买来南方苗木,只是都没能活得长久,就那几年光鲜。领导不来了,心气也没了。企业如雨后的蘑菇般冒出来,又以摧枯拉朽之势倒掉,前后也就十年的时间。王永利是经历了大风浪的人。想到这些我总觉得心痛。机缘来到过他的身边,却又干脆利落地溜走了,我不知道他的责任和社会的责任能占多少,他不把日子当日子过,我妈也这样说。他如今面对的这一切都是不得不面对的。难怪他丧。这是个新词。没有比它更能准确地形容王永利的状态的了,他就是丧。他只配过丧的日子。就如我、我妈、张圣文,我们都努力挣扎过,而且还在努力挣扎。把希望寄托在未来身上,拼命寻找一些哪怕微小的机会。可结果呢?也许这就是命运吧!如今路旁还能看见树垵留下的印记。油漆路留下的石子,滚落在路边,仿佛不忘旧情,穿薄底鞋子会硌脚。以后再也不会了,水泥路再也不会磨出石子了,因为里面根本没有石子。

我心里涌上来的念头挥之不去。我需要找人确定一下。电话接通了,严先生很高兴,说:"我正要打给你,你就先打过来了。你知道吗,我妈终于答应来咱们家住了。她刚才说:'只要云丫同意,我就不走了!'"他说。

我一下就变得寡淡,再张嘴说话都要哽咽了。婆婆从来不到我家来，她总说我工作忙，我家房子小，左右邻舍不能串门子，连磕都没处去唠。"城市有啥好待的，就像蝈蝈笼子。"我也这样认为。老家深宅大院，院子里能耍大刀，还有一大帮孙男孙女绕膝，来城里干啥？严先生紧着问，你怎么了？我心一横，说了我妈的事，身体越来越差，记性越来越差，整天去敲邻居家的门，搞得四邻不安，家无宁日，影响别人生活，自己也受委屈。如果接到城里住一段，她也许就会忘掉敲门的事。这也是王永利和张圣文的意思，他们闲谈中我能听出来。严先生不响，半天都没反应。我把电话挂了，他又打了过来。"我没意见，"他说，"只是……你有没有搞清楚，邻居为啥不开门？这样小的事解决掉不就完了？有啥可为难的。"我的眼泪夺眶而出。他太不理解人了！"怎么解决，解决不掉，"我大声说，"神仙也解决不掉！"我怎么才能让他明白呢？几十年的事情怎么可能讲得清楚。小鲜亮说傻病会传染，这明显是个托词。她再蠢也不会这样认为，张圣文相信她说的话不过是顺杆爬，我太了解她了，她善于借别人的嘴来说自己心里的话。"人家就是不想让我妈登门，我妈又不清醒，说啥都听不明白，这样的矛盾怎么解决！"平心而论，我心里没有那么深的悲伤，这还够不上悲伤的边界。但在这一刻，有些悲从中来，也有些虚张声势。我需要表演，不给他演给谁演！我脚下踢着石子，眼睛看着前方的一个小女孩，她那么小，穿一件红衣服，像个木偶一样蹦蹦跳跳。我忽然想起了人贩子，若在城市，不会放任这么小的孩子一个人在外跑吧？我有些分心。严先生却来劲了，大着嗓门说："先搞清她为啥敲门，再搞清邻居为啥不开门。实在不行就摆一桌酒，请他们过来坐一坐。邻里住着，哪有解决不了的问题！"

我情绪突然失控，对着手机嚷："你就是不愿意我妈来住！你是你妈养的，我是我妈养的，以后我们各养各的妈，两不相欠！"

他大概被我闹晕了，静默了一会，说："有话好好说，你着什么急啊！你妈跟我妈一样吗？我妈生活能自理，你上班出去一天，她可以自己做些简单的饭，你妈可以吗？一个人放在家里你放心？或者你不上班了，整天陪着她，你做得到吗？当然，你如果觉得家里可以住两个老人我也没意见，我妈正好可以看着你妈。"

"你放屁。"一席话让我缓和了心情，我努力不让自己笑。"婆婆八十六，亲娘八十三，两个老炸弹，这是好玩的？"

"那就回头再议，回头再议，"他说，"我妈也不是非来不可，我还在做工作，刚才又反悔了。"

这条路我打小就走。拾柴挑菜，上学放学，买盐买醋，上班下班，从老街出来，这是仅有的一条出村的路。如果从北往南走，长条坑在左边。如果从南往北走，长条坑在右边。我在长长的日光里追着自己的影子走，还能想起少年时的脚步。坑里生过芦苇和荷花，知青曾在坑边钓鱼。如今都被房子压实了，连痕迹都没留下。但我相信，那些芦苇的根须和荷花的种子都在，它们不过是在蛰伏，终会有出头的那一天。

那个小红孩拐进了一座大门楼，这原是张二百的家。他早年去世了，他的三个儿子也都去世了，宅子卖给了刘姓人。有一年八月十五，很多人家给他家送礼物。我端了纸盒装的二十个鸡蛋去他家，回家对我妈说，别人家送的礼物都比我家的多。我妈问咋看出来的，我说人家的盒子都大。

求张二百办什么事我已经忘了。反正都与"买"有关。买煤买粮，买缝纫机、自行车，张二百管着全村的人。后来市场放开了，村里买了十台收录机让他去送礼，这"买"就不知不觉转了向。那时他家还是三间房，宅院外有个空场，堆放着木头。后来他小儿子翻建新房，把宅院的长宽都扩了。小儿子顶替他去采购股上班，几年后下岗回了村里，得心梗死了。这所宅院也是当作百年大计来建的，他却没住几年。站到这里，心会隐隐悸动。历史的河流就像动脉，分出很多枝杈，混合流动着不同的血液，每一种血液都承载着不同命运。你的命运和他的命运叠加在一起，组成了一座村庄。村庄便像骨骼和血肉一样，成了生命的一部分。你的生命和他的生命叠加，泥土就厚实了几许。

拐过这个弯，就是老街的末梢。再拐一个弯，就是我家老宅的位置，门口朝东。这是一个三岔路口，我都靠右悠悠往北走，老街有百十米长，我一般要走几十分钟。如果街上没人，我会在绿漆铁门前停留片刻，或者从门缝里望一眼。我不会去敲门，因为我没有敲门的理由。我进城就是从这里出发的，自行车后座驮着铺盖卷，书包里装着刚下树的小毛桃，那毛桃简直太美味，以致我自打搬出这院子，就再不吃别的桃子，直到现在也不吃。桃树就长在窗根底下，春天时，我开窗就能摘到桃花，插到墨水瓶里，整个房间都明艳。我觉得水果改良属桃子最不成功，把那种原始的、野性的、醇厚的味道改得荡然无存。我爸也是从这两扇门里被抬出去的。那时还是木门，天上飘着白棉花一样的大雪，黑漆棺材里装着黑皮黑脸的他，还有半棺材陈旧的书。被人往外抬时，我妈靠在碗柜上哭。我忽然觉得自己长大了，凑过去搂住她的肩膀,说:"别太难过了,他终于不疼了。"

那时没有院墙。我家房山外就是碾盘,北边是一口辘轳井。那井用老砖砌得阔大,却是苦水,只能给牲口喝。房山墙刷了白石灰,上边用红油漆写了《为人民服务》这篇语录。这是老五叔的杰作,若用现在的眼光看,就像打印后复制上去的,各个字一般大小。社员吃过午饭来这里,坐到碾盘上背语录。其他人都没背下来,我背下来了。

老五叔说:"云丫以后就做女太史公。"

很多年,我不知女太史公是啥意思。

后来我妈在灶里给王永利埋白薯,埋玉米,埋这埋那,有时我回家能看见我妈一脸灶灰。她整天围着园子转,种了这个种那个,我觉得她简直是在修行。有时碰巧我哥也在,我会觉得自己是外人。有一回我问我妈:"我是您亲生的吗?"

我妈骂:"丫头片子,上河沿子。打呲溜子,摔屁蛋子。"

她一点也不认真对待我的问题,用首儿歌就把我打发了。她对闺女的轻视,简直深入骨髓。

越过横街,几步就迈到了老五叔家,这是我来老街的全部理由。泥墙头,木片做的稍门,也叫柴扉。几十年都没什么改变。我特别怕他走。有时候我想,我不怕我妈走,但我怕他走。我妈走了,我没了回村的理由。他走了,我就没了回老街的理由。村庄与老街比,老街重要。这逻辑不通,但是个逻辑。老五叔黏糊糊地说,一听见脚步声就知道是云丫回来了,当当当,鞋跟像敲鼓一样,罕村没有人这样走路。"你妈还好吧?"照例要问这一句。"还好。"我永远这样回答。住老宅子时,老五叔每天来串门,风霜雨雪不误。后来搬远了,就再见不着面了。老五叔的喉咙呼噜呼噜像拉风箱,从年轻一直拉到现在。屋子狭窄逼仄,老五叔像木头里钻出来的木耳,浑身上下一点亮色都没有。脸也是灰黑色的,只有瓶子底镜片放着光。他像团衣服堆靠在炕头,前边是个小炕桌,桌上摊着一本书,旁边有个放大镜。我不用看也知道,这书是哪个版本的《周易》。我曾在桌子底下看见过一本黄表纸刻印的《周易》,但转眼就不知去向。

他象征性地用笤帚扫炕沿,让我坐。

炕脚堆着许多书,都是各种版本的《全唐诗》《千家诗》。新的旧的都有。既有砖头厚的书,也有薄薄的小册子。我给他捎过十余种,其中有一种是儿童读物。我还捎过一本字特别小的书,大概拿放大镜也难看清,老五叔让我退回去了。现在这本书还在我家的书架上。只要是没见过的版本,他都收藏看。看到版本与版本之间稍有不同,他就很高兴,当作重大发现告诉我。这屋里有一股黏稠、晦暗、静止的气息,几乎看不到时光的流动。我来老街总要到这里来坐坐,但从来也不久坐。老五叔既不说村里的人和事,也不对历史进行评判。他当过兵,赴过朝,游过街,坐过牢。他也绝口不谈自己的经历,我试过很多回,即便以请教的方式打探某些事情,也每每碰钉子。有一回,我还试图让他给一根木头定价,到底是值十五还是值六十,当年他是目击证人,可他轻易就闪避了。他和我只有一个话题:唐诗与蘅塘退士。他只和我谈唐诗和蘅塘退士,几十年前和几十年后都如此。

在他面前,我没法不心生安静。

听老五叔讲那个人的传奇,生卒日在同月同日,即农历九月十九。每年的这天,老五叔都要把炕桌搬到院子里,摆上香烛、黄纸、素酒、水果，祭奠先人。他父亲活着时，爷儿俩祭奠。他爷爷活着时，爷儿仁祭奠。"以后再也不会有人祭奠了。"老五叔落寞地望着我，我低下了头。我也不会。我记不住任何日子，包括自己的生日和结婚纪念日。年轻的时候爱显摆，遇见舞文弄墨的人，我会插空问一句："你知道蘅塘退士吗？"

如今，我只有坐到这里才会想起他。

蘅塘退士就是编选《唐诗三百首》的人。姓孙名洙，字岑西，生于清康熙五十年。全书共选诗作310首。刻印时，又补入了杜甫的《咏怀古迹》三首，成了我们今天看到的模样。这都是当年老五叔告诉我的，他还想让我把这本书背下来。"熟读唐诗三百首，不会作诗也会吟"。这是蘅塘退士写进《唐诗三百首》"题辞"中的名句，老五叔跟我念叨了不下几百遍。只是我没耐性，背了二三十首。后来他又教我女儿背，我女儿大概背了四五十首。那是上幼儿园时期，到了读小学的时候，就忘得差不多了。

他从不跟我谈《周易》。他觉得，只能跟我谈《千家诗》。

院子里响起了脚步声，一个光头不由分说钻了进来。我无奈地站起身，我今天想跟老五叔探讨一下梦境，我的梦和王永利的梦。我的梦大而无当，王永利的梦残酷血腥。可惜来得不是时候。我吃惊地发现，进来的人是赵顺德，棕毛熊棉服领子托着一张胖大的圆脸，嘴边歪叼着一支烟。"有客？"他说。他显然不怎么认识我，眼神从我的头发梢划了过去。"您怎么也剃光头？"我搭讪，着实感到有些奇怪。王永利剃光头是因为做噩梦，不知他因为什么。他摸了摸头皮，没有回答。我还想知道他妈和他媳妇时下是否滚一个被窝，在这里问显得不礼貌。"你们聊，"我对老五叔说，"我以后再来看您。"老五叔想下炕，被我拦住了。这屋里糊得像密罐一样，老五叔的嗓子受不得凉。我刚要挑门帘，赵顺德说："你是……哦，我想起来了，你是王永利的妹妹。你给张圣文带个话，告诉她别来我家了。好歹也当过领导太太，别太掉身价。她买房多给了我两千，我就吃她两千块钱的产品，多一分也不吃，再缠磨也不吃。"他一屁股坐在书垛旁，身子往里蹭了蹭，衣服刮到了书垛上，发出刺啦一声响。他又说："进门就给我家干活，当老妈子，还给我妈洗脚，烦不烦。我妈有儿有女，用她洗脚？想洗让她给你妈洗去。"

我一下愣住了，这番说辞让我无地自容。张圣文说拿下了赵顺德，原来是这样拿下的。我想起她烂漫得像朵花样地扭动身子跳舞，让王永利看得忘情，这里面竟包裹着这样一个结局。是她演戏还是王永利演戏？或者是他俩共同演戏给我看？我脸发烫，但心是冷的。我突然打了个寒战，悲伤涌来，像水漫金山一样。"这个话我不带，"我缓缓对赵顺德说，"你自己对她说吧。"

9

"这是庸常的一天，没任何大事发生。"我在日记里写道，多少有点戏谑。"只不过，这庸常的一天被我记录了下来。其实我如果不回罕村，这一天也是这样过，没有什么因为我的到来而改变。"

"真的这样吗？"我自言自语了句。

从老五叔家出来，我觉得我应该坚强点，我应该原谅张圣文，不管她曾做过什么。她也是六十七岁的老人了。我为张圣文悲哀，她有高远的想法和憧憬，而且铆足力气践行，却总也不能实现。花的力气越大，越实现不了。这才是悲剧人生啊！这个时候我想起了我妈，不知她有没有溜出来敲邻居家的门。她不能老惹张圣文生气。想到这里，我不安起来，加快脚步往家里走。历史什么样不重要，现实什么样才重要，不是吗？拐过街角。我看到了一幅暖洋洋的图景，这是下午两点钟，太阳明亮地斜切在那块石头上，我妈在石头上坐着，正好坐在了光照里。她屁股底下是块杏黄色的垫子，看上去厚墩墩的。六婶子离她两步远，坐在马扎上。小鲜亮坐在正门口的小板凳上，她们都在那一线阳光里，那两扇水蓝色的大门敞开着。我都疑心自己是在做梦了。三个人都笑吟吟，一起看向我，我妈高兴地朝我伸手，嘴里说："云丫来了，云丫来了。"

那婆媳同声说："早就来了！"六婶子对我妈说："你没看见闺女的车停门口？"

我握住她的一只手，那手因为放在石头上像冰一样凉，可我舍不得让她回家，我不知道前边发生了什么，成就了这样一幅画面，我的眼睛有些潮湿。那个小黄垫子看着眼生，我摸了摸边缘，非常柔软。我说："这垫子像新做的，是六婶子家的？"

六婶子头上蒙着深烟灰色的头巾，努力仰着小脸说："原本我想坐那石头上，正好你妈出来，就让给她了，我又回家取了个马扎。她原来是多聪明的人啊，没想到变成了这样。"

我妈两只手攥住我的一只手,眼巴巴地问:"你走着来的?"

我没有回应我妈,紧着和六婶子说话。"有您这样的邻居真好,这么惦记我妈。我妈的情况越来越不好了。吃了饭就过来敲门,是想知道您买盐回来了没有,她惦记着您买盐的事,怕您一去不回来。"

六婶子嘎嘎地笑,说:"大嫂子还知道惦记我?我不回来还能上哪儿去。"

我小心地看向我妈,怕她产生不必要的联想。事实是,我也不知道她这话的初衷是什么。我妈天真地抿嘴笑,像偷了馋的小孩子一样,特别满足。

小鲜亮早站了起来,想让我坐板凳,我又把她按了回去。我曾经看过她的背影,但从没与她正面交谈过。今天发现她有一张耐看的脸,眉目清秀,皮肤紧致光滑,只是让凌乱的头发遮掩着。她说:"我妈出去买盐,说姐和大妈想来家看她,我说那还等啥,赶紧请进来啊。结果老人家先去买盐了。回来我说她,买盐有啥打紧,早买晚买还不都一样,老年人就是不懂得变通。"小鲜亮脸上都是温暖的笑,这让我洞悉了她们婆媳之间的密码。六婶子说:"我干啥就想着干啥,没有那样快的反应。"我妈说:"你比我反应快多了。"这话客气得让现场笑翻了。

我听明白了。这场面是我妈自己导演的。是她说云丫回来了,想来看看六婶子,六婶子买盐回来跟儿媳妇说了,这才有小鲜亮的过意不去。她们坐在这里,其实是在等我。

"姐进家待会儿吧?"小鲜亮又站了起来。

我说:"不用了,看见你们就行了。我妈总去敲门,给你们添麻烦了,中午都没睡好觉吧？"

"大妈是病人，不碍事的，我们都能理解。中午睡不睡都行，还有晚上呢。"小鲜亮明快地说。

六婶子说："以后不关门，她就不会敲了。"

我深感意外地看了六婶子一眼，她说："桂荣好埋怨我，说我不该把你们关到门外，就是普通邻居也不该这样对人，何况过去两家交好呢。"

我望向小鲜亮。这才知道她叫桂荣。

桂荣说："经常听我妈说起，大爷活着的时候，老哥儿俩经常一起喝酒。有这样的交情，就跟亲戚差不多。"

一块石头突然落了下来。难道那是一块无事生非的石头？

"这些事比什么都重要。"我接着写，边写边想那一圈柿红色的领圈，小鲜亮指挥我倒车，她只比车屁股稍微高一点。张圣文坐在副驾驶，她说要进城去开会。我在六婶子家门口说话时，她出来进去好几趟，显然很焦急。

车头掉好了方向，倒车镜里正好映出六婶子的小脸。那些横七竖八的纹路里有多少伤心往事啊！也许都不值得记忆，忘掉也罢。其实，不忘掉又能如何呢？小鲜亮趴在车门跟我摆手，说："姐慢点开，有空常回家来，大妈的事你就放心吧。"我一拽大衣才记起口袋里还有条丝巾，我拿出来挂在了小鲜亮的脖子上。那是一种红艳艳的颜色，小鲜亮的脸瞬间就被照亮了。

车子开出去，张圣文说："可惜了。"

"啥？"

"那是条好丝巾,我看得出。"

"不咋好。"我说。

我脑海里翻涌着赵顺德的话,看了她一眼。我知道她嫉妒了,但我不管。我当下管不了她,我被桂荣温暖了。不知她在想什么,这一路都闭紧了嘴,没有对我进行语言轰炸。我知道她在生气。一条丝巾不重要,心里有没有人才重要。他们天天伺候老人,原来还不如一个邻居。我知道她会这样想,此刻我就是她肚里的蛔虫。这若是在过去,她一生气我就紧张。但今天例外。再来我会给她买条好丝巾,最好的那种。

车驶到一个老小区,张圣文下了车。我说,如果晚上不回去,就住我家吧,我来接你。张圣文说,这里的人都亲如姐妹,又管吃又管住。她头也没回。

我不说话了。

她一窜一窜地往小区里走,走几步后停下了脚步,转过身来,说:"跟原先不一样,我们这个团队都是精英,这回一定能成功。"

我点了点头,开车走了。

我爷爷与大刀梁英

1

　　我们家乡是一个不缺少英雄的地方。历史上的就不说了，几千年前无终子国在此建都时，肯定是一番轰轰烈烈的景象。几千年可不是个小数字，那些日子都像瓷器碎片一样被尘埃掩埋了，残存的光泽要等暴雨冲刷山体以后才能显现。一座山肯定是很好的见证。虽然几千年前的山也许不是这个样子，可这有什么要紧呢？石头总还是几千年前的石头吧？何况还有石头上的苔藓，还有一棵古松和古松旁边的泥土。爷爷在世时嘴里总流淌着各种各样的英雄故事，虽然那些英雄与我心目中的英雄相去甚远，但并不妨碍爷爷讲述这些英雄故事。

　　大刀梁英的家乡与我的家乡只有一水之隔，是一条名叫周河的窄窄的河流。河流在两个村子之间形成了一个"之"字，有一大片河滩地甩在了岸上。那可真是一片肥沃的土地，种什么长什么。爷爷年轻的时候终日在那片土地上劳作，汗水变成了金豆豆和银豆豆，收获的谷物、高粱、豌豆堆积如山，源源不断地运到东家周三邦的家里。爷爷那时穷得除了力气什么也没有，家里只有三间破草房。但爷爷嘴里的京戏从没停过。

那一年河滩里开始种西瓜。爷爷是摆弄西瓜的好手。他八岁的时候就和祖爷爷去一个叫桑梓的地方给人看瓜园，一气儿就去了近三年。祖爷爷就是在那户人家的瓜园里去世的，几乎可以算暴毙。那是个大旱之年的伏天，毒太阳终日在头顶上悬挂着，似乎在半夜里也能感觉到光芒如刺。祖爷爷终日肩挑着木桶四处找水，一双脚板连磨带烫走得血水淋漓。按说那样一个灾年，收不来西瓜一点都不怨人，可祖爷爷是一个把荣誉看得比性命还贵重的人，他可以把嘴边的一口水省下来，浇到西瓜园里，并不管这口水是否能救活一棵秧苗。祖爷爷到底没有得来好报，眼看西瓜成熟在望，忽然有一天夜里，祖爷爷高烧不止。十八岁的爷爷急得六神无主，想采几片西瓜叶给他降温。刚走出瓜棚，只听轰然一声巨响，就见一片红光迸飞，如落日彩霞般夺人眼目。爷爷吓得要死，借着马灯微弱的光晕，他亲眼看见自己父亲的头颅像只熟透的西瓜一样碎裂了，红红白白的浆血流向了瓜棚的四壁，那些金黄色的谷草立时变成了猩红色，恐怖得几近美丽。

那户人家是想留住爷爷的，他们看出爷爷继承了祖爷爷所有优秀的品质。但爷爷只想留在桑梓那个地方，却不想留在那户人家。祖奶奶却丝毫也不理解儿子的想法，她说肖家就是饿死也不在桑梓讨饭吃，穷死也不再进西瓜园。桑梓和西瓜园确实伤透了她的心。那天她倒腾着两只小脚赶了七八十里路，来到爷爷和祖爷爷落脚的地方，想看他们一眼就往回赶，没想到看见的却是蜡人似的祖爷爷，祖爷爷把最后一滴血都流尽了。

所以，祖奶奶对桑梓和西瓜同样恨之入骨。

2

一个偶然的机会，周三邦想起我爷爷原来是个西瓜把式。如果周三邦把西瓜园放在任何一个地方，我爷爷都不会同意重操旧业。可那片沙河滩，爷爷太钟爱了，而那片沙河滩又太适宜种西瓜了。当然，那个时候祖奶奶已经作古多年，爷爷也已经当了父亲。当周东家说，那片豌豆地改年种西瓜时，爷爷甚至表现得兴高采烈。许多年前的往事爷爷并没有忘记，但毕竟已经模糊了。而且爷爷原谅了自己，说如果遇到那一年的大旱，再不会挑着扁担四处找水。

那一园肥硕的西瓜也不知馋得多少人夜里睡不好觉。我们家乡这块地方属于洼区，基本上是十年九涝。甭说长不了西瓜，就是长了也未必比黄瓜强多少。有一句老话是这样讲的：大洼三宗宝，臭鱼烂虾泥沾脚。所以西瓜真的是稀罕之物，别说穷苦人家见不着西瓜的面，就连周三邦这样的大户人家，每年吃到的西瓜也寥寥无几。所以自从西瓜藤作果，周家每天都有人到地里瞅，哪棵藤上结的哪个瓜，周家人都了如指掌。

周东家给了爷爷一把火枪，告诉爷爷，遇到贼人偷瓜，可以照准贼人的前胸后背打。周家有亲戚在县衙里做事，所以根本不用担心杀人偿命。这把爷爷吓了一跳。爷爷过去对周东家的印象很好，人家富贵，但也良善，见了村里最穷的人也会主动打个招呼。遇有上门乞讨的人，周东家会主动端只碗出来。爷爷问过周东家，如果偷瓜贼是村里人咋办？周东家声也没吭转身走了，走出几步后，丢下了硬邦邦的一句话：你只管西瓜甭管人。

爷爷夜里不敢闭眼了。整宿整宿地围着西瓜地转。就是这样险情也不断发生。所幸贼人不是村里的，他们都是潜水过来的梁庄人。爷爷见了人影鬼影都放两枪，当然枪口是对着天上。贼人也不都是正号贼人，听见枪声就赶紧跑，他们只是来碰碰运气，并不明火执仗。总的来说，爷爷那段时间运气非常好，虽然情况不断，但基本上是有惊无险。眼看着摘瓜的日子一天天地近了，爷爷的那颗心也一天天地松了。

一天中午，爷爷吃过家里送来的饭，靠在秫秸搭成的窝棚上睡着了。也就是打个盹儿的工夫，一片日影就落在了脸上。爷爷睁眼一看才发现，那不是日影是人影。爷爷这一惊非同小可，伸手去抓枪，见枪就踩在那人的脚底下。那人发现了爷爷的意图，用脚轻轻一拨，枪就滚到了爷爷的手里。爷爷清醒了，赶忙说："我看着先生眼生，不知先生是哪个村的？"那人说："对岸梁庄的。"爷爷又是一惊，问："我没得罪庄上人吧？"那人不落忍地说："没有没有。我在那边经常听见你唱京戏，就寻思过来见识见识。"爷爷舒出一口长气，这才仔细打量来人，穿一身上白下黑的裤袄，黄白净子，两只眼睛又圆又鼓，比青蛙眼更像青蛙眼。手里拿着一把折扇，扇面素白。爷爷一见就喜欢得不得了，两只眼睛盯紧了那人，见那人举手投足间都是威武之像。爷爷顶到舌尖的一句问话不敢说，只傻乎乎地看着那人。那人笑着说："你怎么这么看我？"爷爷唐突地说："你不会是梁英吧？"那人说："我是梁英。"爷爷就不会说话了，怔了半天，突然一阵旋风似的裹了出去，到地里抱了一个大西瓜，往青石板上一摔，挑一块好啃的递到梁英的手里，慷慨地说："吃瓜！"

那天爷爷与梁英面对面坐着交谈了许久。梁英爱听京戏，爷爷给他唱了一段《斩马谡》，又唱了一段《定军山》。其实爷爷唱得没腔没调，但梁英爱听。爷爷让梁英也来一段，梁英没有推托，唱的是我们家乡流行的一种小调，名字叫《小女婿拜年》，听得爷爷热血沸腾。爷爷做梦也没想到，大刀梁英能为自己唱小曲，梁英那么大的一个英雄，真就这样见着了？

那一年大概是民国初年。三十四岁的爷爷有幸见到了梁英。那个下午是爷爷一生中最幸福的下午，大刀梁英给爷爷唱了一曲《小女婿拜年》。提起梁英的大名，在我们家乡这块地方可是无人不知无人不晓。他与红毛洋鬼子大战三天三夜的故事被人编排成了驴皮影，一直唱到了关外。梁英在关外比在关里更有名，日后我爷爷逃荒到过一个叫分水岭的地方，在那里做了伐木工人。一次偶然，爷爷泄露了他和梁英之间的一些故事，在当地立刻产生了轰动效应，人们像对待英雄一样对待爷爷。家家都请爷爷喝酒，爷爷唱给梁英听的那几出京戏段子当地人也要听，爷爷每天不知要唱多少遍。爷爷在分水岭做了八年的伐木工人，最后又把八年的积蓄全都扔在了那里。爷爷伙同其他人在分水岭的岭南建了一座梁英庙，里面供奉着大刀梁英的那把素面折扇。说来那把素面折扇也是梁英得心应手的一件家什，如果不是他魂归西路，说什么也到不得爷爷手里。这是后话。

那天大刀梁英在瓜棚和爷爷交谈了差不多两个时辰。梁英起身告辞的时候称呼爷爷肖老弟，说日后有空闲会再来听老弟唱戏。说完挥了挥手中的折扇，头也不回地走了。爷爷跟在后边送，可哪里跟得上梁英的脚步呢？爷爷走到了河边，却见梁英已经站到了对岸。爷爷肠子都快悔青了，他净顾低头走路，没看见梁英怎么过的河。早就听说梁英过河不湿鞋底，今天就在眼皮底下，爷爷却没有看见。

梁英吃的那个西瓜是西瓜园中的老大。没了那只西瓜，整个西瓜园都显得空荡荡的。日影已经西斜，爷爷站在日影西斜的西瓜园里发愣。他想，他摘的怎么是那个西瓜呢？那个西瓜太惹周家人眼目了。不过话又说回来，除了梁英，谁又配吃那个西瓜呢？只是不知周家人如何看梁英和那个西瓜，如果周三邦不依不饶，爷爷又该如何应对呢？

3

爷爷经过一个晚上的冥思苦想，终于决定把这件事告诉周三邦。爷爷之所以冥思苦想，是因为爷爷天性里有一种善良的愿望。爷爷给周三邦做事多年，完全有理由相信周三邦了解自己的人格和品行。爷爷做事从没出过差错，如果出了差错，那一定是有天大的理由。就如眼下的这个西瓜，如果换成天王老子来，爷爷都不会这么慷慨。梁英是谁？梁英是名震四方的英雄，是与红毛洋鬼子大战了三天三夜的驴皮影的主角。如果没有梁英这三天三夜的奋战，这里也会有洋人的教堂，四方的乡民也会任由洋人摆布。那非常可怕。据说洋人的本领都在一张嘴上，他们会把教堂盖成一座迷宫，再把迷宫变成天罗地网。每一个被他们网住的人都会像掉进陷阱的兔子一样求生不得，求死不能。洋人说男人不下田劳作，女人不穿衣服。民间这样的传说非常多。梁英是救下这一方百姓的"活菩萨"，难道吃一个西瓜还在话下吗？

如果把这样一件事主动告诉周三邦，爷爷担心会有炫耀之嫌，而且爷爷不敢保证叙述这件事时不神采飞扬。可如果不告诉周三邦，又当如何呢？爷爷忽然不敢往下想了，他下意识地摸了摸那杆枪。一阵凉风吹透了爷爷的骨头，爷爷起了一身冷痱子。

吃了晚饭以后，爷爷让奶奶守在西瓜园，自己去了周三邦的家。周家青灰色的高大瓦屋气派地坐落在村子的正中央。周家院墙外西南角就是我家的三间茅草屋，爷爷去周家必从自己家的门前过，爷爷一定有回家看一眼的愿望，但爷爷到底没去。这时候天已经黑了，是阴沉沉的天气，天上一个星星也没有。爷爷敲了好一阵子门才有人把门打开。爷爷问：东家在吗？答：在。那人便引着爷爷往正房里走。一个大院子到处都是黑乎乎的，爷爷知道周家善于节俭，没有高门贵客，晚上很少点灯。爷爷跟着用人来到厅房里，只见有一点烟火一闪，爷爷叫了声东家。

周三邦说："是肖老水呀。吃饭了吗？"

爷爷说："吃了。"

周三邦说："没吃我让后头弄点。"

爷爷赶忙说："吃了吃了。"

周三邦说:"这两天贼是多是少?"

爷爷说:"少了。"

周三邦说:"这就好。"

周三邦不再说话了,只是把烟嘴吧唧得山响。爷爷在黑暗里沉默了好几秒钟,到底也没有抑制住兴奋的心情。爷爷说:"今天我把那个大个的西瓜摘了。"

周三邦猛地从椅子上站了起来,问:"你吃了?"

爷爷笑着说:"打死我也不敢。你做梦也想不到,今天谁到咱瓜园来了。是大刀梁英,他从水皮儿上跑过来的。就一眨眼的工夫,他就从河那边跑到了这边。真的连鞋底都没湿。"

周三邦沉默着。

爷爷又说:"梁英是听了我的戏文特意跑来看我的。他还给我唱了《小女婿拜年》,梁英那么大的英雄,连一点架子都没有。"

周三邦仍没言语。

爷爷又说:"我想也没想就给梁英摘了个西瓜。东家,你不心疼吧?"

周三邦拉着长音说:"那梁英长什么样?"

爷爷说:"一副威武之像。两只青蛙眼又圆又鼓,像两只铜铃铛。面皮白了点,身上瘦了点,否则,他跟关云长关老爷差不多。"

周三邦说:"你见过关云长?"

爷爷这才打了个愣,房间里的黑暗像水一样涌动起来,只有周三邦身前的那一点炭火红通通的。可那点温暖离爷爷那么遥远,爷爷情不自禁地裹紧了破布衫。

爷爷说:"东家,我错了吗?"

周三邦说："梁英不会去那片西瓜园。"

爷爷说："可是——"

周三邦说："你说梁英吃了那个西瓜，有谁给你证明呢？"

爷爷的脸一定比那炭火更红，他提高声音说："东家，你不相信我！"

周三邦说："我过去是相信你，可你把我的西瓜弄丢了！"

爷爷说："退一万步说，丢一个西瓜都不行吗？我辛辛苦苦操持这多半年，丢一个西瓜都是罪过吗？"

周三邦猛吸了一口烟，缓和了一下语气说："老水呀老水，西瓜不是金蛋蛋，我没说丢不得。可你得告诉我到底丢哪里去了！我给你一杆枪是干什么的？打贼人的。打没打到贼人你都应该给我一个交代！我没说你丢一个西瓜是罪过，只是你得给我说实话，西瓜到底是怎么丢的！"

爷爷气得浑身发抖。他指着周三邦说："好你个周东家，我总算知道了你是一个心肠多好的人！你不是让我找证人吗？我这就去找梁英，我要让梁英自己告诉你，那个西瓜是怎么回事！"爷爷咚咚咚地往外走，一身冷汗像雨后的蘑菇似的冒了出来。爷爷当时想的是无论如何要把这件事告诉梁英，如果梁英站在周三邦的面前，周三邦说不定会吓尿裤子。爷爷一头闯进了周家外边的夜空里，虽然黑暗依旧，但爷爷痛痛快快地吸了一口气。

回到了西瓜园，梁英的一曲《小女婿拜年》像暗夜里的凉风一样四处飘散。还有梁英的那把素面折扇，在黑夜里凸显着。那么高大伟岸的梁英，举手投足之间都是英武之气。如何能为区区一个西瓜打扰他呢？即便梁英不觉得什么，爷爷自己也觉得丢死人了，如果这样一件事传扬出去，还不得挨万人唾骂。想来想去爷爷都觉得无路可走，气闷地倚在瓜棚上睡着了，还做了一个梦，梦见一个小子拿着一根柳条抽他的屁股。小子边抽边说："叫你不醒，叫你不醒。那个西瓜就在周家的谷仓里呢，你去晚了就看不见影儿了。"爷爷打了个激灵，一下醒了，还真以为西瓜在周家的谷仓里呢，看见地上躺着的西瓜皮，爷爷才长叹了一口气。想一想刚才的梦境，爷爷自言自语："周东家不是不相信我，他是想和我过不去。你居然想找梁英作证人，呸，亏你想得出。"

后半夜下起了雨。爷爷在漏雨的窝棚里睡不着觉，想起了西瓜和祖爷爷的故事，便觉得五内俱焚。那个血腥的夜晚在遥远的记忆里变得模糊了，但任何时候都可能会突兀地闪现。祖奶奶的忠告亦在耳边回响：肖家人饿死也不在桑梓讨饭吃，穷死也不再进西瓜园。爷爷是在祖奶奶的面前发过誓的，那些誓言在许多年里统帅着爷爷的思想和灵魂，又在许多年里被爷爷淡忘了。爷爷想，报应真就这样说来就来？

4

村里有一个叫三轴的人，和爷爷是拜把子兄弟。三轴是个侠肝义胆的汉子，最见不得不平之事。给周家收了西瓜，爷爷便搬回家来住了。三轴每晚都来家里串门，也不进屋，而是往当院的石头上一坐，候着爷爷。爷爷这阵子愁眉不展，却不告诉三轴为什么。三轴也不强问，而是抽空在奶奶那里打探消息。爷爷告诉过奶奶，这事儿别对人说。人家信了对东家不好，人家不信对自家不好。这件事总的来说是爷爷理亏，虽然他这样做并不后悔，但理亏与不后悔毕竟是两码事。奶奶心里却藏不住事，种种迹象表明，周三邦冤枉爷爷并不是最后结果，最后的结果也许是肖家承受不了的。收了西瓜以后，地里一片狼藉，按理又该是爷爷忙得不可开交的时候。可眼下爷爷却清闲了，周家的地已经有人去拾掇了，爷爷钟爱的那片沙河滩，已经不属于爷爷了。

　　奶奶把这件事的前因后果对三轴讲了。奶奶也不指望三轴能帮什么忙，说说心里痛快。不种周家的地没什么，像爷爷这样的庄稼把式，种谁的地都一样。只是这件事实在有些屈得慌，奶奶比爷爷更在乎爷爷付出的劳动和辛苦。多半年的时间爷爷都耗在了那块地里，地里的西瓜像土坷垃一样多，爷爷怎么就没有支配一个西瓜的权利？东家也太霸道了吧？

　　奶奶说了这事心里又后悔，一再叮嘱三轴别让爷爷知道。三轴表现得很平静，一句话也没说。他对周三邦素无好感，一直认为他是假仁假义。三轴表面粗粗拉拉，却心细得很。他想，既然周三邦可以为一个西瓜就不让爷爷种那块地，里面一定埋伏着更大的阴谋。如果不及早把这件事了断，将来吃亏就吃大了。三轴装作不经意的样子又把这件事情问了一遍，然后就起身告辞了。

　　奶奶追出去叮嘱道："别告诉小凤的妈。"

　　三轴瓮声瓮气地应了声。

　　奶奶摸了摸自己的脸，轻轻拍了拍，说："你何苦告诉三轴呢！"

三轴与我们家有一种情同骨肉的关系。早些年间，三轴的爷爷和我爷爷的爷爷是一起从一个叫山西大槐树的地方结伴逃荒来的。同来的一共有四个人，死了一个，走失了一个，只这两位爷爷的爷爷走到了目的地。他们找的地方得离水近，离山远，土是黑的，人是厚道的。他们走过一个又一个村庄，最后在一个叫窝头的地方停了下来。他们喜欢这个村名，这个村名让他们忘记了曾经挨饿。三轴的爷爷做过一件了不起的事，在我们家乡这个地方很有影响。事情的原委当然没人能说得清楚了，年代实在是太久远了。但三轴的爷爷代人受过，被官府错杀了，这是一点不差的。三轴爷爷的人头曾经被挂在县衙外面的旗杆上，这让全城的百姓都吃不好饭。那年三轴的父亲八岁，一直由我爷爷的爷爷领养。后来，三轴的父亲在成年以后忽然得一笔意外之财，大概也与那颗人头有关。把故事叙述详尽，是我求之不得的，可惜余生也晚，到我能讲故事的时候，故事就光剩下梗概了。三轴的父亲曾经有过辉煌的日子。一天三餐有肉，一天三餐有酒，三轴的父亲也没少接济我们家。如果把那些资财合理使用，三轴家应该比周三邦家更富有。可三轴的父亲是一个无所用心的人，只花不赚，且为人豪爽，又沾了毒瘾，几年就败光了所有的家业。三轴的父亲去世时，三轴仅十六岁，刚娶了一门亲，媳妇又小他四五岁，日子过得也凄惶。三轴跟着我爷爷的爷爷闯过关东，到过坝上，他和爷爷就是在坝上的草甸子上喝了交杯酒。这完全是受了那里的气氛的感染。两人不结拜也亲如兄弟，就有点不拜白不拜。祖奶奶知道这件事以后老大的不乐意，说爷爷脱了裤子放屁为的是着凉。我猜她是有些迷信的，祖奶奶一直把三轴当成自己的亲儿子，她怕这一拜把亲的拜远了。

三轴回到家时女儿小凤已经睡了。小凤妈没名儿，大概就叫刘张氏什么的。小凤上边有两个哥哥，但都没长大成人。刘张氏是一个很老实的女人，话不多，人也不能干，对三轴一向是言听计从。三轴回到家就把肖老水的事对小凤妈说了。小凤妈吓得直哆嗦。三轴就有些不耐烦，说你哆嗦个啥，事情还没怎么样呢。小凤妈说，周三邦这人可惹不起。三轴赌气说，有啥惹不起的？他不也是肩膀上顶着个脑袋吗！小凤妈不言声了，用一把麦秸编成的蒲扇给小凤轰蚊子，轰着轰着自己也睡着了。三轴一个人坐在院子里抽旱烟，也不知坐了几个时辰。

周三邦放出风来，说西瓜园里的西瓜少了十一个，而不是少了一个。给周家帮工的长工和短工也这么说。那天他们都去给周家摘西瓜了，所以西瓜园里到底少了几个西瓜，他们最有发言权。起初爷爷都被气疯了，气急败坏地想找周三邦算账，被奶奶拦住了。奶奶是上仓大镇上一个铁匠的女儿，在我们家算是见多识广的。奶奶说："他爸你先消消气，别着急，好好想一想，那天摘西瓜的时候你不也在吗？怎么当时没发觉少了那么多呢？摘西瓜的又不是你一个人，周三邦能封住一个人的嘴，还能封住所有人的嘴？你一个一个地都去找找，看他们怎么说。"爷爷利用一个午后的时间找了七八个人，大家众口一词，说那天地里的确少了十一个西瓜，而且大致方位都差不多。让人感觉不是贼人胡乱偷走的，而是有人从从容容地把又大又好的西瓜摘走了。那个午后对爷爷来说，天塌地陷也不过如此，爷爷一定渴望天塌地陷，首先砸死贼人周三邦。爷爷唱没唱京戏我不知道，但我知道爷爷一定去了那片沙河滩,去了那块西瓜园。西瓜园已经被人深翻过了,潮湿的泥土散发着一种温嘟嘟的香气,闻上去非常可人。爷爷这才明白,自己被周三邦要了,虽然还不明白周三邦的最终目的是什么。但周三邦要了爷爷,一切手段都运用得恰到好处。爷爷在那片土地上坐了很久,重又想起了祖奶奶的话,心里已经没有感觉了。他只觉得疼,却不知疼在哪里。他在这片土地上耕作了这么多年,最后却背上了一个贼人的恶名。爷爷这个时候已经把大刀梁英忘了。因为非常明显,即便爷爷不给梁英摘那个西瓜,依然逃不过这个结局。爷爷忍无可忍的时候,扯开嗓子唱了一曲《小女婿拜年》。事情就是这样巧,梁英就在对岸的河堤上,他听见了。梁英喊了一声"肖老弟",喊得爷爷满脸泪水。梁英问:"你好吗?"爷爷底气十足地说:"好。"梁英挥了挥手中的素面折扇,下得堤去。爷爷站起来拍打拍打屁股上的土,回家了。

5

　　爷爷是在一个月黑之夜被人带走的。据奶奶说,来的是两个兵模样的人,屁股上还挂着长枪。他们上来就把爷爷五花大绑,并不问爷爷是谁。奶奶本来是预备喊的,她在最危急的时刻也没有被吓晕过去,而是被枪托打晕的。所以奶奶的那句喊话只在嘴里冒出了个头,然后就不知去向。我的父亲和姑姑都在炕上睡着了,对发生的一切一无所知。那年父亲九岁，姑姑十二岁。姑姑已经定了婆家，是距我们家十多里地的一个叫三巷子的地方。日后有关姑姑的故事还很多，我会在另一个地方告诉你。可眼下姑姑确实毫无故事。姑姑比父亲年长三岁，却还没有父亲一半机灵。姑姑小时候得过一场病，用奶奶的话说，是高烧烧断了一根筋。奶奶说人一共有三根筋，烧断了一根就剩下两根了。所以姑姑是少一根筋的人，在很多时候有她与没她没有什么不同。奶奶是被一只耗子咬醒的。那是一只小耗子，乳臭未干，刚睁开两只耗子眼。它咬奶奶的手指时似乎是在挠痒痒，把奶奶给挠醒了。奶奶叫了一声，把耗子抓到了手心里，又急忙松开了，这样耗子还断了一条腿，理直气壮地在我家炕沿下叫。父亲对后来发生的一切印象颇深。是他陪着奶奶深一脚浅一脚地去了三轴家，没有敲门，而是从低矮的土墙上翻了进去，直接把三轴从睡梦中拉了出来。忙乱中父亲曾经碰到了小凤，手臂被小凤的指甲划了一下。父亲没有感觉，拉着三轴走到了屋外。三轴惊问："出事了？"

奶奶把之前发生的一切简要地说了一遍，边说边用手摸头盖骨，那个地方还嗡嗡地疼。奶奶焦急地说："该死的周三邦下这样黑的手，他到底是为了什么呢？"三轴说："现在不是考虑为什么的时候，应该先搞清楚他们把人弄到了哪里。你们娘俩先回，我去找周三邦问问情况。三轴说走便走，被奶奶拦住了。"奶奶抬头看见天上密密麻麻地排满了星星，便让三轴先睡一会儿，凡事等天亮再说。

父亲和奶奶无功而返，便摸黑在炕上坐着。姑姑正睡得香甜，偶尔发出一声梦呓。奶奶说："洪儿你困了吗？困了你就躺一会儿。"父亲说："我的眼睛睁得大着呢，一点也不困。"后来父亲还是倚在奶奶的怀里睡着了。父亲在睡梦里听奶奶说："洪儿乖乖地听话，好好给妈看家。别出去乱跑，妈要到县上走一趟，这个家就交给你了，你听清楚了吗？"父亲含混地点点头。奶奶摸黑罩了一件衣服，返身锁了房门。

三轴坐在院子里抽烟，他一直也没睡下。

天刚麻麻亮，三轴就敲响了一家又一家的房门，那些人家都是在周三邦家打长工和短工的，三轴基本上走的是爷爷走过的路线。三轴到他们家的第一句话就是：肖老水让官府抓起来了。然后就虎视眈眈地瞅着那家人。三轴那极具威慑力的目光在一家大小的脸上扫过，仿佛带电似的能让人晕过去。村里大多数人是怕三轴的。三轴家的孩子被狗咬了，三轴就把那只狗掐死了，而且根本不管是谁家的狗，三轴骑上去就把那只狗按在地上，狗连蹬腿的力气都没有。事后也没人找三轴的麻烦，谁都知道三轴是个"惹不起"。

爷爷去那几户人家时，那几户人家虽然慌愧，但还能撑起面子。所以爷爷是一点面子都没讨来。大家都是穷人，从某种意义上说，"穷人"这个称谓本身就是一种利益共同体。如果没有其他利益掺杂其中的话，穷人是可以对穷人有所交代的。但在二十世纪二十年代我们那个连窝头都吃不上的小村，在另一种利益的驱使下，穷人对穷人有了一种背叛。背叛原本就是一件很容易的事。一如那些人对我的爷爷，如果不是三轴找上门去，他们可能连反躬自问都不会有。他们如出一辙地承认对不起我爷爷，如出一辙地表示此事是为强权所逼，责任在周三邦，而不在他们自己。三轴已怒冲牛斗了，如果此事在这里能够了结，三轴是会发泄冲天怨气的。但我说过三轴是一个心细的人，三轴首先想到这件事还没完,爷爷刚刚被抓走,如果想救爷爷,这些人还用得着。所以三轴对这些人只用了威慑的目光,其余什么也没用。三轴无一例外地对那些人说:害人如害己,你们要记着这一点。哪天要你们跟周三邦对证,你们敢吗?那些人都说敢。三轴是满意地离去的,他相信了那些人,毋宁说他相信了他自己。可我知道三轴离去后的情景,那些人一定是往地上吐一口唾沫,恨恨地说:去你妈的。

我当然没在现场,这些是我想到的。

这个时候天已经大亮了,有炊烟从各家烟囱里冒出来。二十世纪二十年代乡村的天空色调一定很浅,是一袭水蓝。村庄安静得出奇,只有炊烟袅袅上升。三轴穿行在黄褐色的深巷里,感受着扑面而来的清风。三轴走到我家门前曾往里看了一眼,看见一把老锁锁了房门。三轴便从我家门前走了过去。我家房后就是周三邦家的大门,门板厚实,不像木头的。台阶是青石板的,磨得像光溜溜的镜子。三轴站到镜子上,橐橐地扣响了门上的铜环。

周三邦家有客人。

三轴站在周家院子里,看见一个道士模样的人抄着手在一簇金银花花架下站着。三轴朝道士点了点头,走近一看才发现道士是闭着眼的。道士根本没有理会三轴的存在,如一尊木雕或石刻般全无动静。三轴喊:"周东家!周东家!"里面有人懒懒地应道:"谁呀?"三轴迈步往里走。厅房里没人。三轴挑门帘进了里间,是周三邦的卧房。屋里闷久了的酸菜缸的气味,从摆动的门帘里呼呼往外跑。周三邦在炕上躺着,头朝里,一张脸蜡黄。两只眼球藏在深不见底的地方,只冒出了两道浊光。

周三邦有气无力地说："是三轴呀。"拍拍炕，让三轴坐。

三轴反而退后了一步，站得稍远一点。

周三邦说："我得的不是天花，着不上你。"

三轴说："我们想着还着不上呢。穷人得不了富人的病。"

周三邦气得咳嗽了两声，说："今天我病着，不和你斗嘴。难为三轴你来看我，我谢了。"

三轴说："别。你知道我不是来看你的，我也知道你根本没病。你不过是做个样子给我看。周东家，你心虚。"

周三邦翻了翻白眼，不再和三轴理论。他侧转过身去，把后背留给了三轴。

三轴说："你栽赃陷害肖老水的事，我知道得一清二楚。你惹得起我，惹得起肖老水，但你惹不起一个人。"

周三邦动了动，竖起了耳朵。

三轴说："今天我不说那个人的名字，说出来吓着你。限你三天内把肖老水原模原样地给我要回来，过了三天，你要回来也不作数了！"

周三邦忽地坐起身来，扯着嗓子说："三轴你别蹬鼻子上脸欺人太甚，你也不瞅瞅我周三邦是谁。大早晨你就给我找晦气，我看你是活得不耐烦了。"

三轴冷笑了一声，说："难不成你也要把我弄到县衙里去？"

周三邦说："你这等人我见得多了，我知道人穷命都不值钱。"

三轴说："所以穷人都不惜命。早死早托生，下辈子说不定也能成富人。"

周三邦长叹一口气，做出一副可怜相，说："三轴啊三轴，你软硬不吃到底想干什么？我周三邦到底哪里对不起你，我有病你都不让我安生！你口口声声说肖老水，肖老水关我什么事？三轴你识相点，别把人往死胡同里逼。大家一个村上住着，伤了和气对谁都不好。"

三轴说："你这话如何不对肖老水说？你忘了肖老水进县衙了吧？"

周三邦想做出吃惊的样子，嘴张了张，却没做出来。周三邦说："这事儿我也才刚知道，你容我个空儿，让我打听打听，肖老水没做太出格的事，怎么就上县衙了？"

三轴说："你不用揣着明白装糊涂。说真格的，给你三天时间，你倒是应也不应？"

6

奶奶在县城的街道上奔走了一天，却一无所获。奶奶找到了衙门口，却没能进去。奶奶问了所有能见到的人，谁都不知道有关肖老水的事。奶奶一天水米未进，好心的烧饼店老板给了奶奶三个烧饼，奶奶没舍得吃，揣进了兜里。奶奶离开县城时天已经晚了，奶奶又饿又累，伤痛欲绝。一路想了许多对付周三邦的想法，却没有一种能够实现。奶奶后来告诉我，她当时唯一牵挂的就是父亲洪儿。如果没有父亲，她回来就把姑姑嫁掉，然后就找周三邦拼命。我相信奶奶想得到就做得到。奶奶是上仓大镇上铁匠的女儿，见多识广，敢作敢为。一次，一个地痞想占她的便宜，奶奶举着烧红的铁棍就捅了过去。奶奶"铁匠西施"的名儿传得很广，如果爷爷相亲时兜里不是揣着话本，奶奶的父亲说什么也不会把独生女儿嫁给他。

奶奶想痛了脑袋也没想出周三邦有什么理由要害爷爷，想来想去就想到了许多年前的一件事。那时奶奶刚嫁过来不久，一天早上出去抱柴，就见有个人站在矮墙的那边向她招手。奶奶并不知道那人是谁，也不知道那人为什么向她招手。奶奶走了过去，那人却不见了。奶奶心里生疑，两只手按住矮墙探身朝里望，一颗人头却忽地窜了出来，把奶奶吓了一跳。同时，有两只手扣在了奶奶的两只手上。奶奶发出一声惊叫，想逃却没逃掉。奶奶呸的一声往那人脸上吐了口唾沫，那人才撒了手。奶奶没有把这事儿告诉爷爷，却留意起那张脸。奶奶认识周三邦的时候就认出了那张脸，周三邦装成没事人儿，奶奶也没撕破那层纸，只是以后有了提防。周家有一段时间想找个帮佣，给的条件再优厚，奶奶也没动心。

这已是十几年前的事了。如果不是出了这码事勾起奶奶的记忆，奶奶自己也忘得一干二净了。奶奶拿不准是不是这件事使周三邦起了歹心，想来想去，又觉得不大可能。话又说回来，难道周三邦做坏事还要理由吗？他那副假仁假义的面具不就是最好的理由吗？

奶奶路过上仓大镇的那条路离娘家只有百八十步远。奶奶踌躇再踌躇，还是决定到娘家去看一眼。奶奶的父亲是一个沉默寡言的铁匠，即使见到了久违的女儿，也没多少话好说。父亲呼呼地拉着风箱，像是发泄着什么不满。奶奶干涩地喊了声："爸。"奶奶的父亲手也没停，只是朝里喊了声："翠玲来了。"屋里并没有动静。奶奶狐疑地掀开门帘，见一个道士模样的人正盘腿坐在炕上，端着酒杯喝酒。母亲陪坐在一旁，探头听着什么。翠玲怨气十足地喊了声："妈！"奶奶的母亲怔了一下，忽然扑过来搂住了女儿，说："丫头丫头，快告诉妈，姑爷是不是惹火烧身了？"翠玲惊问："您怎么知道？"母亲呜地哭了，说："可是让算命先生算准了，你爸那个老东西还不信呢。人家打从咱家门口过，一眼就看见我印堂发暗，说你家孩子在外边惹火烧身了，不是儿子就是女婿。这不，我正在打听呢，可巧你就来了，快说说是怎么回事？"

奶奶没有急于说什么，她在打量那个道士。对于谈论家里的灾祸，她一点心理准备也没有。道士就是五十几岁的年纪，瘦，脸上除了皮就是骨头。两只小眼睛滴溜溜来回乱转，一点都不带忠厚之像。

奶奶问："先生从哪里来的？"

道士摇头晃脑地说："从昆仑山下来的。"

奶奶说："先生算得准先前的事，我顺便也听听，我家丈夫是几时惹的火，几时烧的身呢？惹的什么火，如何烧的身呢？"

道士的酒杯端在空中，无论如何也倒不进嘴里了。

奶奶从屋里退了出来，父母一左一右把她围住了。奶奶说："我白天没空，晚上过来看看你们。家里人都好，甭信道士胡说。"

奶奶的父亲白了奶奶的母亲一眼，说："白搭了顿饭钱。"

奶奶的母亲狐疑地问女儿："我咋看你脸色不对呢？"

现在我也闹不明白道士究竟是何许人也。此道士与彼道士是否是一个人。奶奶与三轴没有谈论过道士的话题，所以唯一沟通的机会错过了。三轴在周家遇见道士属于必然，而奶奶在娘家遇见道士纯属偶然。道士在铁匠铺门前路过时不过是想找碗水喝，进而想混口饭吃。他得逞了。如果奶奶当时能平心静气地与他攀谈，是会有所收获的。可奶奶与道士不期而遇，又不欢而散。奶奶朝南走，道士往北走。道士这一走就再没有在我家人的视线里出现过，而道士导演的这一幕悲剧却继续上演着。

　　转眼三天就过去了。我指的是三轴给周三邦的这三天期限。其实三轴不过是随口说说而已。他完全可以说五天或七天，可三轴只给了周三邦三天时间，三天实在是太短暂了。这三天里也出了点事。一个外乡人来找过奶奶，说如果给他二十块现大洋，他可以把爷爷保出来。奶奶皱着眉头说："家里连一个子儿也没有，更别说二十块现大洋了。"外乡人启发说："家里有没有值钱的东西？"奶奶指着一儿一女说："都在这里摆着呢，你看值不值钱？"外乡人摇头说："我家儿女各有一群呢，没听说他们还能值钱。"外乡人在我家院子里走了一圈，说："这房子也不值钱。要不卖了它也行。"奶奶说："值不值钱也不卖，卖了房子还要人干啥？"外乡人也没多说，挑了挑子走了。奶奶回头想了想，突然觉得外乡人醉翁之意不在酒。

　　奶奶把外乡人的事对三轴说了，三轴起身追到村外，却没见到外乡人的影儿。三轴回来看了看我家，又看了看周家，难以置信地说："有人想买你的房子？干啥使呢？"奶奶也回不过弯儿来，说："除了周三邦，谁知道葫芦里都装的什么药。"三轴使劲想了想，才想到给周三邦的三天期限到了，三轴说："嫂子你就放心吧，救成救不成大哥就看今天了。"

周三邦的晚饭通常都吃得非常节俭。一锅棒子面粥，一碟咸菜萝卜。周三邦一共有三个儿子，不是一母所生。两个大的早早就被他打发走了。周三邦的三个儿子都有一个特点，那就是左手都是六指。而且第六个指头都背在大拇指的背上，什么也不影响，但看着难看。周三邦的第一个老婆生第一个儿子时，周三邦没觉出什么。生第二个儿子时，周三邦才觉得膈应。那时周三邦也年轻气盛，经常把老婆打得号哭。后来周家老婆得了一场病，病因不祥。周三邦得一偏方，要用马尿做药引子。周家老婆死也不肯吃周三邦配的药，找根麻绳上吊了。

周三邦的第二房夫人姓李，是南门庄李大癞子的女儿。李大癞子基本上属于流氓无产者，在我们这一带名声很响。李大癞子曾经跟人比赛吃酸梨，赢家不过是一壶酒钱。一壶酒钱对李大癞子也非常有诱惑力，他守着一只酸梨筐，从早上一直吃到中午，吃得两眼发直、嘴淌白沫。类似这样的事一年总要有几次。有人闲着没事就对李大癞子说，你把什么什么吃了，就给你多少多少钱。李大癞子总是有求必应，有时吃得躺下起不来，或站着躺不下，给人添了不少笑料。李大癞子吃过的东西简直无法类数，除了天上的飞机、地上的板凳之类的，大概什么东西都进过他的肚子。

李大癞子的独生女儿叫小桃花，是方圆几十里地出了名的美人。如果不是背着这样一个黑锅爹，小桃花进宫当娘娘都绰绰有余。李大癞子在外边没个人样，对小桃花却爱得没边儿没沿儿。宁可自己饿着肚子，也要给女儿买细洋布的花袄，所以小桃花始终像个大户人家的小姐。只是小桃花的婚姻大事一直悬而未决。谁都不敢与李大癞子结亲，因为结亲以后的局面实在是难以预料。小桃花能嫁到周家做填房，在很大程度上与周三邦的假仁假义有关。周三邦提了酒和点心去拜访李大癞子。点心是张记面点铺的核桃酥，酒是上仓李家的渔阳御液。李大癞子从不受人尊重，所以来访者让他有些受宠若惊。周三邦第一次上门并没有说求亲的事，而是找了一个根本不是理由的理由。李大癞子果然上套了，转天亲自来为女儿求亲。李大癞子站在周家的厅房里别提多胆战心惊了，求亲的话好不容易才说出口。周三邦极不情愿地应承了。但有一个条件，周三邦说："你以后不许说自己是小桃花的爹，你懂我的意思吗？"

周三邦就这样轻易地娶了小桃花而又甩了小桃花的爹。小桃花自然是不情愿，但情愿的事也不怎么好找。那年小桃花已经十八岁，熟得就像去了皮的紫葡萄，汪汪地要往下滴水。周三邦适时地把葡萄收进了自己的碗里，端进了周家的大门。

周三邦比小桃花大两轮，面对这样一个绝代佳人，怎么疼爱都不过分。可是好景不长。小桃花生了一个儿子，这本来是欢天喜地的事，老娘婆把孩子抱出产房，周三邦只看了一眼，就险些晕过去。孩子仍然是六个指头，第六个指头仍然长在左手拇指的指背上。

眼下的小桃花跟村上的任何一个妇人已经没有区别。虽然住的是深宅大院，但穿的也是粗布衣服。到了冬天，两只手也会皲裂。盘起的头发也像冬日的干草一样毛毛糙糙。小桃花无疑仍有风韵，但要剥去了壳子看，普通人是看不到眼里的。一如沉沙里的金子，得有一双识货的慧眼。小桃花成为周家的女主人也有十多年了，从生了六指孩子后，就没有跟周三邦在一张饭桌上吃过饭。小桃花端了粥碗坐在远离饭桌的地方，想吃萝卜咸菜也得忍着。周三邦对她不比对一个用人更好。今天周三邦却有些心血来潮。他用筷子指着院子的西南角说："知道那里是什么吗？"

小桃花细声细气地说："不知道。"

周三邦说："再看。"

小桃花认真地看了一眼，院墙的西南角有一棵树，是棵老头榆树，许多年都不见长。院墙外是三间茅草房，从这里看，像是贴在了院墙上。小桃花仍没看出什么，不解地看着周三邦。

周三邦叹了口气，说："这许多年我也错怪了你，一直以为是你的肚子有毛病，生一个六指，再生一个还是六指。哪知道是肖家的房子坏了我们的风水。"

小桃花立刻泪水涟涟，说："哦，哦。"

周三邦说："也是我命不当绝，年过半百，总算找到了盐打哪儿咸，醋打哪儿酸。肖家对不起我，整整磨了我半辈子。"

小桃花说："哦，哦。"

周三邦说："张道士说肖家的房子不但坏了我家风水，还断了我家财路，肖家不除，我们周家就发望不了。"

小桃花说："哦哦哦。"

周三邦说："肖家可恨就可恨在还有三轴那样的帮凶，他欺我手软面善，竟敢到我家撒野。我断定三轴的事完不了，说不定他今天就来找我。"

小桃花张了嘴却发不出声来，扬脸看着周三邦。

周三邦说："如果三轴掌灯前来，我就说他持刀行凶。如果掌灯后来，我就说他夜闯民宅。想除肖家必先除三轴，穷人命贱，除一个跟除两个没有什么区别。"

小桃花愈发说不出话来。

周三邦招了招手，温柔地说："过来，让我好好看看你。原先是一朵多伶俐的小桃花。都是肖家害的你。你在打摆子？"

小桃花抖着牙齿说："我——冷。"

周三邦说："立秋刚过就冷成这个样子？跟我到屋里去。"

周三邦又说："我就不信，我们生一辈子孩子都是六指。"

7

三轴在一盏幽暗的豆油灯下磨一把刀。三轴边磨边恨恨地发出一种声音。女儿小凤站在一旁专注地看着，边看边用舌尖抿嘴唇。

小凤问："爸，你磨刀干啥使？"

三轴说："宰兔子。"

小凤问："是大兔子还是小兔子？"

三轴说："老兔子。"

小凤妈不由分说把小凤提了起来，说："上炕睡觉。"

小凤顺从地被她妈提溜着爬上炕，小凤说："你们都在骗我。"

磨刀声戛然而止，三轴问："你在嘟囔什么？"

小凤说："什么大兔子小兔子，我们家根本没有兔子。"

小凤甩了一下钢鞭似的小辫，咚地倒在炕上。

磨刀声又有一下没一下地响了起来，断断续续，把夜空切割得七零八碎。一股暗风在房间里涌动着，把灯火搅得不得安宁。

小凤妈小心地说："你——真要杀人？"

三轴的手停了一下，不语。

小凤妈把哽咽咽进了肚里，虚着声音说："我知道，我不该劝你，可你——也要为我——想一想，万一你有个——三长两短，我们娘俩怎么过？"

三轴愣了一下，说："如果大哥有个三长两短，嫂子和洪儿怎么过？"

小凤妈流利地说："你这样做就救得了大哥吗？"

三轴说："我总得为大哥做点事。"

小凤妈说："如果你这样救不了大哥，反而把自己搭进去呢？"

三轴说："这也没有办法，我答应了周三邦。"

小凤妈难以置信地说："答应周三邦？"

三轴说："我说我给他三天期限，三天期限到了。我必须采取行动，否则，周三邦会笑我。"

小凤妈说："我们这两家，总得有个男人吧？"

三轴说："洪儿转眼就长大了。"

小凤妈痴痴地说："长大再做一个三轴？长大又有什么用呢？"

三轴不耐烦了，说："我又不是真想杀人，我是去吓唬吓唬他。"

小凤妈说："这样黑的夜，这样亮的刀，你不是杀了人，就是被人杀了。"

刀子咣当一声掉在了地上,三轴呵斥道:"你还有完没完?我对这件事不闻不问,你就乐意了是吧?大哥一家对我恩重如山,我宁舍了你也不舍他们,这回听懂了吧?"

事实是,那天夜里三轴并没有像所设想的那样翻进周家的大门。那天三轴腰里别着一把闪闪发亮的钢刀,借着星光和月光来到了周三邦的家门前。三轴简直不敢相信自己的眼睛,他看见一只和小狗一样大的黄鼠狼坐在周三邦的家门前。黄鼠狼的眼睛像狼的眼睛一样是绿色的。它毫不羞怯地打量来人,居然有一种张口说话的欲望。三轴站在十来步远的地方,与黄鼠狼对峙了很久,黄鼠狼吱吱叫,似乎在问你是谁?三轴当然不愿和一只黄鼠狼打交道,即使是一只成了道行的黄鼠狼。三轴在黄鼠狼的吱吱声中返了回来。腰里的钢刀冰凉,心里是烈火浇油。三轴丧气得很,他一直以为遇到黄鼠狼是不吉利的。什么时候撞上它,什么时候就离倒霉不远了。

三轴垂头丧气地往回走,才觉出后面似乎有个影子在跟着自己。三轴快,那影子也快。三轴慢,那影子也慢。起初三轴还以为是黄鼠狼幻化成人形了,乡间这样的传说很多。走着走着又觉得不像。三轴家住在村东,离周河很近。三轴路过家门却没有进去,而是几步登上了河堤。一边是亮闪闪的河水,一边是黑黝黝的村庄。三轴选了一块开阔的地方站稳了脚跟,警惕地注视着前方的动静。这个夜里当然什么也没有发生,三轴踏着晨曦回到家里时,突然一头栽倒了。

十二岁的姑姑少了一根筋,这使她干任何事时都会呆呆地发愣。

平时她很少与人讲话，谁与她讲话她都会简单地"唔"一声。姑姑的婆家在一个叫三巷子的村庄，离我们窝头村有十几里地。姑姑的丈夫瘸了一条腿，所以也不嫌姑姑少一根筋。爷爷和奶奶都不是嫌弃女儿的人，给姑姑这么早找婆家，完全是为了姑姑考虑。姑姑的婆家算富裕人家，有一头驴，有七亩地。姑姑的丈夫只弟兄一个，所以姑姑将来不会受妯娌的气。远是远了些，但遇到这样的好人家不容易。爷爷认识姑姑的公婆，都是又本分又善良的庄稼人。他们只希望将来的儿媳能源源不断地给他们生孙子，至于少不少一根筋，他们并不太在意。爷爷和奶奶都是开通之人，他们在姑姑定亲前，先让两个人见了一面。其实，主要是让那瘸腿人相看相看姑姑。姑姑还小，对这一切都不甚了解。而瘸腿人已经二十二岁了，完全有想法经营个人的事了。姑姑虽然少一根筋，但并不少眼力见儿。姑姑眼里有活儿，一会儿抹抹桌子，一会儿扫扫院子。再加上姑姑长得白白净净、俊眉俊眼，瘸腿人很知足，当下就定了下聘礼的日子。男家是想早早把姑姑娶了去的，爷爷和奶奶都不同意。他们说姑姑还小，早过门会给人找麻烦。谁都听得出这只是客套，爷爷和奶奶都疼孩子，即使是一根筋的孩子。

  姑姑在爷爷出事后的第四天早晨突然来潮了。这让奶奶又惊又喜。连日来奶奶是心力交瘁，看东西时眼睛都花了。奶奶夜里只打一个盹儿，醒来时天就亮了。奶奶记得这是爷爷被抓的第四天，第四天总与前三天不同些，奶奶心里暗暗怀了些希望。她早早起了身，给自己和孩子滚了几碗米汤，来叫一儿一女起床时，突然有了意外的惊喜。奶奶惊喜是因为她意识到自己的孩子长大了。如果不是连日来的心力交瘁，这肯定是一个平平淡淡的早晨，至少平淡无奇。但爷爷出事帮了奶奶的忙，奶奶在这样一个理应平淡无奇的早晨，有了一份出人意料的惊喜。其实，姑姑的来潮与整个故事没联系，但我还是把它写了出来。写出来其实也没有任何目的，我只是想把我挖到的所有材料都告诉你，即使你对题外话毫无兴趣。

奶奶在这个早晨显得异常忙乱。她缝了一只布袋，里面装满了草木灰。她比平时更细致入微地关怀和照顾女儿。姑姑在这一天显得羞涩可人，脸是红润的，眼睛水汪汪，一缕柔情使整张脸孔都变得生动了，茅屋草舍都显得异常有情调。奶奶在滚了米汤以后特意煮了三个鸡蛋。父亲一个，姑姑两个。姑姑一个鸡蛋也没吃，先送了一个给弟弟，又留了一个给母亲。奶奶哭了。爷爷被抓她都没掉一颗泪疙瘩，眼下捧着那个温乎乎的鸡蛋哭得痛快淋漓。奶奶剥了蛋，放到了姑姑嘴里。奶奶说："今天是你吃蛋的日子，你不吃不吉利。"姑姑这才启开了牙齿，把鸡蛋几乎是囫囵个儿地吞了下去。

早晨的惊喜很快就进入了尾声。太阳升起来了，早晨的色彩和情调都消失了。奶奶很快又变得心神不宁了。她在有意和无意之中等待来自外边的消息。她很想忘记三轴的承诺，但事实是她忘不了。她不希望三轴曾经有过承诺，但又隐隐期盼着。三轴的那句话一遍又一遍地在她的耳畔回响着：救成救不成大哥就看今天了——

如果知道三轴铤而走险，奶奶一定会奋力阻拦。可如果三轴不铤而走险，还会有哪些举措呢？奶奶想不出，也不愿意去想。奶奶一直忐忑不安，为三轴的铤而走险，或三轴的不铤而走险。外边久久没有消息。奶奶无数次地鼓励自己到三轴家去看一看，但都是走到了院墙外，又转了回来。奶奶觉得自己去得没道理。如果三轴那里有什么消息，会不传过来吗？如果三轴那里没有消息，又意味着什么呢？奶奶为自己的这个想法感到气愤，索性坐到了炕上。不得不承认奶奶是对三轴抱有希望的，而且这希望几乎是唯一的。奶奶跟自己生了好一阵子气，才想起打发孩子前去看看。

父亲和姑姑手拉着手走了。奶奶嘱咐再嘱咐，见了旁人怎么说，见了叔婶怎么说，把父亲都说烦了。姑姑安静地望着母亲，她知道自己在这个时候派不上用场，只是用劲攥着弟弟的手。父亲和姑姑走远了，奶奶站在一个能看见别人而别人看不见自己的地方，打量着那条街，打量着偶尔过往的行人，或是尖着耳朵听别人传来的只言片语，用力捕捉着有关三轴的消息。奶奶失望了。

父亲和姑姑去了好长时间才回来。太阳已经转到头顶上了，一片碎金白花花地从头顶上倾泻下来。奶奶眼前的万道金光在飞速旋转，天地如一个巨大的旋涡，奶奶晕得不知所以。

姑姑抢着说："二叔不会说话了。"

父亲说："二叔不认得人了。"

8

某一天晚上，我家的三间茅草屋里挤满了人。他们都是离我家稍远些的村人，平时见面甚至都不打一声招呼。他们都是男人，是相约一起来的，却不是同时迈进我家门槛的。而是先来一个，又来一个，后再来一个。先来的人在我家屋里蹲着,并不说明来意。我奶奶紧张得几乎说不出话来,她一手拉儿一手拉女,把他们安顿到另一个屋子,然后关上了吱吱作响的房门。来人中有一个是周姓家族中有威望的长者,家里也穷,一件蓝布衫打满了白补丁。他管奶奶叫老水家的,说自从老水出事后,大家也没过来照料,心里愧得慌。现在如果说些不三不四的话,老水家的过意吗?奶奶连连说,不过意不过意。长者说:"这件事的前因后果谁都心知肚明,用不着官府,我们也能辨个是是非非。可不用官府行吗?人家有想花钱的,有想挣钱的,官府能不找点事做吗?事到如今,破皮袄没理没面,倒霉的只能认倒霉。大家乡亲一场,别的忙帮不了,想出点主意,不知老水家的想听不想听?"

奶奶连连说:"想听想听。"

长者说:"按理说现在是肖、周两家犯官司,我们周姓人只有靠边的份儿,没有说话的地儿,可一笔写不出两个'穷'字。我们才是一家人,老水家的信不信这话?"

奶奶说:"信,信。"

长者说:"老水家的信我的话,我就要说正题了。衙门里的事离得远,谁也不懂。可有一句话是这么说的:'衙门口冲南开,有理没钱莫进来。'如今老水既然进去了,还是花钱消灾吧。这世道不清明,也别争理长理短了。俗话说得好:'留得青山在,不怕没柴烧。'该弯腰处且弯腰,该低头处且低头,穷人只要留得一条命在,还有什么舍不得的。"

旁边的人也纷纷附和说:"是呀,是呀。"

奶奶越听眉头皱得越紧,越听越觉得摸不着脉。奶奶说:"理儿我懂，各位给我想想折，我具体该咋办呢？"

长者说："不是有法子保老水吗？"

奶奶想了想，说："就我们这种穷门小户，哪里去凑二十块大洋呢？是我值还是哪个孩子值？还有这三间破草房，有谁肯花二十块大洋买了去？咱窝头村挨门挨户摸，又有谁买得起？"

长者说："跟后边的周家张个嘴试试？"

奶奶呱嗒搿下了一张圆乎脸。奶奶说："别怪我说话不好听，我们有命活着，没命不活，死也不会求周家。"

长者说："也不是求不求的事。我们出面跟他借些账，有借有还。就用这房子给他做抵押，都是乡里乡亲，保不齐他就会帮咱一把。要紧的是先把人救出来，衙门里不是人待的地方，老水在里边不定遭多大的罪呢。"

周围又是一片附和声。有人说里边的刑具都有什么，说得奶奶从脊梁骨往外冒凉气。可这时奶奶的心里已经有了方圆，奶奶看了看黑洞洞的屋子，说："这房子能抵押吗？"

长者说："能。"

奶奶说："拜托你们跟周家说一声，这房子能抵押更好，要是不能抵押——"

长者说："这事儿包在我们身上。老水家的，你就放宽心吧！"

奶奶发出了一声冷笑，说："这可是猪肉出在猪身上。"

长者赶忙说："老水家的，我们可都是为你好。"

奶奶说："各位的好我都记着呢。以后一个庄住着，低头不见抬头见，赶上茬口，短不了还要各位相帮。到那时，我就不在家里坐等了，找上门去也还求各位别不待见。还是那句话说得好：'一笔写不出两个"穷"字。'说出大天来，也还得穷人与穷人亲近。我说得对吗？"

有人坐不住了，佯装咳嗽着往外走。奶奶一个一个地往外送，嘴里也一刻不闲着。窝头人在这个晚上彻底认识了奶奶，奶奶在这样多的男人面前说话都一点不犯怵，且里外两面理。

男人们都说，这个女人不好惹。

送走了所有的男人，奶奶站在自家院子里久久不肯进屋。那天一定是一个乌云蔽日的天气，苍黑的夜里隐藏着数不清的星星。三间草房如一团雾气飘浮在云里，离得很近，看着却十分遥远。奶奶这时对整个事件已经明白了八九分。周家图谋这三间房子，虽然想不通为什么，但周家的意图已十分明显了。奶奶在秋末的深夜里觉出了严冬的寒冷。就要失去这三间房子了，虽然是又小又矮的茅草屋，但夏可蔽日，冬可御寒，这就是个家。失去房子就没了立锥之地，虽然可以骨肉团圆。奶奶最终无可选择地选择骨肉团圆，虽然她十二分的不甘心。奶奶在寒气很重的夜里思虑了再三，终于做出了她一生中最重大的一个决定。

天刚麻麻亮，奶奶挽了一个蓝布包袱就往村西走。村西的堤外就是那片沙河滩，穿过沙河滩就到了周河岸边。秋末的河水舒缓平静，但森森凉气不容肌肤沾到河水就已经深入骨髓。奶奶毫不犹豫地脱了衣裤，团成一个团，裹进蓝布包里，又把两只莲鞋顶在头上，下河了。奶奶有足够的心理准备抵御寒冷，所以只是咬了咬牙。但奶奶的两只莲脚在水里根本站不稳。奶奶抖动牙齿的声音听得自己都心惊肉跳。奶奶从没下过水，根本不知道水有多深，她只是在夏日的午后看过爷爷在水里洗澡。爷爷在水里流畅得像一条活鲤鱼。水还没有齐腰，奶奶就觉得自己漂了起来，她的一只手拼命舞动着，希望抓牢什么东西，另一只手却紧紧按在头顶上，把衣服和鞋子保护得牢牢的。奶奶什么想法也没有。她不想自己如果涉不过去河，不想如果自己在河里被淹死。奶奶真的什么想法也没有，她唯一的信条是——我能过去。秋天的河水不深也不浅，无风无浪。奶奶抵御的只是寒冷和重心不稳。在仓皇中不断地用脚尖寻找地面。后来奶奶走到了河中心，河水湍急起来，水也深了。一个冷不防，奶奶的口鼻被河水淹没了，做了许多挣动才让头浮出水面。但奶奶还是呛了一大口河水。那段时间肯定是险象环生，可惜我无法想象。我生来就与水有缘，第一天下水就发觉自己也是条鱼。所以我没有水面历险经验，否则，我的叙述肯定要比这精彩得多。

信仰是不可战胜的。当奶奶终于坐到了梁庄那边的河岸上，肯定有比寒冷更令她刻骨铭心的感受。衣服和鞋子都被河水打湿了，奶奶穿了湿鞋湿衣并没感觉不舒服。奶奶满心里都是征服了河水的自豪和英勇。奶奶抹了抹湿淋淋的头发，向梁庄走去。

梁庄与窝头仅一水之隔，却是个完全陌生的村庄。两村人从没结过亲，这一条周水就像一道天堑，阻碍了两村人的正常往来。这一面的河堤与我们家乡那一面的不同。河堤两面都光秃秃的，只有一种矮小的柴榆树孤零零地这里长一棵那里长一棵。而站在梁庄这边往回看，我们家乡的河堤却郁郁葱葱。有成片成片的酸枣树，有成堆成堆的臭椿树，有成群成群的花桑树，还有叫不上名字的一些木本植物，把长堤裹得密密匝匝。奶奶下得堤去就一直朝前走，路过一个青石碾，路过一个辘轳井，又路过一片小菜园。见一座青砖青瓦的门楼底下有两扇门虚掩着，奶奶过去敲了敲。问："有人吗？"

运气有时真是一个不可捉摸的东西。奶奶没费任何周折就找到了想找的那个人。

9

武官张佩玉比奶奶先一步到了这里。他回头打量了一眼推门而入的女人，浑身湿透，脸孔青紫，牙齿紧咬着下唇，仿佛张开就会有一只鸽子从嘴里飞出来。张佩玉问："你找谁？"声音带一点外地口音，很浑厚。奶奶抖着牙齿挤出两个字："梁——英。"张佩玉赶忙说："这里就是。"奶奶误会了，她以为面前这个扮相英俊的后生就是她想见的英雄。奶奶跪倒便拜，可把张佩玉慌煞了。张佩玉赶忙去扶奶奶，连连说："大嫂大嫂，我不是梁英。"奶奶说："你不是梁英是谁？"她以为梁英在糊弄她。张佩玉说："我也是来找梁英的，只不过比你早到了一步。"奶奶窘得不知说什么好。一朵红云爬上青灰色的脸孔，竟有些粉面桃花之像。两个十几岁的少年一前一后从屋里出来，搬一张桌，提两只凳，又端来茶壶茶碗。张佩玉瞅准机会，说："两位小哥，给这位大嫂找件衣服吧，她会冻病的。"两个人同时摇头。其中一个说："我们这里没有女人衣服。"张佩玉笑了笑，说："什么衣服都行啊。"两个人回屋去了，不一会儿的工夫，另一位少年捧了一件夹袍出来，亲自给奶奶披了上去。奶奶已顾不得客套，只是感激地看了张佩玉一眼。张佩玉却紧紧盯着两扇洞开的门，面呈焦急之色。

奶奶想："还有比我更着急的人呢。"

梁英手持素面折扇从屋里走了出来。梁英的身量很高，这使他后面的那所房屋显得矮小。梁英需要低头才能从那两扇洞开的门里走出来。他看了看院子里等候的两个人，说：坐。又说：喝茶。奶奶很快坐到了一只木凳上，又很快捧起了一只小茶碗。张佩玉仍笔直地站在那里，一动不动。梁英并不深让。梁英问奶奶："从河东过来的？"奶奶点头。梁英又问："这样早来找我，有事？"奶奶不由得看了张佩玉一眼，梁英却只看着奶奶。奶奶说："有事。"梁英这才对张佩玉说："大帅的信我看过了。麻烦张先生转告一声，东北与这里千里之遥，梁英难舍家乡故土。"张佩玉也不搭话，仍那样站着。梁英也不理会，轻轻摇了摇折扇，对奶奶说："说吧。"

奶奶是一个出色的演说家。她把我家和周家这场官司演说得声情并茂。她从爷爷的祖上开始谈，谈爷爷的父亲与桑梓的那个大旱之年。肖家人从来都把信誉看得比生命都重要。谈爷爷对周家尽心尽意这许多年，却因为一个西瓜背上贼名。周三邦轻而易举地混淆了一个与十一个的概念，从而理直气壮地把爷爷送进了官府。梁英手里始终把玩着一只茶壶，那只茶壶还没有梁英的手掌心大。梁英皱着眉头听完了奶奶的演讲，然后仰脸望着天空，久久不语。

张佩玉忽然笑了一声。

又笑了一声。

梁英说："有这么好笑吗？"

张佩玉说："我在笑那个周三邦，怎么这么不知道天高地厚。"

梁英说："乡里的事你不懂。"

张佩玉说："我也是在乡村里长大的。就是受不得恶霸欺压才想起追随大帅的。"

梁英说："张作霖都给了你什么？"

张佩玉说："枪。"

梁英说："我不需要枪，我有一把扇子就够了。"

张佩玉说："外加一把刀。"

梁英说："你看见我的刀了？"

张佩玉摇头。

梁英说："可我看见了你的两把枪，你完全不用顶那么多子弹。"

张佩玉无话可说了。

梁英对奶奶说："你先回去吧，赶明儿我去周家走一趟。"又对张佩玉说："先生不坐坐了？"

张佩玉说："我替梁兄送送大嫂。但我还会回来。我千里迢迢而来，梁兄总不能不管顿饭，叫我回去不好交差。"

张佩玉与奶奶同时走出了那所宅院。张佩玉问："大嫂还冷吗？"

奶奶反问："你到底是什么人？"

张佩玉说："如果我站在周三邦的面前，他恐怕会尿裤子。"

奶奶审视着张佩玉。

张佩玉说："我帮帮你？"

奶奶慌忙摇头说："我不认识你，我们还是各走的路吧。"

张佩玉说:"也好。"

一句多余的话也没有,人就健步如飞地走了。奶奶站在那里后悔,不知是不是把一个救星放跑了。

回来无论如何奶奶也不能涉河而过了。堤上和对岸的田地里有人在劳作。奶奶站在这里能看见自家的烟囱,却不得不绕十五六里路。

奶奶恨恨地骂:"该死的周三邦!"

奶奶由梁庄村北沿一条大路往前赶,走出不超过一里地,神色凛然的梁英已经出现在了周家的院子里。猜不出梁英是带着一种什么心情走进周家的,见到梁英的人都说,即使是从没见过梁英的人,也知道这必是梁英。只是谁也不知道,梁英此次前来与肖老水有关系。除了周三邦,爷爷在最困难的时候也没向任何人透露,他曾经用一个西瓜招待了梁英。当然奶奶告诉了三轴,但三轴时至今日仍仰躺在炕上,不能言语。与梁英一同进村的还有另外一个人,只是梁英不知道,村里人也不知道。所有的目光都被梁英吸引了,另一个被忽视的人走进了我的家里,对我父亲洪儿说:"小弟弟,能给碗水喝吗?"

父亲说,那个人的衣着与村里人没有什么不同。但那人显然不是村里人,甚至不是邻村人。父亲以他九岁的思维判断,那个人很不同凡响,而且不同凡响得让父亲喜欢。父亲回答了那个人的很多问题,那些问题都与肖、周两家的官司有关。那个人喝了我家一碗凉水后起身告辞。父亲想用自己的方法缠住他,使他多坐一会儿,可没奏效。那人迅速地返身带上了房门,把我父亲关进了屋里。

已经没有办法证明,那人就是张佩玉。可如果不是张佩玉,该有多么不合情理呀。张佩玉是来请梁英出山的,这已经是第二次。第一次是两年前了,张佩玉带着重礼专程前来,在梁英这里碰了个死钉子。张佩玉吸取了上次的教训,既不带礼,也不专程。这次来北京办事,把一行人等留在了县上的客栈,亲自送来了大帅的一封亲笔信。

  大帅与梁英曾经有过一面之缘,若干年前,梁英在一个叫铁岭的地方经营过一家武馆。武馆只开张了三个月就关门了。梁英手下的一个徒弟打死了一个恶少,恶少的父亲纠集了一大群流氓地痞来武馆滋事,结果发生了火拼。当时张作霖正打此处路过,对梁英的一把飞刀印象很深。张作霖问手下:有敌过这把飞刀的人吗?手下均无人作声。张作霖感慨地说:"我这里不缺玩枪杆子的,只是缺这样一种盖世武功。"

  张佩玉和奶奶分手以后能去哪里呢?他是被梁英请出来的。正如他自己所说,他千里迢迢而来,不会就这样被请出了事。他曾经提出要帮奶奶的忙,被拒绝了。他总还有办法做他想做的事,当然并不是为了奶奶。

  梁英坐在周家的厅房里,一定使周三邦感到惶恐不安。周三邦说:"早就景仰英雄大名,不想今天得见。"

  梁英说:"知道我为什么来找你?"

  周三邦冒出汗来,说:"不知道。"

  梁英说:"吃了你一个西瓜,今天来还瓜钱。"

  周三邦的腿肚子朝前了,但嘴上说:"是吗?这是几时的事?英雄能吃我家的瓜,那是我周家的造化。莫说吃一个……"

  梁英说:"吃了十一个。"

周三邦不说话了，张口结舌看着梁英，身体如同筛糠似的抖。

梁英轻轻地舞动着素面折扇，把空气里的污浊挡在了扇面以外。

梁英说："还要我说别的吗？"

周三邦说："不，不用了。"

梁英说："识时务最好，免得大家都不愉快。你明天就去县里，把肖老水接回来。他身上免不得带些伤，你要找最好的大夫给他医治。"

周三邦说："我记下了。"

梁英说："过三五天我还会来。如果我说的你没有做到，我就不会像今天这样客气了。"

梁英站起身来，周三邦也想站，却没能站起来。梁英站起身来却没有往前迈步，他感觉到有人在窥视自己。

梁英问："谁？"

梁英说："是……你？"

10

梁英与周三邦的会面就是这样平淡无奇。如果不是有人窥视，这次会面简直没有任何插曲。事实是，这个插曲一直存在，只是梁英没有发现。小桃花认出梁英的一刹那就欣喜若狂，她洗了脸，扑了粉，梳了头，抹了油，换上了好衣裳。小桃花把自己收拾得头是头脚是脚，然后倚在里屋的门框上，边偷看梁英边幸福地听着自己的心跳声。那两个人谈些什么，小桃花一点也没听进去，小桃花边看梁英边打量着墙上挂着的镜子里的自己，竟与十年前别无二致。那时的小桃花像大户人家的小姐一样穿绸着缎，他爹李大癞子用积攒的每一分钱来打扮女儿。小桃花花容月貌，引得无数人垂涎三尺，只是无人提亲。大户人家不想要，小户人家不敢要，小桃花就这样里外耽搁着，二八韶华像水一样无声无息。小桃花像任何一个无拘无束的女子一样喜欢逛街，每逢上仓赶大集，小桃花都打扮得鲜鲜亮亮，拿几个小钱到镇上走走。那天也该着有事。小桃花在回家的路上被人打了埋伏，两个用黑布裹着头脸的人把小桃花拖进了一块玉米地里。当时已是正午，行人稀稀落落。小桃花兜里的葵花子像播种一样从路边的杂草丛往玉米地里延伸。谁都不会想到葵花子与玉米地会有什么联系，但从这里路过的梁英看到了，也想到了。潮湿的土地上有零乱的新鲜脚印，玉米地深处还有杂七杂八的声响。梁英像只凌空的鹞子一样飞了过去，只一掌一脚，就把两个欲行坏事的歹徒击出了数丈远，玉米秆嘎巴嘎巴地倒了一片。梁英拉起已然吓昏了的小桃花，把她扶出了玉米地。梁英欲和小桃花分手，小桃花哭哭啼啼地说，恩人多送一程吧。小桃花这一路都有些心猿意马，虽然刚刚受了惊吓。但在这样一个高大威武的保镖面前，小桃花很快就把刚才的那一幕忘记了。走路轻飘飘的，话说软绵绵的，还有那一身女儿体态，都明艳动人。梁英一直与小桃花保持一定的距离，但仍感到香风如虎。

李大癞子认识梁英。他大呼小叫地说："是你救了我女儿？我们家桃花真是造化，遭险却遇英雄搭救，没有比这再好的事了。"李大癞子围着梁英团团转，竟使梁英脱身不得。说话间小桃花已放了炕桌，端了酒菜，动手来为梁英脱鞋。梁英慌忙自己上了炕。桃花又端起一杯酒，递到梁英的鼻子底下，小桃花红着眼圈说："若不是英雄搭救，明年的今天就是我的忌日了。"

一顿酒吃得梁英连喘口气的功夫都没有。李家很少有客人，所以对梁英这样一位贵客，李大癞子使出了浑身解数。小桃花平素也是大方惯了的，席上斟酒布菜，跑里跑外，虽不乏女儿情态，却是娇憨可人。梁英从没喝过那样多的酒，从没把酒喝得那样酣畅淋漓。李大癞子先醉倒了，他用一件衣服蒙住了自己的脸，鼾声像打雷一样沉闷而遥远。梁英醉眼蒙眬地说："不喝了，再喝我也醉了。"小桃花知道父亲蒙脸意味着什么，撒娇地说："醉有什么要紧呢？我就不怕醉，你怕什么。"梁英说："过去我不认识你，醉在这里不好。"小桃花说："今天不就认识了？你不醉我就不放你走。"梁英说："你不放我走我也得走。"小桃花说："你试试看，走得了吗？"

梁英真就稀里糊涂地睡在了小桃花的家。他与李大癞子躺成了个"八"字，中间是那只小饭桌。小桃花也醉得轻飘飘的，她腾云驾雾般在屋里晃，脸上笑眯眯的。她给梁英擦了脸，拿了自己的枕头给梁英垫了上去，然后规规矩矩地坐在梁英的一侧，等他醒来。后来小桃花自己也睡着了，头倚着梁英的胸。梁英就是被一口气憋醒的，睁眼一看，吓得有魂无魄，赶紧逃掉了。事后李大癞子曾经三登梁英的家门，梁英都以各种理由拒而不见。李大癞子终于死了心，小桃花心上揣着的小兔子蹦跶了许久。梁英从此以后再不喝酒，作为习武之人，他不原谅自己那一次所犯下的过失。

梁英曾经结过婚，妻子是他的师妹。梁英的父亲和师妹的父亲都是习武之人，曾经于光绪四年进京参加殿试，结果俱中毒身亡。梁英与师妹自己拜的天地，后师妹死于难产。从此，梁英一个人行侠仗义，沦落天涯，一直没有再娶。

小桃花一直没有发出声音。她觉得自己一张开嘴就会把眼前的人吓跑。她胆怯地看着梁英，担心自己的脸没洗干净，或衣服没穿合体。起初梁英是有些呆了，十年也不过是一转眼的事，十年前的那一幕轻而易举地就在眼前显现。梁英嘟囔道："简直没想到。"梁英往院子里走，小桃花在后边跟着。梁英问："你嫁过来的？"小桃花依然不答。梁英回首望了望她，见小桃花的一双杏眼含满了泪水。梁英大步朝前走去，说："你别送了。"

小桃花却已走到了二门以外。梁英不得不回转身来，不安地说："你去看看东家吧。"小桃花眨了一下眼睛，一滴眼泪从腮上淌了下来。梁英叹口气说："我不会为难他的。是他做得太过了。"小桃花紧着摇头。梁英问："你想说什么？"小桃花抽抽搭搭地说不出话来。梁英摆摆手说："回吧，回吧。"小桃花倚到了门框上，用一只袖子蒙住了脸。

事情到此本来已经完结了。村上很多人都看见了梁英略显沉重的背影。小桃花一拖一拖地在后面跟了几步，又不跟了。小桃花手搭凉棚看着梁英的背影，让村上人费了许多脑筋。印象中小桃花跟谁都没说过话，人们都当她跟周三邦过傻了，连一点人情都不懂。

村上有几句话是编排她的：远看花花朵朵，近看拉拉萝萝。我又不是仙桃仙果，为啥跷着脚摘我？

奶奶一进村就听说了梁英来找周三邦的事。奶奶特意到周家门前转了转，周家的大门关得紧紧的。奶奶在周家门前狠狠吐了口吐沫，对自己的这次梁庄之行充满了信心。父亲不知梁英来过周家的事，他和姑姑在屋里一直玩着一种猜闷儿的游戏。把几粒黄豆握到手心里，猜左手有还是右手有。父亲和姑姑玩得很专注，把外边的世界暂时忘记了。所以奶奶问他们有关梁英的消息时，他们一无所知。但父亲想起了另一个偶然出现的人，兴高采烈地向奶奶描述了一番。起初奶奶听得心不在焉，她的全部心思都被梁英去了周家这件事占去了。奶奶无心地问了一句有心的话："那个人说些什么没有？"父亲是一个很会学舌的人，把那人和自己的几句对话学得一字不漏。这让奶奶震惊了，她意识到了那个人就是张佩玉。可张佩玉来村里干什么呢？也许他是尾随梁英来的，也许他是真的想帮自己一把。奶奶想起了张佩玉的那句话。奶奶问他到底是什么人，张佩玉说："如果我站在周三邦面前，他恐怕会尿裤子。"也许周三邦最怕的人不是梁英，而是张佩玉。这个想法让奶奶后悔了老半天，她想她真的应该涉河过来。连命都是说丢就丢的年月，还留一张脸干什么呢？

　　那个夜晚在整个窝头村的历史上都极不寻常。天上雷声隆隆。已是秋末的天气，这样的雷声真是少见。空气里有一种腥气，那种腥气很多人都闻到了。谁家女人发出了刺耳的尖叫声，在有雷声和腥气的夜晚尤其显得渗人。后来村庄寂静了，连老鼠磨牙的声音也没有了。再后来有个孩子唱歌似的喊："杀人了！杀人了！"

　　…………

11

　　"杀人了"的喊声有几分惨烈,有几分游戏。所以村里人只是拴紧了门,把雷声和腥气都关到了门外。这一夜许多人都没有睡好觉。奶奶睡不着觉的时候就坐在炕上一颗一颗地数黄豆。黄豆一共有一百零九颗,奶奶摸黑数了一百零九遍,遍遍也没数对数。梁山有一百零八名好汉,这第一百零九位就是梁英,奶奶就是这么想的。奶奶并不起急,定下心来再数,黄豆没数完,天就亮了。街上有了急匆匆的脚步声,奶奶也慌忙下了地,趿拉着鞋就往外跑。周三邦家的大门敞开着,人们涌进涌出。奶奶挤进了周家的院子,立刻被眼前的情景骇住了。见周三邦就倒在厅房外面的台阶上,胸上有一个血洞。血把半个院子都给染红了。周三邦的头垂到了台阶下边,倒睁着两只眼,两只眼白又大又老,就像已经睁开了万亿年。

　　屋里屋外都没有小桃花,小桃花已不知去向。人们在一张八仙桌子底下发现了一个孩子,那孩子倚着一只桌腿睡着了。他叫周福圆,是小桃花和周三邦的儿子。有人问:"你妈哪儿去了?"周福圆摇头。又有人问:"夜里是你喊杀人了?"周福圆点点头。有人问:"是谁杀的人?"孩子胡乱一指,说:"他。"再也没人敢问什么了,孩子的眼睛一眨不眨,已经有些迷糊了。

　　周三邦前妻的两个儿子赶回来,草草把父亲埋葬了。关于父亲的死,他们什么也没说,什么也没打听。村上人都有些愤愤的,怪那两个儿子不像儿子。人们看奶奶的眼神都有些怪怪的,谁都不说周三邦的死与奶奶有关系,但谁的心里都这么想。

几天以后,有人在周家外边的青砖墙上发现了用血手指写的两个字:梁英。写得不是很清晰,且缺胳膊短腿,但还是能让人认出是"梁英"两个字。联想到梁英来周家那天小桃花的依依不舍,人们豁然明白,周三邦死于小桃花,而不是死于西瓜。

各种各样的猜想和传闻比雨天的蚱蜢还多。但我家已经从周三邦之死的漩涡中被择了出来。有人来和奶奶探讨周家的事,说梁英与小桃花原来是那种男女关系。奶奶从不透露这件事前前后后的一丝消息,但涉及梁英,奶奶会斩钉截铁地说:"你说得不对。"

奶奶相信梁英不会杀人,即使他和小桃花的关系如人们所想,梁英也不会杀人。对于这件事,奶奶有她自己的想法,但奶奶什么也不说。

爷爷回来那天,天空飘着雪花。我这样写好像有些人为因素,仿佛雪花只是一种道具,什么时候下都可以。事实是,我为这件事特意问过奶奶,爷爷回家那天天上真有雪花在飞吗?奶奶认真地想了想,说:是。那个早晨天上就乌涂涂的,雪似下似不下。奶奶烧火做中午饭的时候,雪花就漫天飞舞起来。父亲和姑姑跑到院子里,仰脸向天,嘴张成了一个圆洞,无数朵雪花开进了他们的肚子里。父亲和姑姑都很开心。他们大声吵嚷着,把脚印踩得满院子都是。就是在这样热腾腾的场景中,爷爷形象非常难堪地走进了家门。奶奶一叠声地喊:天哪,天哪。爷爷耷拉着头,似乎没有听见。爷爷进屋就在炕上把自己放倒了,任奶奶千说万问,爷爷一声回音也没有。奶奶一边烧火一边止不住地流眼泪，她猜爷爷给人打傻了。爷爷是穿着单衣走的，奶奶曾托人送了棉衣给他，可爷爷仍是穿着单衣回来的。衣服又脏又破，有许多道大口子。一只膀子完全露在了外面，黑得连人模样都没有了。打着赤脚，两只脚都已变成了血葫芦——

爷爷连续几天不出屋，也不说话。奶奶说些什么他都无动于衷。村里家家户户都派了代表来看望他，有人甚至提来了一只鸡，把奶奶感动得话都说不出来。大概是第七天或第八天，奶奶想出了一个主意，说去看看三轴兄弟吧，他为了你急火攻心，都变成废人了。爷爷愣了片刻，点了点头。爷爷在前边走，奶奶在后边跟着。奶奶在考验爷爷傻不傻，还认不认得路。结果爷爷顺顺当当地走到了三轴的家。三轴仍在炕上躺着，全无用心的样子。爷爷喊了声：三轴兄弟！三轴脸上忽然有了表情，他挣扎着想爬起来，却爬不起来。三轴咧开大嘴哭了，混混沌沌地喊了声：哥——

三轴后来学会了走路，虽然颠憨颠憨的。但三轴能一个人爬上大堤，面对着清亮亮的河水撒一泡尿。遇有来人，三轴会比比画画地说一些事情，可谁都不明白三轴究竟说了些啥。每逢这个时候三轴都急得呜呜哭，又拍胸又顿足。人们见不得三轴如此可怜，就绕开他走。三轴简直成了村里的一大景观，只要他走在哪条街上，哪条街上就连人都没有。

有一天晚上，爷爷主动和奶奶说了第一句话。爷爷说："翠玲。"

奶奶对这个称呼已经感到陌生了。奶奶说："你在叫我？"

爷爷说："我要走了。"

奶奶吃惊地问："去哪儿？"

爷爷说:"不知道。"

奶奶说:"你好不容易回来了,我哪儿都不让你去。"

爷爷说:"你拦不住。"

奶奶说:"你带着我和孩子一起走。"

爷爷提高声音说:"走什么走?到外面是死是活还不知道呢。"

奶奶也提高声音说:"那你也别走!"

爷爷说:"不是我非要走,是我在这庄上没脸见人了。我知道自己没偷周家的西瓜,可我在大堂上都招认了。我怕过堂,怕疼。我招认后心里又后悔,我是贼人了。肖家祖祖辈辈都光明磊落,我丢了列祖列宗的脸。我本不打算回来了,又怕你惦记着。可回来了又满脸是羞,我抬不起头来,你让我在庄上怎么活呢?"

奶奶冷冷地说:"你招认了?"

爷爷说:"我怕疼。"

奶奶说:"他们没有打你?"

爷爷说:"是我疼得受不了了。"

奶奶啪地丢了烧火棍,严厉地说:"你现在就受得了了?你现在才知道没脸活了?大丈夫宁死都不弯腰,疼点算得了什么!你也知道人活一口气,你的气都哪儿去了?都让狗给吃了!"

爷爷小声说:"我自己骂得比这狠。"

奶奶说:"亏你还有嘴说出来!你哪像个男人,白长了个男人的胚子!"

爷爷说:"我走总可以了吧?"

奶奶说:"尽早走。"

爷爷说:"我不回来了?"

奶奶说:"你还回来干啥?哪里黄土不埋人?"

爷爷发狠地说:"我真是不该回来,死在牢里多好。"

奶奶说:"你有那气性?有那气性的人往自己脸上贴金,不会往自己脸上抹屎!"

爷爷说:"王翠玲,你不要逼人太甚!"

奶奶说:"脚上的泡,你自己走的!"

爷爷说:"真该招你过过堂!让你尝尝大刑的滋味!"

奶奶拍着胸脯说:"姑奶奶姓王不姓肖,当不了肖家那孬种!"

爷爷随手抓起一只鞋子向奶奶砸去,转身出了房门。

12

爷爷一去多年没有音信。家里的大事都是奶奶自己操办的。一是嫁了姑姑,二是给父亲娶了媳妇。奶奶像个男人一样操持家里又操持家外,日子过得一点也不比爷爷在家时差。嫁姑姑是一件烦琐的事,为了给姑姑长脸,奶奶动用了家里所有的储蓄,把姑姑嫁得风风光光,让姑姑的婆家欢天喜地。奶奶为这一件事知足了一辈子。因为姑姑在婆家从不受气。丈夫对她好,公婆对她也好,奶奶便觉得这里有她的一份功劳。相比之下,父亲的婚礼则潦草马虎得多。父亲娶的是三轴家的小凤,连媒人都没有。奶奶自己和小凤妈一商议,事情就算定了。

其实，父亲和母亲差不多一生下来就定了终身。父亲比母亲大四个月，以爷爷与三轴的那种关系，结儿女亲家是理所当然的。母亲一家充分理解奶奶，理解奶奶为姑姑做的一切。母亲过门儿连一块新布都没有，奶奶从别人家里借了头驴，把母亲从娘家驮过来，就万事大吉了。母亲在婆家比在娘家更快乐，因为父亲从小就是她的玩伴，婚后生活也如同过家家，除了穷，连一点不如意的地方也没有。母亲十七岁时生了大哥，四十岁时生了我，我和大哥之间还有六个兄弟姐妹，这让奶奶高兴得整天合不拢嘴。奶奶活过了九十五岁生日，于1982年8月5日仙逝。

我叫肖敏。我是一个再普通不过的女孩。不漂亮，也不聪明。和我的六哥、七姐比起来，简直连丑小鸭都不如。这只是我的感觉，到底准不准确，连我自己也不知道。如此说来我是一个懂进退的女孩，情感也细腻，同办公室的大姐都说，谁若是娶了肖敏，谁就是天底下最幸福的人。我不知道这话对周凯有没有影响，周凯就坐在我的对面，从认识的那天起，我们就是很投机的朋友。所以我和周凯恋爱也是天经地义的事。当然是他主动些。我说过我是懂进退的人，如果周凯不主动，就是等到地老天荒，我也不会主动。我们恋爱的时间很短，但做朋友的时间很长。所以恋爱与论及婚嫁只相隔了一小段时间。一天，我们相约共同动手做了一顿晚餐，第一次谈到家庭的历史，我和周凯都惊呆了。怎么可能呢？肖家与周家这两条血脉在这里汇合了？

我不相信地说："伸出你的手。"

周凯不解其意，但还是把手伸了出来。

我说:"你不是周家人。周家的手我认识。"

周凯说:"你指的是六个指头?"

我无话可说了,但又不得不说:"周凯,你为什么不长六个指头呢?你长六个指头就能提醒我,我不但不会和你谈恋爱,还一辈子不会和你做朋友。"

周凯说:"这不怨我。我的兄弟姐妹都是六个指头,唯有我不是。我一生下来就把我的父母乐疯了,他们说,周家要在我这里改朝换代了。"

我说:"我的父母不会接受周家的人。"

周凯说:"我的父母肯定也是这样。"

我说:"我们只剩一条路可走。"

周凯说:"分手。"

我说:"对,分手。"

母亲已经为我准备了锦缎和丝绸各两套被褥。母亲说,锦缎被是暖被,丝绸被是凉被。母亲是见过周凯的,她私下对我说:"几个女婿就属周凯让人喜欢。"我姑且听之。我怀疑母亲对其他女儿也说过类似的话。但母亲喜欢周凯是溢于言表的,这我看得出。母亲对我的婚事催得很急,她喜欢女婿叫她妈妈。我说我和周凯分手了,吓了她一大跳。她追问为什么,我没告诉她实情。母亲自己去找了周凯,周凯也没有对她说实话,但周凯给她吃了颗定心丸。周凯说:"我们只是闹了点小摩擦,很快就会过去的。"母亲并没有把找周凯的事告诉我,是周凯亲自对我说的。

周凯那边的情形我不知道。有一天,周凯的母亲亲自打电话请我吃饭，我才知道我们的事周凯根本没对家里说。我说："周凯，这样做事不仗义，你不是要我好看吗？"

周凯说："我就是要你好看。前辈的事凭什么影响我们？"

我说："你可别倒打一耙，提出分手的是你。"

周凯说："你就没有责任吗？"

我说："责任一贯在你们周家。"

周凯说："我们付出的代价也最大。"

我说："是历史就有付出代价的时候。"

周凯说："你明白就好。"

我说："眼下怎么办呢？我没有理由再去吃你们家的饭了。"

周凯说："换了我就不这样想。"

我说："你的意思是照吃不误？"

周凯说："聪明人都会这么做。"

我说："那我就当一把聪明人。餐桌上我再告诉他们我是谁的女儿。"

周凯说："你应该学学周家人的胸怀。"

我说："我这样做就没有胸怀了吗？"

那顿饭吃得很愉快，我当然什么也没说。周凯的父母把家里祖传的两只玉樱桃耳坠送给了我，我看了看周凯，周凯朝我挤了挤眼。我心一横，就把礼物收了下来。

我对周凯说："将来可别对你妻子说你后悔。"

周凯说："我和我的父母商量好了，今天就算求婚了。"

我说："你应该告诉他们我是谁。"

周凯说:"你不也没告诉父母吗?"

我们坐下来心平气和地商量了一下,最后决定把这件事先瞒住双方父母。他们相互认识时已是五十年前了,而且彼此印象不深。如果不是有人重提旧话,估计能闯过婚礼那一关。

到那时什么事都好办了。

意外的是双方父母都没怎么为这事儿太计较,他们甚至不愿意回首往事,尤其是周凯的父母。周凯的父亲周福圆轻描淡写地提起那个血腥之夜。起初他吓坏了,后来他告诉自己别害怕,就钻到八仙桌子底下睡着了。周福圆很感慨,自己小小的年纪竟能如此冷静,否则一定会被那场血灾吓出毛病。凶杀案之后,他被同父异母的哥哥送到唐山的二姨家生活,从此再没回过老宅。我对周福圆说,我爷爷在东北逛荡时曾在街上看见一个女人面熟,爷爷撒开双脚追出了二里地,到底给爷爷追上了。女人坐在汽车里,穿着毛皮大氅。爷爷说:"你还认得我不?"女人尴尬了一下,没有说话,把一卷纸币从小皮包里掏出来,塞到了爷爷的怀里。爷爷当时穿的是破衣烂衫。他说冲这一点他就没认错人,哪个富贵女人也不会把钱塞到你的怀里,她们只会随手一丢。

对于周家来说,这是一个有价值的话题。因为当年周家曾经有一个女人不知去向。可我的有价值的话题并没有引得旁人来探讨。周家父亲打了一个哈欠,让我略觉尴尬。我对周凯说:"他们不愿翻开那页历史。"

周凯说:"你家何尝不是这样。"

我说:"那我们以后就不提及过去了,就当历史从没发生过。"

大约度完蜜月以后,周凯突如其来地对肖、周两家的那段历史有了兴趣。我不明白为什么。周凯说:"我爷爷死得不明不白,我总得知道谁是凶手。"我说:"知道谁是凶手又怎么样呢?"周凯说:"我知道这没意义,但作为周家的子孙,我有这个责任。"我说:"不准你为这事儿再打扰我的父母,他们不喜欢那件往事。"周凯说:"那只有请你告诉我了,你能对我说实话吗?"我说:"周凯,如果你婚前用这种语气跟我说话,我就不会跟你结婚。"周凯说:"是吗?"我说:"你遗传了周家致命的一种秉性。"周凯问:"什么?"我说:"阴险。"

除了梁英和奶奶,所有的人都不知道这个世界上还有张佩玉这个人。在半个多世纪里,奶奶出于各种目的对自己的梁庄之行守口如瓶。奶奶当然也不会提及张佩玉,虽然张佩玉就藏在奶奶的舌苔底下,但奶奶管住了自己的舌头,绝不谈到他。我相信奶奶只跟我一个人谈起过那些往事。那时我和奶奶住在一铺炕上,奶奶嘴里叼着的烟袋彻夜有红红的炭火。那时周家的老宅已经不复存在,偌大的院落被切割,住进了四户人家。奶奶本来就是一个少觉的人,到了晚年更甚。那天奶奶和我谈起了许多往事。包括她做姑娘时的一些事情,令我浮想联翩。比如裹脚,扎耳朵眼儿,上轿,以及"铁匠西施"的名号。奶奶最后谈起了梁庄之行,本来这个话题也会让我感兴趣,因为肖、周两家的事情我影影绰绰知道一点。可奶奶前边的话题实在是太绵密了,令我没有余暇面面俱到。后来我又找机会和奶奶谈起过那件事,奶奶轻易就改变了话题。

时过境迁，奶奶的梁庄之行还是栩栩如生起来。

张佩玉与奶奶分手以后并没有走远。他意识到，奶奶的到来给他提供了一次机会。梁英的不合作态度早在他预料之中。梁英是一个独来独往惯了的人，他轻易不会听命于人。张佩玉朝与奶奶相反的方向走，没走多远，又转了回来。他穿了村里人的一件破烂衣裳，尾随着梁英来到了窝头村。梁英在周家的一举一动，张佩玉都看在眼里。他甚至看到了小桃花魂不守舍的样子，猜想她与梁英之间曾经有过牵连。一些想法就是在这个时候形成的。梁英走了，张佩玉并没走。他躲在一个不为人知的角落里等待天黑，然后让这样一个寻常之夜充满了血腥。

张佩玉嫁祸梁英，是想逼梁英离开故乡。掳走小桃花，是为了让其成为诱饵。

第一个愿望实现了，第二个愿望落空了。

小桃花自有她的命运安排，只是与梁英无关。

这就是周三邦之死的真相。

周凯不相信地问："这是事实？"

我说："不，是推测。"

13

周凯如今已经退休了。他倒背着手，迈着外八字，每天都去公园遛弯。有一天,过了中午仍没回来。我拨他的手机,手机在卧室里响了起来。我有些慌,他一贯准时回家吃饭。我出去张望,他跟一个推着自行车的人一同朝我走来。

"这是文史馆的老杨,"周凯说,"我们在公园认识的,一聊就是几个钟头。他在搜集有关梁英的资料。我说恰好我知道一些情况。我们就一直聊到现在,把吃饭都忘了。"

"你知道什么。"我鄙夷地说。

"可说呢,"周凯说,"我告诉杨馆员我们家那位比我清楚,她的祖上跟梁英打过交道。杨馆员就一定要采访你。做了什么饭?我跟杨馆员喝两盅。"

这餐饭一直吃到晚上,也没有撤桌。我们谈了很多有关梁英的话题。梁英在东北经营多年,有人说他回来是因为张大帅被日本人炸死了。只有我爷爷坚持说,不是这样。梁英在东北除暴安良,在白山一带,凡是有关帝庙的地方,一定有座梁英庙,可见百姓对他的爱戴。他后来死于兄弟反目,饭碗被人下了毒。杨馆员居然知道一个西瓜的故事,只不过那个西瓜与我爷爷无关。历史就是这样,小人物总是上不了台面。梁英确实是因为遭官府通缉才逃亡到东北,我爷爷在东北浪荡多年,也难说与梁英无关。

酒凉菜冷。我对杨馆员说,你怎么现在才想起搜集梁英的资料,若是上一辈人活着,故事就丰富多了。